美女と野獣
～運命のとびら～ 上

リズ・ブラスウェル／作
池本尚美・服部理佳／訳

★小学館ジュニア文庫★

もくじ

美女《びじょ》と野獣《やじゅう》 〜運命《うんめい》のとびら〜

おもな登場人物《とうじょうじんぶつ》

モーリス

発明家《はつめいか》。人間《にんげん》がもたない能力《のうりょく》をもつ〝シャルマントゥ〟であるロザリンドにひと目《め》ぼれし、結婚《けっこん》する。その一人娘《ひとりむすめ》がベル。

ロザリンド

魔法《まほう》が使《つか》えるシャルマントゥ。モーリスと結婚《けっこん》し、ベルを授《さず》かる。シャルマントゥを嫌《きら》う国王《こくおう》と王《おう》妃《ひ》に悲《かな》しみを抱《いだ》いている。

友人《ゆうじん》

アラリック

モーリスの友人《ゆうじん》。馬番《うまばん》。

友人《ゆうじん》

フレデリック

モーリスの友人《ゆうじん》で、未来《みらい》が見《み》えるシャルマントゥ。医者《いしゃ》のたまごであり、城《しろ》に仕《つか》える。

娘《むすめ》

ベル

本《ほん》が大好《だいす》きな、美《うつく》しい女性《じょせい》。父《ちち》・モーリスと二人《ふたり》で暮《く》らしている。

野獣《やじゅう》(ビースト)

わがままで、やさしさが足《た》りないため魔女《まじょ》の魔法《まほう》で、野獣《やじゅう》にされてしまった王子《おうじ》。両親《りょうしん》は亡《な》くなっていて、お城《しろ》で召《め》し使《つか》いと暮《く》らしている。

ガストン

狩《か》りが上手《じょうず》で力持《ちからも》ち。やや乱《らん》暴《ぼう》なところも? 町《まち》で一番人気《いちばんにんき》の青年《せいねん》でベルのことが好《す》き。

お城《しろ》の召《め》し使《つか》い

ルミエール

ろうそく台《だい》に変《か》えられてしまった給《きゅう》仕長《じちょう》。

コグスワース

時計《とけい》に変《か》えられてしまった執事《しつじ》。

ポット夫人《ふじん》

ポットに変《か》えられてしまった家政《かせい》婦長《ふちょう》。

チップ

ティーカップに変《か》えられてしまったポット夫人《ふじん》の一人《ひとり》息子《むすこ》。

1　光《ひか》り輝《かがや》く城《しろ》の王子《おうじ》

　昔《むかし》むかし、遠《とお》い国《くに》にある光《ひか》り輝《かがや》く城《しろ》に、一人《ひとり》の王子《おうじ》が暮《く》らしていました。王子《おうじ》は望《のぞ》むものをなんでも持《も》っていたのに、身勝手《みがって》で、わがままで、思《おも》いやりのかけらもない人《ひと》でした。

　こごえるほど寒《さむ》いある冬《ふゆ》の夜《よる》、物《もの》ごいの老婆《ろうば》が城《しろ》に来《き》て、血《ち》のように赤《あか》い一輪《いちりん》のバラを差《さ》しだし、これをあげるから一夜《いちや》泊《と》めてほしいと頼《たの》んできました。王子《おうじ》は老婆《ろうば》のみすぼらしい姿《すがた》を見《み》て顔《かお》をしかめ、差《さ》しだされたバラをあざ笑《わら》って、老婆《ろうば》を追《お》いはらいました。外見《がいけん》にまどわされてはいけない、ほんとうの美《うつく》しさは心《こころ》のなかにあるものなのだからと老婆《ろうば》は忠告《ちゅうこく》したのですが、それでも王子《おうじ》が相手《あいて》にしないでいると、みにくい老婆《ろうば》は美《うつく》しい魔女《まじょ》に変身《へんしん》しました。

　王子《おうじ》はあやまろうとしましたが、手遅《ておく》れでした。魔女《まじょ》は、王子《おうじ》の心《こころ》に愛《あい》がないことを知《し》ると、罰《ばつ》として、王子《おうじ》をみにくい野獣《ビースト》に変《か》え、城《しろ》と召《め》し使《つか》いたちにも強力《きょうりょく》な呪《のろ》いをかけました。

「おまえは二十一歳《にじゅういっさい》の誕生日《たんじょうび》の前《まえ》の夜《よる》までに、身《み》も心《こころ》も美《うつく》しくならなければならない。そして、このバラの最後《さいご》の花《はな》びらが散《ち》ってしまうまでに、だれかを心《こころ》から愛《あい》し、相手《あいて》にも愛《あい》されなければ、おまえも、おまえの城《しろ》も召《め》し使《つか》いたちも、すべて永遠《えいえん》に呪《のろ》われ、忘《わす》れさられることになるだろう」

自分《じぶん》が怪物《かいぶつ》のような姿《すがた》であることを恥《は》じて、王子《おうじ》は城《しろ》に引《ひ》きこもりました。外《そと》の世界《せかい》と王子《おうじ》をつなぐただ一《ひと》つの窓《まど》である、魔法《まほう》の鏡《かがみ》をかたわらに置《お》いて。

一年《いちねん》、また一年《いちねん》と時《とき》が流《なが》れていくうちに、王子《おうじ》は絶望《ぜつぼう》にしずみ、希望《きぼう》を失《うしな》っていきました。野《や》獣《じゅう》を愛《あい》してくれる者《もの》など、どこにいるというのでしょう。

それはとてもすてきなお話《はなし》だった。

暗《くら》い穴倉《あなぐら》のような部屋《へや》で、冷《つめ》たい石《いし》のベッドに鎖《くさり》でつながれている女《おんな》は、その物語《ものがたり》を何度《なんど》も楽《たの》しんできた。

何年《なんねん》ものあいだ、頭《あたま》のなかでお話《はなし》をくりかえすことが喜《よろこ》びになっていた。ときには、細《こま》かいところを少《すこ》し違《ちが》って思《おも》い出《だ》すこともあった。たとえば、バラの色《いろ》を夜明《よあ》けの海《うみ》のピンクにしてみたり。でも、たいていは〝血《ち》〟のような赤《あか》だった。

けれども、この物語《ものがたり》のほんとうの終《お》わりは勇《いさ》ましくも、雄大《ゆうだい》でもない。城《しろ》を立《た》ち去《さ》ろうとした魔女《まじょ》は待《ま》ちぶせされ、黒《くろ》い馬車《ばしゃ》に放《ほう》りこまれ、夜《よる》の闇《やみ》のなかへと連《つ》れていかれる。女《おんな》はいつもその結末《けつまつ》を無視《むし》してきた。

ふつうなら、こんな状態《じょうたい》では頭《あたま》がおかしくなっても不思議《ふしぎ》はない。こんな地下牢《ちかろう》へ何年《なんねん》も閉《と》じこめられたら、自分《じぶん》がだれなのかも忘《わす》れてしまうはず。

この女《おんな》でさえ、とんでもない考《かんが》えが頭《あたま》のなかをぐるぐる回《まわ》りはじめることがある。気《き》をつけていないと、その回転《かいてん》はどんどんスピードを増《ま》して、心《こころ》のすきまから外《そと》へ飛《と》びだしていきかねない。でも、まだ女《おんな》は狂気《きょうき》をおとなしくさせて、なんとか正気《しょうき》を保《たも》つことができていた。

十年《じゅうねん》という時《とき》が流《なが》れ、女《おんな》はほとんど自分《じぶん》がだれかを忘《わす》れそうだった。それでもまだ、ほんの少《すこ》し正気《しょうき》が残《のこ》っていた。

廊下《ろうか》から足音《あしおと》が聞《き》こえる。

その音《おと》がすると、女《おんな》はいつもぎゅっと目《め》を閉《と》じて、外《そと》からやって来《く》る狂気《きょうき》が、自分《じぶん》のなかにあるどす黒《ぐろ》い狂気《きょうき》に入《はい》りこまないようにする。

おしゃべりの声《こえ》と、何人《なんにん》かの足音《あしおと》。いつもじめじめしている床《ゆか》をふく、モップの音《おと》。鍵《かぎ》と鍵《かぎ》がぶつかる音《おと》。

「そこはいいんだよ。どうせだれもいやしないんだから」

「でも、鍵《かぎ》がかかってるよ。だれもいないなら、どうして鍵《かぎ》なんてかけるのさ?」

ほんとうなら、女《おんな》は叫《さけ》び声《ごえ》をあげたり、身《み》をふるわせたり、怒《いか》りを爆発《ばくはつ》させたりしてもおかしくないところだった。四千日間《よんせんにちかん》、来《く》る日《ひ》も来《く》る日《ひ》も、同《おな》じような会話《かいわ》がくりかえされるのを止《と》められるなら、なんでもやっただろう。

「鍵《かぎ》はかかってるけど、なかから物音《ものおと》が聞《き》こえるかい?」

「ドアが閉《し》まってるからって、だれかいるとはかぎらないじゃないか」

「ここはいつも鍵《かぎ》がかかってるけど、なかにだれかいるかなんて、いちいち覚《おぼ》えちゃいないよ」

それからの二分間《にふんかん》は、いつも似《に》たようなやりとりがくりかえされる。いたずらをしたときに親《おや》から言《い》われる言葉《ことば》と同《おな》じぐらい、簡単《かんたん》に予想《よそう》がつく。

鍵穴《かぎあな》のなかで鍵《かぎ》が回《まわ》る音《おと》。

ドアがきしんで開《あ》く音《おと》。

そのあとに、おぞましい顔《かお》が現《あらわ》れる。いつもと同《おな》じ、驚《おどろ》くほどおぞましい顔《かお》。この永遠《えいえん》の日々《ひび》が始《はじ》まってから、毎日《まいにち》見《み》てきた顔《かお》だ。

その顔《かお》の持《も》ち主《ぬし》はトレーを持《も》っているが、その手《て》に鍵《かぎ》は握《にぎ》られていない。廊下《ろうか》には、モップを手《て》にした女《おんな》がいるのが見《み》える。そのうしろに、体格《たいかく》のいい男《おとこ》がむっつりと立《た》っている。

女《おんな》は、自分《じぶん》でも気《き》づかないうちに目《め》を開《あ》けていた。生《い》きのびるための本能《ほんのう》よりも、好奇心《こうきしん》のほうが大《おお》きかったのだ。今日《きょう》はトレーの上《うえ》にスープ鉢《ばち》が四《よっ》つのっていた。五《いっ》つのときもあれば三《みっ》つのときもある。一《ひと》つしかないときもある。

「今日《きょう》はラッキーだ。一《ひと》つ多《おお》いからね」

トレーを持《も》った女《おんな》が、薄汚《うすよご》れたスカートとエプロンに包《つつ》まれた膝《ひざ》を折《お》って、身《み》をかがめた。

このセリフも、いつもとまったくおんなじだ。

あふれる感情《かんじょう》をこらえきれずに、とらわれ人《びと》は叫《さけ》び声《ごえ》をあげた。水《みず》っぽいお粥《かゆ》。それが、女《おんな》が生《い》きのびるための最後《さいご》の頼《たよ》りだ。早《はや》く食《た》べたくてしかたない。

モップの女《おんな》がむっとした顔《かお》でつぶやく。

「また新《あたら》しいやつが来《き》てるなんて、だれも教《おし》えちゃくれなかった。こんな連中《れんちゅう》はとっくに全員始《ぜんいんし》末《まっ》したものと思《おも》ってたよ」

「それが、まだ一人残《ひとりのこ》ってたわけさ。ほらよ。お食《た》べ」

トレーの女《おんな》のやさしさは、いつものように見《み》せかけだけだった。女《おんな》は、とてもじゃないが受《う》けとめられない速《はや》さで、いきなり鉢《はち》を傾《かたむ》けた。おかげでとらわれ人《びと》の首《くび》の横《よこ》で、器《うつわ》から粥《かゆ》がこぼれ落《お》ちる。とらわれ人《びと》は、鎖《くさり》がピンと張《は》るのもかまわずに、無我夢中《むがむちゅう》で舌《した》を突《つ》きだした。鉢《はち》が引《ひ》っこめられる前《まえ》に、一滴《いってき》でも飲《の》みこめるように。

「こいつ、子《こ》どもがいてもおかしくない年《とし》だね」トレーの女《おんな》が、まったく表情《ひょうじょう》のない顔《かお》で言《い》った。

「そう考《かんが》えると、いまごろは子《こ》どもを育《そだ》てていてもおかしくないところだ」

「けだものだって子《こ》どもは育《そだ》てるさ。こいつらだっておんなじだよ。まったく、いつまで生《い》かしておくんだろうね。さっさと殺《ころ》しちまえばいいのにさ」と、モップの女《おんな》が言《い》った。

「まあ、もうすぐさ」トレーを持《も》ってきたみにくい女《おんな》がしたり顔《がお》で言《い》い、立《た》ち上《あ》がった。「こんなところで、いつまでも生《い》きていられるわけがない」

そんなことを言《い》いつづけて、気《き》がつくともう十年《じゅうねん》もたってしまったのだ。

この日《ひ》は、トレーの女《おんな》はそれ以上何《いじょうなに》も言《い》わずに部屋《へや》を出《で》ていった。ドアを開《あ》けて外《そと》へ出《で》たとたんに、とらわれ人《びと》のことなどすっかり忘《わす》れてしまう。

明日《あした》になれば、トレーの女《おんな》もモップの女《おんな》も、またまったく同《おな》じことをくりかえす……その次《つぎ》の日《ひ》も……そのまた次《つぎ》の日《ひ》も。

暗闇《くらやみ》に包《つつ》まれると、とらわれ人《びと》はこらえきれずに、もう一度《いちど》、叫《さけ》び声《ごえ》をあげた。あの物語《ものがたり》をまた始《はじ》めなければならない。最初《さいしょ》から終《お》わりまでまた頭《あたま》のなかでくりかえせば、苦《くる》しみはすべて消《き》えていくだろう。

昔《むかし》むかし、遠《とお》い国《くに》にある光《ひか》り輝《かがや》く城《しろ》に、一人《ひとり》の王子《おうじ》が暮《く》らしていました……。

2　運命《うんめい》の出会《であ》い

昔《むかし》むかし、といってもそれほど遠《とお》い昔《むかし》ではないけれど、いまはその名前《なまえ》も存在《そんざい》もとっくに忘《わす》られた王国《おうこく》があった。世界《せかい》のほかの国々《くにぐに》が、海《うみ》の向《む》こうの新《あたら》しい国《くに》を支配《しはい》するために戦《たたか》ったり、恐《おそ》ろしい武器《ぶき》をつくりだしたり、自分《じぶん》たちの宗教《しゅうきょう》をよその国《くに》の人《ひと》に無理《むり》やり押《お》しつけたりしているあいだ、この王国《おうこく》だけはずっと変《か》わらなかった。

そこには、豊《ゆた》かな大地《だいち》と、獲物《えもの》がたくさんいる森林《しんりん》と、こぎれいでこぢんまりとした村《むら》があった。絵葉書《えはがき》にあるような、それはそれはきれいな城《しろ》もあった。

その村《むら》は、めったに人《ひと》の訪《おとず》れない谷間《たにま》にあった。だから王国《おうこく》が平和《へいわ》だったころは、芸術家《げいじゅつか》や変《か》わった才能《さいのう》をもつ連中《れんちゅう》や賢者《けんじゃ》が集《あつ》まってきたものだ。彼《かれ》らは〝シャルマントゥ〟と呼《よ》ばれた。ヨーロッパのほかの国《くに》と違《ちが》って現代文明《げんだいぶんめい》にまだ毒《どく》されていないこの王国《おうこく》へ逃《のが》れてきた、魔法使《まほうつか》いや妖精《ようせい》たちだ。この小《ちい》さな王国《おうこく》では中世《ちゅうせい》の暗黒《あんこく》の時代《じだい》もルネサンスもなく、ひたすら穏《おだ》やかで平和《へいわ》な時代《じだい》が続《つづ》いていた。といっても、さすがにいまや現代文明《げんだいぶんめい》の影《かげ》がしのびよりつつあったが。

それでもこの王国《おうこく》にはまだ、人《ひと》の運命《うんめい》を言《い》い当《あ》てる占《うらな》い師《し》や、乾季《かんき》になると石《いし》から水《みず》をとりだせる農夫《のうふ》や、少年《しょうねん》を本物《ほんもの》のハトに変《か》えたり、その反対《はんたい》のことをしたりする手品師《てじなし》がいた。

この王国《おうこく》に集《あつ》まってきたのは、特別《とくべつ》な力《ちから》をもつ者《もの》だけではない。生《う》まれつきほかと違《ちが》う才能《さいのう》をもっている人《ひと》や、どこかが変《か》わっているためにまわりになじめないような人《ひと》も、ここなら安心《あんしん》して生《い》きることができた。社会《しゃかい》からつまはじきにされた人《ひと》や空想家《くうそうか》、詩人《しじん》、音楽家《おんがくか》、変人《へんじん》などが、ここに居場所《いばしょ》を見《み》つけたのだ。

モーリスという名《な》の青年《せいねん》もそんな一人《ひとり》だった。父親《ちちおや》は、放浪《ほうろう》ばかりしている修繕屋《しゅうぜんや》だったが、モーリスには修繕《しゅうぜん》だけでなく発明《はつめい》の才能《さいのう》もあった。父親《ちちおや》とは違《ちが》って、モーリスは歴史《れきし》の香《かお》りただようヨーロッパに変化《へんか》を感《かん》じとっていた。機械化《きかいか》というすばらしい変化《へんか》だ。蒸気《じょうき》の力《ちから》を利用《りよう》した織布工場《しょくふこうじょう》、はるか遠《とお》くの国《くに》まで人《ひと》を運《はこ》んでくれる気球《ききゅう》、自動《じどう》で料理《りょうり》をするコンロ、未来《みらい》はきっとそんなものであふれるはずだ、とモーリスは期待《きたい》に胸《むね》をふくらませていた。

そんな未来《みらい》の担《にな》い手《て》になるには、まずは過去《かこ》から学《まな》ぶことが大切《たいせつ》だ。そう思《おも》ったモーリスは、ギリシャの工学者《こうがくしゃ》ヘロンの考案《こうあん》した、蒸気《じょうき》を利用《りよう》するさまざまなしかけについて調《しら》べてみた。モーリスはまた、驚《おどろ》くべき現代《げんだい》の科学技術《かがくぎじゅつ》については本《ほん》で読《よ》んでしか知《し》らなかった。だから、そういう技術《ぎじゅつ》を直接目撃《ちょくせつもくげき》したという人《ひと》を探《さが》しては、熱心《ねっしん》に話《はなし》を聞《き》いた。さらに、ギアやピストンや科《か》学実験《がくじっけん》をひと目見《めみ》ようと、あちこちに足《あし》を運《はこ》んだ。

ところが、いつのころからか、モーリスは放浪暮《ほうろうぐ》らしをやめ、どこかに落《お》ちつきたいと思《おも》うようになった。じっと思索《しさく》にふけることのできる場所《ばしょ》、強《つよ》い火力《かりょく》を必要《ひつよう》とする機械《きかい》を設置《せっち》したり、大《おお》きな製錬所《せいれんじょ》を建《た》てられる場所《ばしょ》、たくさんのがらくたを保管《ほかん》できる場所《ばしょ》が必要《ひつよう》だった。

つまり、「家《いえ》」が欲《ほ》しかった。

人《ひと》のうわさだけを頼《たよ》りにそんな場所《ばしょ》を探《さが》しているうちに、モーリスはついにヨーロッパの片隅《かたすみ》の仕事《しごと》を終《お》え、その日《ひ》の不思議《ふしぎ》な王国《おうこく》にたどり着《つ》いた。そこでは、人前《ひとまえ》で黒猫《くろねこ》にささやきかけたり、変《へん》な目《め》で見《み》られたりしても、保護眼鏡《ほごめがね》をつけたまま銀色《ぎんいろ》のすすだらけの格好《かっこう》で酒場《さかば》へ行《い》ったりしても、変《へん》な目《め》で見《み》られたりはしない。モーリスは、ここならうまく暮《く》らしていけるだろうと思《おも》った。

地元《じもと》の若者《わかもの》たちともすぐにうちとけ、そのうちの一人《ひとり》といっしょに家《いえ》を借《か》りることになった。アラリックという名《な》のその若者《わかもの》は機械《きかい》より動物《どうぶつ》に興味《きょうみ》があり、馬番《うまばん》として馬小屋《うまごや》で働《はたら》いていた。アラリックが、その馬小屋《うまごや》の裏手《うらて》にある家《いえ》を、安《やす》い家賃《やちん》で借《か》りられるように話《はなし》をつけてくれた。いつも馬《うま》のにおいのするその家《いえ》は小《ちい》さかったが、庭《にわ》は広《ひろ》かった。モーリスはすぐに鍛冶場《かじば》と炉《ろ》と作業台《さぎょうだい》づくりにとりかかった。

モーリスは毎日《まいにち》、一生懸命働《いっしょうけんめいはたら》いた。夢《ゆめ》の実現《じつげん》に少《すこ》しでも近《ちか》づくためと思《おも》えば苦《く》にならなかった。畑《はたけ》の石《いし》を拾《ひろ》ったり、穀物《こくもつ》の束《たば》を肩《かた》にかついだりしているあいだも、金属《きんぞく》を引《ひ》っ張《ぱ》ったときの強度《きょうど》や、合金《ごうきん》の組《く》み合《あ》わせ方《かた》、研究《けんきゅう》に必要《ひつよう》なシリンダーをなめらかで完璧《かんぺき》な形《かたち》にする方法《ほうほう》などのことをいつもいつも考《かんが》えていたのだ。

仲間《なかま》たちはモーリスの肩《かた》を叩《たた》きながら、「空想《くうそう》好《ず》きのモーリスくん」と言《い》ったものだった。けれど、そんなふうに呼《よ》ぶとき仲間《なかま》たちはいつも笑顔《えがお》だったし、モーリスを尊敬《そんけい》していた。居酒屋《いざかや》の手伝《てつだ》い女《おんな》のジョゼファを「黒《くろ》い魔女《まじょ》」と呼《よ》ぶときと同《おな》じように。ジョゼファは、パンチの強《つよ》さで有名《ゆうめい》だった。それどころか、指《ゆび》をパチンと一《ひと》つ鳴《な》らすだけで、客《きゃく》に、もっと強《つよ》いショックを与《あた》えることもできる。

夏《なつ》も終《お》わりに近《ちか》づくと、健康《けんこう》で丈夫《じょうぶ》な若者《わかもの》はみんな畑《はたけ》の収穫作業《しゅうかくさぎょう》に追《お》われた。真《ま》っ赤《か》に日焼《ひや》けして、腰《こし》も痛《いた》んだけれど、若者《わかもの》たちはふらふらの足《あし》どりで毎晩《まいばん》、町《まち》へ繰《く》りだした。そして、喉《のど》がからからになってもまだ歌《うた》いつづけた。もちろん、いつも行《い》き先《さき》はジョゼファのいる店《みせ》だった。

ある晩《ばん》、いつものように仲間《なかま》たちといっしょに居酒屋《いざかや》へおしかけたとき、モーリスは店《みせ》の前《まえ》で足《あし》を止《と》めた。そこで起《お》こっている騒《さわ》ぎが気《き》になったのだ。

大《おお》きくてがっしりした男《おとこ》が、どうだと言《い》わんばかりに両脚《りょうあし》を踏《ふ》んばって立《た》っている。凶暴《きょうぼう》な目《め》つきだった。だが、モーリスが興味《きょうみ》をもったのはその男《おとこ》ではなく、もう一人《ひとり》のほうだった。

美《うつく》しい娘《むすめ》がその男《おとこ》と向《む》き合《あ》っていたのだ。モーリスはそんなきれいな娘《むすめ》を見《み》たことがなかった。踊《おど》り子《こ》のように軽《かろ》やかな身《み》のこなしに、女神《めがみ》のように美《うつく》しい体《からだ》つき。髪《かみ》は夕陽《ゆうひ》を浴《あ》びて金色《きんいろ》に輝《かがや》いている。けれど、そのなめらかな頬《ほお》は怒《いか》りで赤《あか》くなり、緑色《みどりいろ》の瞳《ひとみ》はぎらぎらと光《ひかり》を放《はな》っていた。

娘《むすめ》は細《ほそ》い榛《はん》の木《き》の杖《つえ》をひと振《ふ》りして、きっぱりとした口調《くちょう》で言《い》った。

「わたしたちは自然《しぜん》に反《はん》してなんかいないわ！　神《かみ》がお創《つく》りになるものはすべて自然《しぜん》よ——なんであろうと。わたしたちは、みんな、神《かみ》の子《こ》なのよ！」

怒《いか》りのあまり、つばを吐《は》きださんばかりだ。

「おまえは悪魔《あくま》の子《こ》だ」男《おとこ》は落《お》ちつきはらって、ゆっくりと言《い》った。まるで、勝負《しょうぶ》したら自分《じぶん》が勝《か》つに決《き》まっているとでもいうように。「試《ため》しに、この世界《せかい》においてやっているだけだ。大昔《おおむかし》のドラゴンのように、いずれは地球上《ちきゅうじょう》から消《き》えうせる運命《うんめい》なんだ、このへらず口《ぐち》の魔女《まじょ》め。おまえらが汚《けが》れを清《きよ》めないかぎりはな！」

「汚《けが》れを清《きよ》める？」娘《むすめ》は今度《こんど》こそほんとうにつばを吐《は》いた。「わたしはモンシニョール（ローマ・カトリックの位《くらい》の高《たか》い司祭《しさい》に対《たい》する尊称《そんしょう》）からじきじきに洗礼《せんれい》を授《さず》かったのよ。だから、少《すく》なくともあんたなんかより一回多《いっかいおお》く身《み》を清《きよ》めてもらってるの。このブタ男《おとこ》！」

男《おとこ》は手《て》をそっと自分《じぶん》の腰《こし》へ伸《の》ばした。人《ひと》のいいモーリスでも、あちこち旅《たび》をしてきたおかげで、それが何《なに》を意味《いみ》する動《うご》きかすぐにわかった。ナイフか、拳銃《けんじゅう》か、平手打《ひらてう》ちをくらわそうとしている。危険《きけん》だ。モーリスは娘《むすめ》を助《たす》けるために、一歩踏《いっぽふ》みだそうとした。

だが、一歩《いっぽ》も動《うご》かないうちにすべてが終《お》わっていた。稲妻《いなずま》より明《あか》るい閃光《せんこう》が走《はし》ったかと思《おも》うと、なんの音《おと》もしなくなり、あたり一帯《いったい》が真《ま》っ白《しろ》になった。

しばらくして視界《しかい》がはっきりしてくると、娘《むすめ》が腹《はら》を立《た》てながら立《た》ち去《さ》ろうとしているのが見《み》えた。男《おとこ》のほうはその場《ば》に立《た》ちすくんでいる。片手《かたて》には思《おも》ったとおり拳銃《けんじゅう》が握《にぎ》られていたが、その手《て》はぶらんと垂《た》れさがり、拳銃《けんじゅう》のことなどすっかり忘《わす》れているようだ。男《おとこ》にはそれよりももっと気《き》になることがあったのだ。男《おとこ》の鼻《はな》は、いまや鮮《あざ》やかなピンク色《いろ》のブタの鼻《はな》に変《か》わっていた。

「このブタ男《おとこ》……って」モーリスは口《くち》もとをほころばせながら言《い》った。「それでブタかあ！」

そして、小《ちい》さく声《こえ》を立《た》てて笑《わら》うと、店《みせ》のなかへ入《はい》った。

すると、アラリックをはじめとするいつもの仲間《なかま》の輪《わ》のなかに、見《み》なれない顔《かお》が一《ひと》つあった。痩《や》せていてやつれた顔《かお》の青年《せいねん》で、みすぼらしい虫《むし》のように背《せ》を丸《まる》め、肩《かた》を落《お》としている。黒《くろ》い服《ふく》を着《き》て、おどおどと陰気《いんき》な姿《すがた》は、何《なに》から何《なに》まで、隣《となり》にいる金髪《きんぱつ》の陽気《ようき》な馬番《うまばん》とは正反対《せいはんたい》だった。

モーリスはゆっくりとした足《あし》どりで仲間《なかま》のほうへ歩《ある》いていきながら、外《そと》での出来事《できごと》を思《おも》いだしていた。頭《あたま》に浮《う》かんでいたのは、閃光《せんこう》でも戦《たたか》いでもブタの鼻《はな》でもなく、夕陽《ゆうひ》に照《て》らされた娘《むすめ》の長《なが》い髪《かみ》だ。

アラリックが、ほら早《はや》くというようにモーリスの腕《うで》を引《ひ》っ張《ぱ》って、自分《じぶん》と、さえない顔《かお》つきの青年《せいねん》のあいだに座《すわ》らせた。

「待《ま》ってたんだよ！　ドクターに会《あ》うのは初《はじ》めてだったよな？　フレデリックっていうんだ。で、こっちはモーリス」

モーリスはうわの空《そら》でうなずいたが、すぐに無作法《ぶさほう》だったかなと思《おも》った。注文《ちゅうもん》もしていないのに、ジョゼファが大《だい》ジョッキに入《はい》ったりんご酒《シードル》をモーリスの前《まえ》に置《お》いた。

「はじめまして。ぼくは医者《ドクター》じゃないって何度《なんど》も言《い》ってるじゃないですか。医者《いしゃ》になろうとしてただけで……」

フレデリックが、陰気《いんき》な外見《がいけん》にそぐわず、はきはきと言《い》った。

「何《なに》があったんだい？」

モーリスが、さっきの無作法《ぶさほう》を挽回《ばんかい》しようとして聞《き》いた。フレデリックの手《て》にした小《ちい》さなグラスには高級《こうきゅう》そうな飲《の》み物《もの》が入《はい》っている。いかにも教養《きょうよう》がある、知的《ちてき》な家《いえ》で育《そだ》ったという感《かん》じだ。

「両親《りょうしん》が、卒業《そつぎょう》を待《ま》たずにぼくを退学《たいがく》させたんです。そして、この……すてきな場所《ばしょ》へ連《つ》れてこられた。金《かね》を持《も》たせて、ぼくを厄介払《やっかいばら》いしたんですよ」

「フレデリックには特殊《とくしゅ》な能力《のうりょく》があるんだ。なんと、未来《みらい》が見《み》えるんだってさ」

アラリックが、帽子《ぼうし》のつばをさわりながら思《おも》わせぶりに言《い》った。

「ほんとに？」モーリスが驚《おどろ》きの声《こえ》をあげた。

「はっきりとじゃないし、いつも見《み》えるってわけでもない。ほんの少《すこ》しだけですよ」フレデリックが首《くび》を横《よこ》に振《ふ》りながら答《こた》えた。「それでも、家族《かぞく》がぼくをここへ追《お》い払《はら》いたくなるぐらいの力《ちから》はある。〝ぼくと同《おな》じような力《ちから》をもつ人《ひと》たち〟なら、ぼくの力《ちから》も理解《りかい》してくれるはずだからっていうわけですよ。それに、もっと強《つよ》い魔力《まりょく》によって、ぼくの力《ちから》をとりのぞけるかもしれないって。ぼくは大学《だいがく》へ通《かよ》ってたんです。もう少《すこ》しで優秀《ゆうしゅう》な外科医《げかい》の弟子《でし》になるところだった。ほんとうは医者《いしゃ》になるはずだったんだ」

アラリックがフレデリックの頭《あたま》ごしにモーリスのほうを見《み》て、顔《かお》をしかめた。

「おれたちといっしょに住《す》まないか、って誘《さそ》ってるところなんだ」

アラリックはそう言《い》うと、ビールをぐいっとひと飲《の》みした。そしてなれた手《て》つきで口《くち》から泡《あわ》をぬぐった。

「その必要《ひつよう》はありません」とフレデリックは断《ことわ》った。だがとげのある言《い》い方《かた》ではけっしてなかった。「お金《かね》には困《こま》ってませんし、動物《どうぶつ》と住《す》むのは遠慮《えんりょ》しておきます。お気持《きも》ちはありがたいですが。それに、わずかですけど収入《しゅうにゅう》もあるんです。王《おう》と王妃《おうひ》に、王子《おうじ》を診《み》てほしいと頼《たの》まれていて。といっても、ただの風邪《かぜ》ですけど」フレデリックはあわてて付《つ》けくわえた。「風邪《かぜ》よりひどい病《びょう》気《き》じゃないんです。本物《ほんもの》の医者《いしゃ》までは必要《ひつよう》ない。とにかく、城付《しろつ》きの内科医《ないかい》としてときどき呼《よ》ばれます。だからお情《なさ》けはいりません」

「まあまあ、そう言《い》わずに。同《おな》じ年《とし》ごろの若者二人《わかものふたり》と枕《まくら》を並《なら》べるのもいいんじゃないかな。あちこち案内《あんない》もしてやれるしさ。すきま風《かぜ》ぴゅうぴゅうの屋根裏部屋《やねうらべや》で寂《さび》しく暮《く》らしているより、よっぽどいい」

「お心《こころ》づかいには感謝《かんしゃ》します」とフレデリックはまた断《ことわ》ったが、今度《こんど》もけっしていやな言《い》い方《かた》ではなかった。きっと、こういうばかていねいな言《い》い方《かた》をするよりほかに、どう返事《へんじ》をしたらいいのかわからなかっただけなのだろう。それでも会話《かいわ》はとぎれ、その場《ば》に微妙《びみょう》な沈黙《ちんもく》が流《なが》れた。

「アラリック、あの娘《こ》……」と、モーリスが話題《わだい》を変《か》えた。「さっき店《みせ》の前《まえ》に……金髪《きんぱつ》の美《うつく》しい娘《こ》がいて……男《おとこ》の鼻《はな》をブタの鼻《はな》に変《か》えてしまったんだ……」

「ああ、ひょっとしてロザリンドのことじゃないか！　おもしろいやつだろ！」

アラリックが笑《わら》いながら言《い》った。

「少《すこ》しやりすぎですよ。これだから、魔女《まじょ》は困《こま》るんだ」

フレデリックが顔《かお》をしかめた。

「相手《あいて》の男《おとこ》はすごく無礼《ぶれい》なやつだったんだよ」モーリスは、ついさっきまで名前《なまえ》も知《し》らなかった娘《むすめ》をかばおうとしている自分《じぶん》に気《き》づいて驚《おどろ》いた。「その娘《こ》に向《む》かって、おまえは自然《しぜん》に反《はん》するとなじったり、魔法《まほう》は汚《けが》れてるなんて言《い》ったりしたんだから」

アラリックが舌打《したう》ちをした。「このごろ、そんなやつらが多《おお》くていやになるよ。フレデリック、おまえがここへ来《く》る前《まえ》にひどい騒《さわ》ぎがあったんだ。二人《ふたり》の若者《わかもの》が一人《ひとり》の娘《むすめ》をめぐって言《い》いあらそった。一人《ひとり》はシャルマントゥで、もう一人《ひとり》はふつうの人間《にんげん》だった――おれたちみたいにな。そのうち殴《なぐ》り合《あ》いになった。シャルマントゥが勝《か》って、もう一人《ひとり》は死《し》んだ。魔法《まほう》の力《ちから》を使《つか》ったんだ。城《しろ》の衛兵《えいへい》が騒《さわ》ぎをおさめるために出動《しゅつどう》させられたら、今度《こんど》は殺《ころ》されたやつの仲間《なかま》が暴動《ぼうどう》を起《お》こした。結局《けっきょく》、衛兵《えいへい》が何人《なんにん》か巻《ま》きこまれて命《いのち》を落《お》とした。それに比《くら》べればブタの鼻《はな》なんて……まあ、ロザリンドは賢《かしこ》いから、次《つぎ》にブタ鼻《ばな》の男《おとこ》に会《あ》ったときはもとに戻《もど》してやるだろうけどね」

「アラリック、それは〝ふつう〟の人間《にんげん》のほうを責《せ》めることはできませんね。ここには特殊《とくしゅ》な力《ちから》をもつ人《ひと》たちがいて、彼《かれ》らはきみのようなふつうの人間《にんげん》にはできないことができる。たとえ、衛《えい》兵《へい》であろうが、マスケット銃《じゅう》を持《も》っていようが、彼《かれ》らの行動《こうどう》をおさえこめない。彼《かれ》ら……つまり、ぼくたちは……管理《かんり》されるべきなんです。そうしないと危険《きけん》は大《おお》きくなるばかりだ」

フレデリックが苦々《にがにが》しげに言《い》った。

「二人《ふたり》の若者《わかもの》が一人《ひとり》の娘《むすめ》をめぐって争《あらそ》った、それだけのことだろ?」アラリックがいらだちをおさえながら言《い》った。「よくあることさ。ふつうの決闘《けっとう》だって若者《わかもの》が命《いのち》を落《お》とすことはある。今回《こんかい》のは、たまたま魔法《まほう》がからんでいただけの話《はなし》だ。そんなにかっかするなよ」

「少《すく》なくとも……特殊《とくしゅ》な能力《のうりょく》がある者《もの》はその力《ちから》を隠《かく》したほうがいいんです。見《み》せびらかしてはいけないんだ。魔法《まほう》を使《つか》えば、結局《けっきょく》はその報《むく》いが自分《じぶん》に戻《もど》ってくる。そんなことわかりきっているのに。彼女《かのじょ》はそれを知《し》るべきだ。つまり、そのロザリンドという娘《むすめ》は」

「ロザリンド……」

その名《な》を口《くち》にしてみたくて、モーリスが言《い》った。

「まさか。モーリス！　そうじゃないと言《い》ってくれ！　さっき会《あ》ったばかりだろう。おれというものがありながら！」

アラリックが目《め》を丸《まる》くした。

「あの髪《かみ》。ぼくの炉《ろ》のなかの色《いろ》そのものだった。鉄《てつ》を溶《と》かせるほど熱《あつ》くなったときの」

モーリスがもの思《おも》わしげに言《い》った。

「ああ、よかった。この調子《ちょうし》なら、おれたちはだいじょうぶだ」アラリックがほっと息《いき》をつき、親《した》しげに肩《かた》でフレデリックをつつきながら言《い》った。「髪《かみ》が炉《ろ》の色《いろ》だなんてへんてこなセリフを吐《は》くようなら、家《いえ》に戻《もど》ったらドアにリボンが結《むす》んであって、おれたちはひと晩《ばん》よそで過《す》ごさなきゃならない、なんて心配《しんぱい》もないな」

「ぼくは、きみとはいっしょに住《す》まないと言《い》ったはずですよ」

フレデリックがしつこくくりかえした。

けれど、モーリスの耳《みみ》には何《なに》も聞《き》こえていなかった。

3　ベルは村《むら》の変《か》わり者《もの》

　ベルはムッシュ・レヴィの本屋《ほんや》へ行《い》くとき、いつも人目《ひとめ》につかない道《みち》を通《とお》るのを忘《わす》れてしまう。本《ほん》を読《よ》んでいたり、空想《くうそう》にふけっていたり、歌《うた》を口《くち》ずさんでいたりするからだ。外《そと》の世界《せかい》にすっかり魅《み》せられているときもあれば、父親《ちちおや》と二人《ふたり》きりの穏《おだ》やかないまの暮《く》らしに思《おも》いをはせているときもある。そのせいで、村《むら》を直接横切《ちょくせつよこぎ》る道《みち》を通《とお》ってしまい、ばったり出会《であ》った村人《むらびと》とちょっとした言葉《ことば》を交《か》わすはめになる。そのたびに、口《くち》さがない村《むら》の人《ひと》たちのうわさになるのだった。

　ベルは、小《ちい》さな農場《のうじょう》で父親《ちちおや》と二人《ふたり》きりで暮《く》らしている。居心地《いごこち》がいいけれど、寂《さび》しいときもある。ベルはいつもだれかと話《はなし》がしたくてうずうずしていた。でも、いざ話《はな》してみると、いつもありきたりな会話《かいわ》ばかりでがっかりした。

「いい天気《てんき》だね、ベル」

「ベル、ロールパンを買《か》わないかい？」

「雨《あめ》になりそうだね、ベル」

「たまには本《ほん》ばかり読《よ》むのはやめて……髪《かみ》の手入《てい》れをしたらどうだい？」

「ほら、わたしの赤《あか》ちゃん、かわいいでしょう。上《うえ》の六人《ろくにん》の子《こ》どもたちもそうだったけど――」

「ガストンにいい返事《へんじ》はしたのかい？」

ベルは、一度《いちど》でいいから、自分《じぶん》と同《おな》じものに興味《きょうみ》をもつ人《ひと》に会《あ》いたいと思《おも》っていた。けれどこの小《ちい》さな村《むら》の住人《じゅうにん》はたった百人《ひゃくにん》。顔《かお》ぶれはいつも同《おな》じ。ずっとここで暮《く》らしていて、これからもここで暮《く》らしつづける人《ひと》ばかりだ。

その日《ひ》はいつもより村《むら》は静《しず》かで、歩《ある》いている人《ひと》もうわさ話《ばなし》をしている人《ひと》も少《すく》なかった。きっと、だれかの家《いえ》のりんご酒《シードル》の仕込《しこ》みが終《お》わったのだろう。それとも、どこかでしっぽが二本《にほん》ある子牛《こうし》が生《う》まれたとか。

まさか、この村《むら》で、そんな驚《おどろ》くようなことが起《お》こるわけがないわ。

ベルはため息《いき》をつくと、ほつれた髪《かみ》を耳《みみ》のうしろにかけながら、本屋《ほんや》へ入《はい》った。

「おはようございます、ムッシュ・レヴィ」

「おはよう、ベル！」老店主《ろうてんしゅ》がにこやかに言《い》った。うれしそうに、やさしく迎《むか》えてくれる。ベルがいつ来《き》ても変《か》わらない笑顔《えがお》だ。「親父《おやじ》さんは元気《げんき》かい？」

「ええ、発明《はつめい》コンクールに出品《しゅっぴん》する蒸気薪割《じょうきまきわ》り機《き》の最後《さいご》の仕上《しあ》げにとりかかってるわ」

ベルは踊《おど》るようにつま先《さき》で歩《ある》き、棚《たな》の本《ほん》を見《み》ながら言《い》った。茶色《ちゃいろ》のポニーテールが背中《せなか》ではねて、ベルは一瞬《いっしゅん》、幼《おさな》いころに戻《もど》ったような気《き》がした。

「すばらしいじゃないか。あいつならきっと賞《しょう》がとれる。ようやく才能《さいのう》が認《みと》められるときが来《き》たってわけだ！」

レヴィが歯《は》を見《み》せて大《おお》きく笑《わら》った。

「そんなふうに言《い》ってくれるのは、この村《むら》ではレヴィだけよ。村《むら》の人《ひと》はみんな、パパのことを変《か》わり者《もの》だと思《おも》ってる。発明《はつめい》なんて時間《じかん》のむだだってね」

ベルは悲《かな》しげな笑《え》みを浮《う》かべた。

「わしだって変《か》わり者《もの》だと思《おも》われてるさ。ほかにいくらでも場所《ばしょ》があるのに、よりにもよってこんなところに本屋《ほんや》なんか開《ひら》いてるんだからね」レヴィはほほえみ、鼻《はな》にかかった眼鏡《めがね》を持《も》ちあげると、レンズごしにベルを見《み》た。「だが、客《きゃく》がぜんぜん来《こ》ないせいで、静《しず》かでありがたいよ。おかげで好《す》きなだけ本《ほん》が読《よ》める」

ベルもレヴィに笑《え》みを返《かえ》したが、その笑顔《えがお》は少《すこ》しだけ皮肉《ひにく》っぽかった。ベルはときに、こんな笑顔《えがお》を見《み》せることがある。村人《むらびと》にはおなじみの皮肉《ひにく》っぽい笑顔《えがお》を。

「読書《どくしょ》といえば――残念《ざんねん》ながら、今週《こんしゅう》は新《あたら》しい本《ほん》は入《はい》ってないんだよ」レヴィはため息《いき》をついた。

「マダム・ドゥ・ファナティックが注文《ちゅうもん》した教会関係《きょうかいかんけい》の小冊子《しょうさっし》なら何冊《なんさつ》かあるけど」

「哲学的《てつがくてき》？」ベルはなんでもいいから読《よ》みたかった。「フランスの哲学者《てつがくしゃ》のヴォルテールとかデイドロに対《たい》して書《か》かれたものとか？　そういうのだったら読《よ》むわよ」

「ああ、いや、そんな哲学的《てつがくてき》なのじゃないよ。すごく退屈《たいくつ》なやつだ。ほかには……ちょっと気《き》がめいる内容《ないよう》なんだが……ムッシュ・ダルクが研究所《けんきゅうじょ》で使《つか》うといって注文《ちゅうもん》した専門書《せんもんしょ》があるが……。やっぱり見《み》せるのはやめとこう。彼《かれ》のような変人《へんじん》にしか理解《りかい》できそうにないからな」

レヴィは唇《くちびる》を曲《ま》げて顔《かお》をしかめた。

ベルはため息《いき》をついた。「しかたないわね。前《まえ》と同《おな》じ本《ほん》を借《か》りてってもいい？」

「どうぞ」レヴィはにこにこして店《みせ》じゅうの棚《たな》をぐるりと指《ゆび》さしながら答《こた》えた。「どれでもお好《す》きな本《ほん》を」

父親《ちちおや》が発明《はつめい》コンクールへ行《い》ってしまったら、ベルは、静《しず》かで退屈《たいくつ》な日々《ひび》を一人《ひとり》で送《おく》らなければならない。父親《ちちおや》が戻《もど》ってくるまでのあいだ、することといえば、空気《くうき》の冴《さ》えわたった秋晴《あきば》れの空《そら》の下《した》、家畜《かちく》にえさをやったり、ときには村《むら》へ散歩《さんぽ》に行《い》ったりすることぐらいだ。

いつの日《ひ》か、胸《むね》がときめくようなすてきなことが起《お》こればいいのに、とベルはいつも思《おも》っていた。そんな日《ひ》はいつになったらやって来《く》るのだろう。

4　はじめてのデート

偶然《ぐうぜん》か、それとも何《なに》か特別《とくべつ》な力《ちから》が働《はたら》いていたのかはわからない。とにかくモーリスは、金髪《きんぱつ》のあの美《うつく》しい娘《むすめ》を町《まち》のあちこちで見《み》かけるようになった。娘《むすめ》は魔法《まほう》を使《つか》って農夫《のうふ》や商店主《しょうてんしゅ》が使《つか》う道具《どうぐ》を修理《しゅうり》しているときもあれば、病気《びょうき》のバラを治療《ちりょう》して、それを配達《はいたつ》しているときもあった。友《とも》だちと談笑《だんしょう》していることもあれば、居酒屋《いざかや》でジョゼファとおしゃべりしていることもある。一人《ひとり》で本《ほん》を読《よ》んでいるのを見《み》かけたこともある。

モーリスは人《ひと》が大勢《おおぜい》いるところではいつもあの娘《むすめ》の姿《すがた》を探《さが》した。といっても、娘《むすめ》はいつも金髪《きんぱつ》とはかぎらなかった。

瞳《ひとみ》の色《いろ》も。

背《せ》の高《たか》さも。

肌《はだ》の色《いろ》も。

もとの姿《すがた》とは違《ちが》うことがあった。

魔法《まほう》で姿《すがた》を変《か》えているのだ。

けれど、そんなことよりもっとモーリスが驚《おどろ》いたのは、町《まち》の若者《わかもの》たちはだれ一人《ひとり》、いっしょにおしゃべりをしたあとに娘《むすめ》が立《た》ち去《さ》っても、そのあとを追《お》いかけないことだった。モーリスはそのことにただただびっくりしていた。

仲間《なかま》たちはモーリスが〝恋《こい》の病《やまい》にかかっている〟と言《い》いだした。フレデリックなど、困《こま》ったことに、魔力《まりょく》をもっていないふつうの娘《むすめ》をモーリスに紹介《しょうかい》してきた。でもアラリックだけは、勇気《ゆうき》を出《だ》してあの娘《むすめ》に話《はな》しかけて自分《じぶん》の存在《そんざい》をアピールしろよ、と応援《おうえん》してくれた。

あとになってわかったことだが、モーリスはけっしてそんなことをする必要《ひつよう》はなかったのだ。

というのも……。ある日《ひ》のこと。モーリスはたった一人《ひとり》でいつもより早《はや》い時間《じかん》に居酒屋《いざかや》へ行《い》った。手《て》には、その日《ひ》ずっと加工《かこう》していた小《ちい》さな金属片《きんぞくへん》を持《も》っていた。一見《いっけん》するとその金属片《きんぞくへん》は、田舎《いなか》の紳士《しんし》が酒《さけ》を飲《の》みながら暇《ひま》つぶしするための知恵《ちえ》の輪《わ》のようだった。だがよく見《み》ると、二《ふた》つの金属片《きんぞくへん》はどちらも奇妙《きみょう》な形《かたち》をしている。変色《へんしょく》した小《ちい》さな銅管《どうかん》と、くすんだ灰色《はいいろ》の金属《きんぞく》の塊《かたまり》。モーリスはその二《ふた》つをはめこもうと格闘《かくとう》していた。

ふくろうのように目《め》を大《おお》きく見開《みひら》いて、金属《きんぞく》の塊《かたまり》のとがった先《さき》を見《み》つめているとき、ふと隣《となり》の椅子《いす》にだれかが座《すわ》っているのに気《き》づいた。ふわりとしたスカートを椅子《いす》のほうへたぐりよせている。

「金属《きんぞく》に話《はな》しかければいいのよ」

顔《かお》を上《あ》げ、隣《となり》を見《み》たとたん、モーリスは目《め》をぱちくりとさせた。

緑色《みどりいろ》の瞳《ひとみ》の金髪《きんぱつ》の娘《むすめ》が、わずかにほほえみ、閉《と》じかけの本《ほん》を手《て》にして、静《しず》かにモーリスを見《み》つめている。

ふつうだったら、こんなときには「一杯《いっぱい》ごちそうします」とか「このごろ町《まち》でよく見《み》かけますよ」とか言《い》ったりするのだろう。でなければ、しどろもどろに「おきれいですね」とか、「どうしてここに座《すわ》ったんですか？」とか口《くち》にしたりするはずだ。

でも、娘《むすめ》が話題《わだい》にしているのは金属《きんぞく》だった。

「話《はな》しかける？　どういう意味《いみ》？」モーリスは言《い》った。

「金属《きんぞく》に尋《たず》ねるのよ。何《なに》が必要《ひつよう》なの、どうしてほしいのって。金属《きんぞく》にくわしい友人《ゆうじん》がそう言《い》ってたわ」

「そんなこと、思《おも》いつきもしなかったよ」モーリスはため息《いき》をついた。そして小《ちい》さくて不格好《ぶかっこう》な金属片《きんぞくへん》を持《も》ちあげると、咳払《せきばら》いをした。「こんにちは。金属《きんぞく》さん。どうすれば、ぼくの言《い》うとおりにしてくれるんだい？」

娘《むすめ》は声《こえ》をあげて笑《わら》った。かすれた甘《あま》い声《こえ》だ。意地《いじ》の悪《わる》い響《ひび》きなどまったく感《かん》じられない。モーリスも思《おも》わず笑《わら》った。いつも無愛想《ぶあいそう》なバーテンでさえ、笑《わら》いをこらえきれないでいる。

娘《むすめ》は顔《かお》にかかった金色《きんいろ》の髪《かみ》を払《はら》いのけると、本《ほん》を閉《と》じてわきへ置《お》いた。

「そうじゃなくて。わたしたちの言葉《ことば》じゃなくて、金属《きんぞく》の言葉《ことば》で言《い》わないとだめよ。わたし、ロザリンド」娘《むすめ》はそう言《い》って手《て》を差《さ》しだした。

モーリスは、簡単《かんたん》に「はじめまして《アンシャンテ》」とだけ言《い》った。ほんとうは前《まえ》からその名前《なまえ》を知《し》っていたし、どんな響《ひび》きか知《し》りたくて夜中《よなか》にそっとささやいてみたことまである。モーリスはロザリンドの手《て》をとり、キスをした。「ぼくの名前《なまえ》を言《い》ってなかったね。モーリスだ」

「あなたのこと、町《まち》でよく見《み》かけるわ」ロザリンドは榛《はん》の木《き》でできた杖《つえ》の先《さき》を店《みせ》の外《そと》に向《む》けながら言《い》った。「カブを抜《ぬ》いているときも、石《いし》を積《つ》んでいるときも、畑《はたけ》を掘《ほ》っているときも、どんなときでも別《べつ》のことを考《かんが》えてるでしょ？　金属《きんぞく》のことをね。いつも金属《きんぞく》を持《も》ち歩《ある》いてるし。それに、いつも鍛冶屋《かじや》みたいにすすだらけ。いったい何《なに》をしているの？」

「〝実用《じつよう》・的《てき》な・蒸気《じょうき》・エン・ジン〟を開発《かいはつ》してるんだ」モーリスは、その言葉《ことば》を強調《きょうちょう》したくて、音節《おんせつ》の切《き》れ目《め》に合《あ》わせてカウンターに金属《きんぞく》を打《う》ちつけながら言《い》った。「これまでの蒸気《じょうき》エンジンはバルブを開閉《かいへい》して水《みず》を引《ひ》きあげるのに人《ひと》の手《て》が必要《ひつよう》だった……イングランドやスコットランドでは鉱山《こうざん》から採掘《さいくつ》するのに蒸気《じょうき》エンジンを使《つか》うけど、水《みず》の事故《じこ》があとを絶《た》たない。でも、ぼくが開発《かいはつ》してるのはもっとすごいんだ。ピストンを押《お》したり引《ひ》いたりするだけで、水《みず》を移動《いどう》させることができる。それから……こんな話《はなし》、おもしろい？」

「もちろん、おもしろいわ」ロザリンドは、またもやにっこりした。

モーリスは、ほんとうにそう思《おも》ってくれているのだろうかと、ロザリンドをじっと見《み》つめた。

そして、はにかむように笑《わら》った。「頭《あたま》のなかにあるイメージどおりにはうまく言葉《ことば》にできないよ。すばらしい可能性《かのうせい》に満《み》ちているんだけど……説明《せつめい》することが多《おお》すぎていっぺんには無理《むり》だ。とにかく、世界《せかい》を変《か》えられるようなものなんだよ」

「火薬《かやく》みたいに？」

「いや、火薬《かやく》とは違《ちが》う。それは何《なに》かを建設《けんせつ》したりつくったりするためのものなんだ。火薬《かやく》みたいに、だれかを殺《ころ》したり征服《せいふく》したりするために使《つか》うものじゃない」

「火薬《かやく》だっていつも人《ひと》を殺《ころ》すために使《つか》われるわけじゃないわ。うっとりするような花火《はなび》をつくる女友《おんなとも》だちもいるもの。あの人《ひと》、ちょっとあなたに似《に》ているかもしれない。いつだって、より高《たか》く空《そら》へ打《う》ちあがる花火《はなび》のことばかり考《かんが》えているの。空《そら》をめがけて飛《と》んでいく砲弾《ほうだん》みたいな花火《はなび》のことを、ね」

「すてきな友《とも》だちがたくさんいるみたいだね」モーリスはため息《いき》まじりに言《い》った。「ぼくも会《あ》ってみたいな」

「それはダメ」ロザリンドは真剣《しんけん》なまなざしで言《い》った。「だって、紹介《しょうかい》しちゃったら、あなたはわたしの友《とも》だちとばっかり話《はな》すに決《き》まってるから。わたしじゃなくて」

モーリスはしばらくロザリンドを見《み》つめていた。はたして、いまの言葉《ことば》をそのまま受《う》けとっていいんだろうか。

すると、ロザリンドの笑顔《えがお》が、そのまま受《う》けとっていいのよと言《い》っていた。

まさかこんな展開《てんかい》になるとは想像《そうぞう》もしていなかった。うれしさに舞《ま》いあがったモーリスは、ロザリンドをデートに誘《さそ》った。いや、ロザリンドのほうがモーリスに近《ちか》づいたのかもしれない。モーリスにとってはどっちでもよかった。

モーリスはロザリンドをダンスパーティーに誘《さそ》いだし、苦心《くしん》してつくった金属製《きんぞくせい》のバラを贈《おく》った。そのバラをロザリンドはピンで服《ふく》の胸《むね》に留《と》めた。重《おも》いので垂《た》れさがってしまい、見栄《みば》えがするとはいえなかったが、それでもやさしいロザリンドは、そのバラをはずさなかった。

ロザリンドのほうは、モーリスを自分《じぶん》のバラ園《えん》へ連《つ》れていった。バラ園《えん》は小《ちい》さな公園《こうえん》のなかにあるのだが、魔法《まほう》の力《ちから》でふだんは外《そと》からは見《み》えない。生《い》き生《い》きとしたバラであふれ、うっとりするほどきれいだった。ほとんどのバラが、さまざまな色合《いろあ》いのピンクや赤《あか》だったが、なかには見《み》なれない色《いろ》のバラもあった。

ところで、ロザリンドはすぐに自分《じぶん》の外見《がいけん》に飽《あ》きてしまうようだった。しょっちゅう、見《み》た目《め》や服装《ふくそう》を変《か》えるのだ。危険《きけん》な炉《ろ》のある蒸《む》し暑《あつ》い庭《にわ》でモーリスの手伝《てつだ》いをしているときは、エプロンと古《ふる》いスカート姿《すがた》。二人《ふたり》で散歩《さんぽ》に出《で》かけることになると、パリのおしゃれな婦人《ふじん》たちのあいだで流行《りゅうこう》しているローブ姿《すがた》に変身《へんしん》する。ときには、肌《はだ》の色《いろ》が紫《むらさき》になることもあった。

だがモーリスは、ロザリンドが姿《すがた》を変《か》える瞬間《しゅんかん》を見《み》たことがなかった。いつも気《き》づいたときには変《か》わっているからだ。

ロザリンドの魔法《まほう》は、バラとか服装《ふくそう》とかブタの鼻《はな》なんかに使《つか》うだけでは終《お》わらなかった。夏《なつ》の終《お》わり、町《まち》の西《にし》にある泉《いずみ》の水《みず》が腐《くさ》ってしまった。町《まち》の代表者《だいひょうしゃ》は、なんとかしてほしいとロザリンドのところへやって来《き》た。

モーリスが何週間《なんしゅうかん》も炉《ろ》や金属《きんぞく》と格闘《かくとう》するのと同《おな》じように、ロザリンドも、昼《ひる》も夜《よる》もなく大昔《おおむかし》の書物《しょもつ》を読《よ》みあさった。それからぶつぶつ言《い》いながら、同《おな》じ角度《かくど》に杖《つえ》を振《ふ》れるよう、何度《なんど》も練習《れんしゅう》をくりかえした。モーリスが世界《せかい》じゅうの偉大《いだい》な科学者《かがくしゃ》や発明家《はつめいか》に手紙《てがみ》を書《か》くのと同《おな》じように、ロザリンドも、水《みず》に姿《すがた》を変《か》えている恥《は》ずかしがりやの水《みず》の精《せい》と話《はなし》をしたり、偉《い》大《だい》な魔《ま》力《りょく》をもつ老婆《ろうば》を探《さが》しだして助言《じょげん》を求《もと》めたりした。

そんな努力《どりょく》のおかげで、ロザリンドがさっと杖《つえ》を一振《ひとふ》りしただけで、泉《いずみ》の水《みず》はもとのように甘《あま》くおいしい水《みず》に戻《もど》った。町《まち》の人《ひと》はロザリンドをほめたたえたが、この一振《ひとふ》りを習得《しゅうとく》するのに、ロザリンドがどれほどの時間《じかん》と労力《ろうりょく》をかけたかを知《し》っている人《ひと》はほとんどいなかった。

だからといって、二人《ふたり》とも発明《はつめい》や魔法《まほう》にばかりに夢中《むちゅう》になっていたわけではない。モーリスはアラリックとフレデリックと、ロザリンドは友人《ゆうじん》のアデライスとバーナードと飲《の》んで騒《さわ》ぐ夜《よる》もあった。そんなときは二人《ふたり》とも、科学《かがく》や魔法《まほう》のことなどすっかり忘《わす》れ、ひたすら飲《の》んで笑《わら》った。

こうしてモーリスとロザリンドは、日中《にっちゅう》はそれぞれの仲間《なかま》といっしょにいたり、仕事《しごと》に没頭《ぼっとう》したりするものの、夜《よる》になると匂《にお》いたつバラの香《かお》りに包《つつ》まれて、互《たが》いに相手《あいて》の腕《うで》のなかで過《す》ごすのだった。

ある日《ひ》のこと、モーリスは二人《ふたり》の若者《わかもの》が十代《じゅうだい》ぐらいの少年《しょうねん》に暴力《ぼうりょく》をふるっているのを目撃《もくげき》した。若者《わかもの》たちは少年《しょうねん》をひとけのない路地《ろじ》に連《つ》れこんでいたが、蹴《け》る音《おと》や叫《さけ》び声《ごえ》を耳《みみ》にすれば、だれだって気《き》づかないわけがない。

「やめろ！　その子《こ》から手《て》を放《はな》せ！　何《なに》をしているんだ！」モーリスは大声《おおごえ》をあげた。

「おまえには関係《かんけい》ない。見《み》ないふりをしてろ」若者《わかもの》の一人《ひとり》がかみつくように言《い》った。

「こいつはシャルマントゥなんだよ」

もう一人《ひとり》が、こう言《い》えば何《なに》をしようとしているかわかるだろう、とでもいうように言《い》った。

「だから？　それだけでいじめるっていうのか？」モーリスの顔《かお》には驚《おどろ》きと怒《いか》りが浮《う》かんでいる。

「自然《しぜん》に反《はん》するだけで罪《つみ》だってことぐらい、おまえだってナチュレル（ふつうの人間《にんげん》）ならわかるだろう……おれたちは悪《あく》に染《そ》まって堕落《だらく》したやつらとは違《ちが》うんだ」

モーリスは手押《てお》し車《ぐるま》から手《て》を放《はな》すと、戦《たたか》うかまえを見《み》せた。汚《よご》れた服《ふく》の上《うえ》からでも、二《に》の腕《うで》が太《ふと》く、脚《あし》もがっしりしているのがわかる。

ベルトには、労働者《ろうどうしゃ》ならいつも持《も》ち歩《ある》いている長《なが》いナイフがあった。モーリスはナイフの柄《え》に親指《おやゆび》をかけた。

二人《ふたり》は挑《いど》むような目《め》つきでにらんではいるものの、どうやらひるんでいるようだ。

「逃《に》げるなら、いまのうちだ」モーリスがどなった。「さあ！　早《はや》くしないと衛兵《えいへい》を呼《よ》ぶぞ。それともおれにやられるほうがいいか？」

「悪魔《あくま》と交《まじ》わるやつは悪魔《あくま》と同《おな》じだ。やつらと親《した》しくしているおまえもな。いつかおまえも報《むく》いを受《う》けるぞ！」

そう吐《は》き捨《す》てるように言《い》うと、二人《ふたり》は足早《あしばや》に去《さ》っていった。モーリスは深《ふか》く息《いき》をつき、少年《しょうねん》のほうを向《む》いた。

「大丈夫《だいじょうぶ》か？」

「はい、今日《きょう》のところは」

少年《しょうねん》は皮肉《ひにく》っぽく言《い》いながら、傷《きず》だらけの体《からだ》を伸《の》ばしたり、さすったりしていた。モーリスはその顔《かお》を見《み》つめた。高《たか》い頬骨《ほおぼね》、真珠《しんじゅ》のようになめらかな肌《はだ》、きゃしゃなあご……いかにもナチュレルではない。

「あいつらはまたおそってくるに違《ちが》いない。助《たす》けてくれる人《ひと》がそばにいないときを狙《ねら》ってね。ぼくは……逃《に》げつづけなきゃいけないんだ……永遠《えいえん》に」

モーリスは、いらだたしげに歯《は》ぎしりをした。

「衛兵《えいへい》はこんなことを放《ほう》っておくのか？　町《まち》の人《ひと》がひどい目《め》に遭《あ》ってるっていうのに」

少年《しょうねん》はそれには答《こた》えずに、路地《ろじ》の入《い》り口《ぐち》のほうへあごを向《む》けた。二人《ふたり》の衛兵《えいへい》が気《け》だるそうに立《た》っている。一部始終《いちぶしじゅう》を見《み》ていたのだ。そして二人《ふたり》の衛兵《えいへい》は、モーリスに不信《ふしん》と嫌悪《けんお》のこもった視《し》線《せん》を向《む》けていた。

「何《なに》か手《て》を打《う》たないと」

モーリスはそう言《い》って、少年《しょうねん》のほうを振《ふ》りむいた。

すると少年《しょうねん》は姿《すがた》を消《け》していて、かわりにそこにいたのはロザリンドだった。ロザリンドはいきなり駆《か》けよってきたかと思《おも》うと、腕《うで》を回《まわ》してモーリスに抱《だ》きついた。

「ぜんぶ見《み》てたわ。わたしと結婚《けっこん》して！」ロザリンドは言《い》った。

「えっ？　もちろん。だけど、あれ、どうなってるんだ？」モーリスが言《い》った。

「あなたほどやさしくて勇気《ゆうき》があって、すてきな人《ひと》はいないわ。一生《いっしょう》、わたしといっしょにいるって誓《ちか》ってくれる？」

「もちろんさ。でも、一《ひと》つ聞《き》きたいことがあ――」

その言葉《ことば》は、熱《あつ》いキスでさえぎられた。

モーリスはかろうじて体《からだ》を引《ひ》きはなすと、気《き》になっていることをようやく質問《しつもん》した。

「あの殴《なぐ》られていた少年《しょうねん》、きみじゃないよね？　まさか、ぼくを試《ため》そうとしたとか？」

「ばかなこと言《い》わないで！　あなたのことを探《さが》しにきたのよ。〝友人探《ゆうじんさが》し〟の呪文《じゅもん》を使《つか》って。手《て》押《お》し車《ぐるま》で重《おも》い荷物《にもつ》を運《はこ》ぶのを手伝《てつだ》ってほしかったから」

「そうなんだ」

「それに、もし、あいつらがおそったのがわたしだったら、二人《ふたり》ともひれもなくて目《め》も見《み》えない魚《さかな》に変身《へんしん》させられていたはずよ。さあ、いいから、キスして！」
そう言《い》うと、ロザリンドはモーリスの唇《くちびる》に自分《じぶん》の唇《くちびる》をぎゅっと重《かさ》ねた。

こうして二人《ふたり》は結婚《けっこん》した。結婚式《けっこんしき》は、呪文《じゅもん》によって守《まも》られた秘密《ひみつ》のバラ園《えん》で行《おこな》われた。なかには少《すこ》し変《か》わった参列者《さんれつしゃ》もいた。モーリスに金属《きんぞく》の扱《あつか》い方《かた》を教《おし》えようとする小人《こびと》たち。長《なが》い耳《みみ》とひづめをもった娘《むすめ》たちは、いらだたしげに足《あし》を踏《ふ》み鳴《な》らし、「式《しき》を早《はや》く終《お》わらせて」としきりに司《し》祭《さい》をせっついていた。眼鏡《めがね》をかけた図書館員《としょかんいん》や研究者《けんきゅうしゃ》、モーリスの酒《さけ》飲《の》み仲間《なかま》の姿《すがた》もあった。とはいえ、式《しき》のあとのパーティーは、この王国《おうこく》で行《おこな》われたどのパーティーより熱気《ねっき》のあるものだった。

ただし、フレデリックだけは例外《れいがい》だった。フレデリックは冷《さ》めたようすで、ひと晩《ばん》じゅう居心《いご》地悪《ちわる》そうに、不機嫌《ふきげん》な顔《かお》をしていた。シャルマントゥがたくさんいたからだ。
だが、その晩《ばん》、フレデリックのしかめっ面《つら》などどうでもいいと思《おも》えるほど大変《たいへん》なことが起《お》こった。野育《のそだ》ちのブタが、おいしそうな匂《にお》いに誘《さそ》われて森《もり》からやって来《き》て、バラを踏《ふ》みつけてめちゃくちゃにしてしまったのだ。酔《よ》った客《きゃく》がなんとかブタをとりおさえるまでに、かなりの数《かず》のバラがだめになってしまった。

「秘密《ひみつ》のバラ園《えん》なのにどうやって入《はい》りこんだんだろう？　おかしなことが起《お》こるもんだ」とモーリスが言《い》った。

「魔法《まほう》を使《つか》うとね、結局《けっきょく》はその報《むく》いが自分《じぶん》に返《かえ》ってくるのよ」

ほろ酔《よ》いのファウナ（人《ひと》の胴《どう》と山羊《やぎ》の下半身《かはんしん》をもつ角《つの》のはえた農耕神《のうこうしん》）が、指《ゆび》で鼻《はな》を上《うえ》に向《む》け、ブタの鼻《はな》のまねをしながら言《い》った。

その鼻《はな》を見《み》たとたん、モーリスはロザリンドの魔法《まほう》でブタの鼻《はな》に変《か》えられてしまった男《おとこ》を思《おも》い出《だ》した。ロザリンドは必死《ひっし》になってブタに向《む》かってわめいていた――でも、シッシッと言《い》って追《お》いはらうだけで、魔法《まほう》は使《つか》っていないようだ。

「ちょっと待《ま》って――まさか、あのブタ、あのときの男《おとこ》じゃないよね？」

モーリスが、ぎょっとした顔《かお》で言《い》った。

「まさか！」ファウナはくすくすと笑《わら》った。「ただのブタよ！　でも、なんだって同《おな》じこと。結《けっ》局《きょく》はその報《むく》いが自分《じぶん》に戻《もど》ってくる。愛《あい》だろうが、憎《にく》しみだろうが、魔法《まほう》だろうが、ブタの鼻《はな》だろうが。そういうものよ」

「そうかもしれないね」

モーリスが考《かんが》え込《こ》みながら言《い》った。モーリスも少《すこ》し酔《よ》っているようだ。

この場所《ばしょ》もぼくの妻《つま》になった女性《じょせい》も、なんてすばらしいんだろう！　モーリスは思《おも》った。最高《さいこう》の結婚式《けっこんしき》だ。ブタも含《ふく》めて何《なに》もかもが。

5　まさか私《わたし》が花嫁《はなよめ》に!?

ベルは駆《か》けだしたい気持《きも》ちをおさえながら、一歩《いっぽ》一歩《いっぽ》踏《ふ》みしめるように丘《おか》をのぼっていた。ほんとうは、一刻《いっこく》も早《はや》く逃《に》げだしたかったのだけれど、その気持《きも》ちに気《き》づかれたくなくて、わざとゆっくり上《うえ》をめざした。

ベルの背後《はいご》では結婚式《けっこんしき》のパーティーが開《ひら》かれている。ベルの結婚式《けっこんしき》のパーティーだ。

美《うつく》しい眺《なが》めだった。

甘《あま》い香《かお》りの花々《はなばな》を編《あ》みこんだ趣味《しゅみ》の良《よ》い日《ひ》よけ。紙製《かみせい》の鐘《かね》とピンクのリボンをたくさんぶら下《さ》げた綱飾《つなかざ》り。真《ま》っ白《しろ》なテーブルクロスでおおわれたテーブルは、どれもピンクの旗布《はたぬの》で飾《かざ》りつけられ、いい匂《にお》いのごちそうがところ狭《せま》しと並《なら》んでいる。銀製《ぎんせい》のシャンパンクーラーのなかの冷《ひ》えたシャンパンの瓶《びん》には真珠《しんじゅ》のような水滴《すいてき》がついている。絵《え》のような光景《こうけい》だった。

楽隊《がくたい》もいた。うまくはなかったが、熱《ねつ》のこもった演奏《えんそう》だった。

うっとりするほどすてきなケーキもあった。ベルも、あのケーキだけは心残《こころのこ》りだった。三段重《さんだんがさ》ねで、フォンダン（なめらかなクリーム状《じょう》の砂糖衣《さとうごろも》）の白《しろ》とピンクは、テーブルクロスや綱飾《つなかざ》りと同《おな》じ色《いろ》。てっぺんには小《ちい》さな花嫁《はなよめ》と花婿《はなむこ》がのっていたが、ベルなら早《はや》くその下《した》のケーキにありつきたくて、よく見《み》もしないで人形《にんぎょう》たちを投《な》げ捨《す》てていたに違《ちが》いない。ムッシュ・ブーランジェのパン職人《しょくにん》としての腕前《うでまえ》がよくわかる出来《でき》ばえだった。

もちろん、〝自称《じしょう》〟花婿《はなむこ》もいた。ブタの水浴《みずあ》び場《ば》のなかであぐらをかいて座《すわ》っている。ベルも、そんなに強《つよ》く突《つ》きとばすつもりはなかったのだ。でも、いざ泥《どろ》だらけになっている花《はな》婿《むこ》を目《め》にすると、いい気味《きみ》だという気持《きも》ちも少《すこ》しはあった。

ベルのうしろは、いろいろな音《おと》であふれていた。金髪《きんぱつ》の三人組《さんにんぐみ》の娘《むすめ》たちの甲高《かんだか》い声《こえ》、チューバとアコーディオンががなり立《た》てる音《おと》、本人《ほんにん》はひそひそ声《ごえ》でガストンに話《はな》しかけているつもりだけれど、とても小声《こごえ》とは思《おも》えないル・フウの声《こえ》。司祭《しさい》の無遠慮《ぶえんりょ》なしのび笑《わら》い。

司祭《しさい》。

この司祭《しさい》こそ、ベルの心《こころ》がざわつく一番《いちばん》の原因《げんいん》だった。

恋《こい》の病《やまい》にかかって血迷《ちまよ》った男《おとこ》が呼《よ》んできたでたらめな楽隊《がくたい》も、ケーキも、テーブルも、飾《かざ》りも、どれも冗談《じょうだん》として目《め》をつぶることができる。でも、司祭《しさい》だけは別《べつ》だ。司祭《しさい》がいるということは、ガストンは本気《ほんき》だということだ。〝死《し》が二人《ふたり》を分《わ》かつまで〟ベルと添《そ》いとげると固《かた》く決意《けつい》しているのだ。

「愛《アモル・ウィンキット・オムニア》がすべてを征服するとはかぎらないのよ、まったく単純《たんじゅん》すぎるわ」とベルはつぶやいた。

「……相手《あいて》にも愛《あい》がなくちゃ意味《いみ》がないのに！」

ヒイラギガシの陰《かげ》にさっと身《み》を隠《かく》し、そこからようすをうかがっているうちに、ベルの心《こころ》はしずんでいった。結婚式《けっこんしき》のパーティーの招待客《しょうたいきゃく》だけではなく、念願《ねんがん》の花嫁《はなよめ》を手《て》にして大得意《だいとくい》のガストンをひと目見《めみ》ようと、村《むら》じゅうの人《ひと》が来《き》ているようだった。銀細工師《ぎんざいくし》のムッシュ・ルクレール、かつら師《し》で紳士服飾店主《しんしふくしょくてんしゅ》でもあるムッシュ・エベール、裁縫師《さいほうし》のマダム・ボウデット、肉屋《にくや》、パン屋《や》、燭台職人《しょくだいしょくにん》……知《し》った顔《かお》がみんないる。

でも、本屋《ほんや》のムッシュ・レヴィだけはいなかった。

レヴィがいないのは、ベルにとってうれしいことだった。レヴィは、ベルが夢見《ゆめみ》ている結婚相《けっこんあい》手《て》がどんな男性《だんせい》なのかよく知《し》っているからだ。

ガストンでないことだけはたしかだ。

もちろん、ベルの父親《ちちおや》の姿《すがた》もなかった。発明《はつめい》コンクールに出《で》かけているのだ。ベルの母親《ははおや》もいなかったが、ベルが母親《ははおや》を最後《さいご》に目《め》にしたのはほんの幼《おさな》いときなので、いなくて当然《とうぜん》だった。

そよ風《かぜ》といっしょに、うわさ話《ばなし》がベルの耳《みみ》もとに運《はこ》ばれてきた。

「まったく信《しん》じられないわ。あの娘《むすめ》、頭《あたま》がおかしいのよ……」

「ガストンをいやがるなんて。このあたりで一番《いちばん》のハンサムよ。あれほど結婚相手《けっこんあいて》にふさわしい独身男《どくしんおとこ》なんていないのにさ」

「ほんと、ばかで生意気《なまいき》な小娘《こむすめ》よねえ。わたしだったら、いつでも右《みぎ》の小指《こゆび》を差《さ》し出《だ》すっていうのに。ガストンから指輪《ゆびわ》がもらえるなら」

「何様《なにさま》のつもりなのかしらね？」

「もっとふさわしい相手《あいて》がいるとでも思《おも》ってるんじゃないの」

「だったら、デュピュイの息子《むすこ》がいいんじゃない。一日《いちにち》じゅう小石《こいし》を数《かぞ》えてる、おつむの弱《よわ》いあいつがさ。そのほうがお似合《にあ》いってもんよ」

ベルは、怒《いか》りのあまり握《にぎ》りしめたこぶしを木《き》の幹《みき》に打《う》ちつけた。ガストンは村《むら》じゅうの人気者《にんきもの》……だれよりもハンサムで、瞳《ひとみ》の青《あお》は深《ふか》く、体格《たいかく》はがっしりとして、狩《か》りの腕前《うでまえ》だって抜群《ばつぐん》だ。そんなガストンにはベルなんてふさわしくない、と村《むら》のみんなが思《おも》っていた。

ベルにはガストンなんてふさわしくない、なんて言《い》う者《もの》はいなかった。

この村《むら》の人《ひと》はみんなそうだ。

もう何年《なんねん》も、ひたすらベルとベルの父親《ちちおや》のうわさ話《ばなし》をするだけ。「ほんと、変《か》わった親子《おやこ》だ」「まったくおかしな娘《むすめ》だよ」「いつも本《ほん》ばかり読《よ》んで、友《とも》だちも恋人《こいびと》もいないじゃないか」「モーリスはちっとも酒場《さかば》に飲《の》みにきやしない。まともな仕事《しごと》もしてないし。奥《おく》さんはどこに消《き》えちまったんだか」といった具合《ぐあい》だ。

でも、ガストンにはベルが風変《ふうが》わりな娘《むすめ》であることなどどうでもよかった。イノシシを追《お》う猟《りょう》犬《けん》みたいに、しつこくベルにつきまとった。ガストンは、ベルもその父親《ちちおや》もかなり変《か》わっていることには気《き》づいていた。ただ、このあたりで一番《いちばん》の美人《びじん》を手《て》に入《い》れたかったのだ。

それに、ガストンはベルを自分《じぶん》の力《ちから》でふつうの娘《むすめ》に変《か》えられると思《おも》いこんでいた。誰《だれ》よりも男《おとこ》らしくて風格《ふうかく》のある自分《じぶん》と結婚《けっこん》すれば、本《ほん》を読《よ》みたいだの、考《かんが》えごとにふけりたいだの、一人《ひとり》でいたいだのという願《ねが》いなどふっとんでしまうに違《ちが》いないとうぬぼれていた。

こんなにハンサムな村《むら》の人気者《にんきもの》に注目《ちゅうもく》されたら、ベルの心《こころ》に変化《へんか》が起《お》こらないわけがないではないか、と。

それにしても、ムッシュ・ブーランジェが何時間《なんじかん》もかけてつくったケーキはすばらしかった。

だが、あのケーキをがまんすれば一人《ひとり》にしてもらえるというのなら……ガストンが自分《じぶん》を放《ほう》っておいてくれるのなら……あんなにすばらしいケーキでさえ、ベルには惜《お》しくなかった。

いま、ベルがいる場所《ばしょ》からは、パーティー会場《かいじょう》の人《ひと》たちが小《ちい》さく見《み》える。もっと小《ちい》さく見《み》えるように、ベルはあとずさりした。遠《とお》くに見《み》える景色《けしき》は、はちみつのようにやわらかな午後《ごご》の日差《ひざ》しに包《つつ》まれてきらきらと輝《かがや》いている。まるで現実《げんじつ》の世界《せかい》ではなく、小《ちい》さな絵《え》のようだ。ベルは親《おや》指《ゆび》を上《あ》げ、その指先《ゆびさき》を遠《とお》くのパーティー会場《かいじょう》に重《かさ》ねて、みんなを視界《しかい》から消《け》した。

それは本《ほん》を読《よ》んでいるのと同《おな》じ感覚《かんかく》だった。

本《ほん》を開《ひら》けばすぐに、このちっぽけな村《むら》は、現実《げんじつ》の世界《せかい》や想像《そうぞう》の世界《せかい》の広大《こうだい》な地図《ちず》の片隅《かたすみ》へと追《お》いやられてしまうのだから。

いま、ベルの親指《おやゆび》の先《さき》で消《け》されている人《ひと》たちは、あの川《かわ》が曲《ま》がっている先《さき》にはどんなおもしろいことがあるのだろう、などと考《かんが》えたりはしない。海《うみ》の向《む》こうのまだ見《み》ぬ国《くに》や、東《ひがし》にある古代《こだい》の国《くに》のことを想像《そうぞう》したりもしない。ほかの惑星《わくせい》にも月《つき》のような衛星《えいせい》があるという発見《はっけん》も、大《たい》したことだとは思《おも》っていないのだ。

ベルはもっと知《し》りたかった。もっともっと見《み》たかった。ある本《ほん》によると、フォークではなく箸《はし》というもので食事《しょくじ》をする人《ひと》たちのいる国《くに》があるらしい。そんな国《くに》へ行《い》ってみたかった。

想像《そうぞう》の世界《せかい》でそこへ行《い》くことくらい、自由《じゆう》にさせてほしい。

ベルが親指《おやゆび》を下《さ》げると、村人《むらびと》たちがまた視界《しかい》に入《はい》ってきた。

ベルはがっかりして、芝生《しばふ》にどさっと腰《こし》をおろした。

ほんとうは……もう、読書《どくしょ》だけでは満足《まんぞく》できなくなっていた。

ページをめくるごとに現《あらわ》れる小《ちい》さな窓《まど》。そこからいろいろな国《くに》をちらっとかいま見《み》たり、そこで暮《く》らす人《ひと》の考《かんが》え方《かた》を文字《もじ》で知《し》るだけでは、もう心《こころ》が満《み》たされない。実際《じっさい》に足《あし》を運《はこ》んで、揚子江《ようすこう》の河《かわ》の流《なが》れを見《み》てみたかった。異国《いこく》の神々《こうごう》しい笛《ふえ》の音《ね》を聴《き》いてみたかった。〝この地《ち》には虎《とら》が数《すう》頭存在《とうそんざい》す〟と書《か》かれた古《ふる》い地図《ちず》を頼《たよ》りに旅《たび》した勇敢《ゆうかん》な冒険家《ぼうけんか》が、かの地《ち》で食《た》べた物《もの》を味《あじ》わってみたかった。

西《にし》の空《そら》を見《み》やると、日《ひ》が暮《く》れかけていて、いつもベルを夢見心地《ゆめみごこち》な気分《きぶん》にさせてくれる、果《は》てしなく続《つづ》く景色《けしき》は見《み》えなくなっていた。

かわりに、空《そら》をおおうぶあつい黒雲《こくうん》が風《かぜ》に吹《ふ》かれて乱《みだ》れ飛《と》び、ときおりその雲間《くもま》に閃光《せんこう》が走《はし》った。すてき、とベルは思《おも》った。いまの気分《きぶん》に合《あ》っている。ベルは無意識《むいしき》にこぶしを握《にぎ》り、本《ほん》に出《で》てくる魔法使《まほうつか》いのように「嵐《あらし》よ早《はや》く来《こ》い」と願《ねが》いをかけた。村人《むらびと》たちが逃《に》げ場《ば》を求《もと》めて家《いえ》へと急《いそ》ぐなか、風《かぜ》が吹《ふ》き荒《あ》れ、雷鳴《らいめい》がとどろくこの丘《おか》のてっぺんで、すっくと立《た》っていたかった。

そのときふと、ベルは父親《ちちおや》のことを思《おも》い出《だ》した。発明《はつめい》コンクールへ向《む》かっている父親《ちちおや》は、この道《みち》の先《さき》のどこかにいるはずだ。

父親《ちちおや》にもうしわけない気持《きも》ちになったベルは、まるでほんとうに自分《じぶん》が天気《てんき》をどうにかできるかのように、力《ちから》をこめていたこぶしをゆるめ、肩《かた》の力《ちから》を抜《ぬ》いた。

ベルはうつぶせになって、道《みち》のほうをじっと見《み》た。けれど、もうとっくに森《もり》の奥深《おくふか》くへ入《はい》ってしまったのか、空中《くうちゅう》に舞《ま》うほこりにおおい隠《かく》されてしまったのか、父親《ちちおや》も馬《うま》のフィリップも荷車《にぐるま》も見《み》えなかった。

ベルはため息《いき》をつくと、気《き》まぐれにタンポポを一本《いっぽん》摘《つ》んだ。そういえば、荷車《にぐるま》の防水帆布《ぼうすいはんぷ》の下《した》に入《はい》っているのは、ベルの父親《ちちおや》の最高傑作《さいこうけっさく》だった。正《ただ》しく動《うご》けば、大量《たいりょう》の薪《まき》を、男《おとこ》が二人《ふたり》がかりでやる半分《はんぶん》の速《はや》さで割《わ》ることができる。驚《おどろ》くような発明品《はつめいひん》だ。きっと賞《しょう》をとるに違《ちが》いない。

ベルは唇《くちびる》をすぼめて、タンポポの綿毛《わたげ》をふっと吹《ふ》いた。

残《のこ》ったタンポポの綿毛《わたげ》を数《かぞ》えて時間《じかん》をつぶそうか、それとも夢《ゆめ》の世界《せかい》を思《おも》い描《えが》いてみようか。

ベルは、夢《ゆめ》の世界《せかい》を思《おも》い描《えが》くことにした。

もしもパパが大《おお》きな賞《しょう》をとったら、もっと大《おお》きな町《まち》へ引《ひ》っ越《こ》そうとパパを説得《せっとく》できるだろう。パパがときどき話《はな》してくれた、わたしが赤《あか》ん坊《ぼう》のころ住《す》んでいたという町《まち》で暮《く》らせるかもしれない。そこでだったら、パパも発明《はつめい》に没頭《ぼっとう》できるはずだ。あいつは頭《あたま》がおかしいなんて思《おも》っている人《ひと》たちに囲《かこ》まれて、父《ちち》と娘《むすめ》がつましく暮《く》らしていくための生活費《せいかつひ》を稼《かせ》ぐことを気《き》にするような生《せい》活《かつ》とはさよならだ。

それにわたしだって、好《す》きなだけ本《ほん》が読《よ》めるに違《ちが》いない。わたしのことを変《か》わった娘《むすめ》だと思《おも》う人《ひと》もいないだろう。都会《とかい》にはいろんな人《ひと》が集《あつ》まっているのだから。

家柄《いえがら》のいい裕福《ゆうふく》な人《ひと》が、パパの発明《はつめい》の才能《さいのう》を認《みと》めて後援者《こうえんしゃ》になってくれるかもしれない。そして、おとぎ話《ばなし》に出《で》てくる妖精《ようせい》みたいに、わたしたちを、教養《きょうよう》があって科学《かがく》にくわしい人《ひと》が大勢《おおぜい》いる世界《せかい》へさっと連《つ》れていってくれるのだ。そんな夢《ゆめ》のような場所《ばしょ》だったら、希望《きぼう》にあふれる、刺《し》激《げき》に満《み》ちた毎日《まいにち》を送《おく》れるだろう。あんなばかばかしい結婚式《けっこんしき》をするような人《ひと》がいる、こんな片《かた》田舎《いなか》から遠《とお》く離《はな》れて。

パパがあの結婚式《けっこんしき》を見《み》ないですんでほんとうによかった。パパだったらきっと、わたしみたいに怒《おこ》るのではなく、ただ途方《とほう》にくれてしまうだけだろう。そんなパパ、見《み》たくないもの。

ベルは両手《りょうて》を組《く》んでその上《うえ》にあごを置《お》き、風《かぜ》が吹《ふ》き荒《あ》れるなか、散《ち》り散《ぢ》りになって逃《に》げていく参列者《さんれつしゃ》たちを見《み》つめた。ル・フウが、必死《ひっし》で、枝《えだ》と椅子《いす》にウナギのようにぐるぐると巻《ま》きついてしまった旗布《はたぬの》を取《と》ろうとしている。村《むら》の人《ひと》はあと数分《すうふん》もすればいなくなるだろう。でも嵐《あらし》が本格《ほんかく》的《てき》になる前《まえ》に、ベルもみんなの目《め》をかいくぐって家《いえ》へ戻《もど》りたかった。できれば、家《いえ》の東側《ひがしがわ》から帰《かえ》りたい。バラ園《えん》を抜《ぬ》けて……。

バラ園《えん》か……とベルはため息《いき》をつくと、きれいなピンクや白《しろ》の点々《てんてん》がまだらに散《ち》っている景色《けしき》へと視線《しせん》を向《む》けた。あのバラこそ、父親《ちちおや》がこの村《むら》の小《ちい》さな家《いえ》から離《はな》れるのをいやがっている一番《いちばん》の原因《げんいん》だった。モーリスは、いつか妻《つま》が、バラと夫《おっと》と娘《むすめ》のもとへ戻《もど》ってくるとまだ信《しん》じている。バラの世話《せわ》をして、きれいで生《い》き生《い》きとした花《はな》を咲《さ》かせつづければ、戻《もど》ってくるに違《ちが》いない、と。

自分《じぶん》たちがここから去《さ》ったら、妻《つま》はどうやって夫《おっと》と娘《むすめ》を探《さが》しだすというのだ?

モーリスがバラ園《えん》のために発明《はつめい》した自動水《じどうみず》まき機《き》のおかげで、真冬《まふゆ》の一番寒《いちばんさむ》いときでもきれいに花《はな》を咲《さ》かせていたバラが、このごろ少《すこ》し茶色《ちゃいろ》く枯《か》れはじめていた。

ベルはむっくりと起《お》き上《あ》がった。母親《ははおや》のことはほとんど覚《おぼ》えていない。でも、世界一《せかいいち》の父親《ちちおや》がいる。それだけで十分《じゅうぶん》だった。

立《た》ち去《さ》りぎわに、はるか向《む》こうの嵐《あらし》と大地《だいち》が交《まじ》わる地平線《ちへいせん》を見《み》やったとき、ベルは路上《ろじょう》で騒《さわ》ぎが起《お》こっているのに気《き》づいた。

フィリップが家《いえ》へ向《む》かって、荷車《にぐるま》を引《ひ》きながら一心不乱《いっしんふらん》に駆《か》けてくる。

けれど、その荷車《にぐるま》にモーリスは乗《の》っていなかった。

6　滅《ほろ》びゆく王国《おうこく》

結婚式《けっこんしき》の翌日《よくじつ》から、モーリスとロザリンドの幸《しあわ》せな生活《せいかつ》が始《はじ》まった。二人《ふたり》は、アパートの三階《さんがい》のこぢんまりとした部屋《へや》へ引《ひ》っ越《こ》した。にぎやかな町《まち》の中心地《ちゅうしんち》で、それまで住《す》んでいた場所《ばしょ》よりも城《しろ》に近《ちか》い。さしあたって、ロザリンドの魔法《まほう》は、アパートの裏手《うらて》にある小《ちい》さな庭《にわ》のバラの世話《せわ》ぐらいにしか使《つか》うことはなかった。モーリスはアラリックと交渉《こうしょう》して、かつて二人《ふたり》で暮《く》らしていた家《いえ》の庭《にわ》に建《た》てた炉《ろ》をそのまま使《つか》わせてもらっていた。

はじめの一年《いちねん》は、仕事《しごと》とパーティー三昧《ざんまい》のにぎやかな年《とし》になった。熱心《ねっしん》に金属《きんぞく》の研究《けんきゅう》やバラの世話《せわ》をしながらも、ときには夜遅《よるおそ》くまでパーティーを開《ひら》き、友人《ゆうじん》と科学《かがく》の話《はなし》に花《はな》を咲《さ》かせたり、酒《さけ》を飲《の》んで大《おお》きな声《こえ》で歌《うた》ったりもした。そんな新婚生活《しんこんせいかつ》もだんだん落《お》ちついてくると、二人《ふたり》はあまり人《ひと》に会《あ》うこともなく、この部屋《へや》で落《お》ちついた暮《く》らしを送《おく》るようになった。

通《とお》りから少《すこ》し離《はな》れたこの部屋《へや》は驚《おどろ》くほど静《しず》かだった。アパートの裏手《うらて》にある狭《せま》くて暗《くら》い路地《ろじ》を通《とお》って木製《もくせい》の古《ふる》い階段《かいだん》を三階《さんがい》までのぼってくる人《ひと》などめったになかった。友人《ゆうじん》たちは、モーリスが考案《こうあん》した、大《おお》きな音《おと》が鳴《な》る警報装置《けいほうそうち》に触《ふ》れないように気《き》をつけていた。

だから、ある日《ひ》、警報装置《けいほうそうち》が鳴《な》りひびいたとき、モーリスはびっくりした。

午後《ごご》の静《しず》けさから一転《いってん》、植木鉢《うえきばち》が落《お》ちて破片《はへん》が飛《と》び散《ち》る音《おと》がして警報音《けいほうおん》がけたたましく鳴《な》りひびいたのだ。庭《にわ》の昆虫《こんちゅう》や蛾《が》がさっと逃《に》げ散《ち》った。

「ほらね？　あの警報装置《けいほうそうち》、ちゃんと役《やく》に立《た》っただろう？」

モーリスは、だれが来《き》たのか確《たし》かめようと玄関《げんかん》へと歩《ある》きながらロザリンドのほうを振《ふ》りむいて言《い》った。玄関《げんかん》のドアには、潜望鏡《せんぼうきょう》のようなものがとりつけられている。これを使《つか》えば、冬《ふゆ》の冷《つめ》たい空気《くうき》を家《いえ》のなかへ入《い》れることなく、外《そと》にだれがいるのかを確《たし》かめることができる……はずだった。ところが、反射鏡《はんしゃきょう》には何《なに》かが映《うつ》っているのが見《み》えただけだった。

モーリスはドアを開《あ》けると、はっとした。そこに少年《しょうねん》が立《た》っていたのだ。少年《しょうねん》は手《て》を高《たか》くあげたまま、あっけにとられた顔《かお》をしている。

「やあ、警報装置《けいほうそうち》が驚《おどろ》かせちゃったかな？」

モーリスは愛想《あいそ》よく言《い》った。

少年《しょうねん》は黙《だま》ったままだ。

モーリスは、少年《しょうねん》の手《て》に炭《すみ》が握《にぎ》られているのに気《き》づいた。その手《て》の先《さき》を目《め》で追《お》っていくと、ド

ア の上《うえ》の横木《よこぎ》に書《か》きかけの文字《もじ》がある。へたな字《じ》で、悪意《あくい》のある言葉《ことば》が書《か》きなぐってあった。

「これは、どういう意味《いみ》かな?」

モーリスは怒《おこ》るよりもまず、頭《あたま》が混乱《こんらん》して尋《たず》ねた。

「ここには恐《おそ》ろしい魔女《まじょ》が住《す》んでいるっていう意味《いみ》だよ!」

少年《しょうねん》は、おびえながらも挑《いど》むような口調《くちょう》で叫《さけ》んだ。つりあがった小《ちい》さな目《め》に、意地《いじ》の悪《わる》さが感《かん》じられる。

「そんな……」

モーリスは生《う》まれつきやさしくて思《おも》いやりのある人間《にんげん》だ。悪意《あくい》とは無縁《むえん》の旅人《たびびと》で、空想家《くうそうか》で、修繕屋《しゅうぜんや》でもある。でも、そんなモーリスの脳裏《のうり》には、いま、ロザリンドと初《はじ》めて会《あ》った日《ひ》に彼女《かのじょ》を脅《おど》そうとしていた男《おとこ》の姿《すがた》が浮《う》かんでいた。そして、ロザリンドがモーリスに結婚《けっこん》をもうしこんだ日《ひ》に見《み》た、殴《なぐ》られてあざだらけになった少年《しょうねん》も。

「だったら……なんだっていうんだ?」

「ここに住《す》んでる魔女《まじょ》は、男《おとこ》をブタに変《か》えた!」少年《しょうねん》は声《こえ》をはりあげた。

「違《ちが》う。男《おとこ》の鼻《はな》をブタの鼻《はな》に変《か》えただけだ。相手《あいて》の男《おとこ》はとても無礼《ぶれい》なやつだったんだ。それに、彼女《かのじょ》はあとで鼻《はな》をもとに戻《もど》してあげたんだ」

「悪魔《あくま》の崇拝者《すうはいしゃ》め！」

少年《しょうねん》はつばを吐《は》くと、背《せ》を向《む》けて去《さ》っていった。

モーリスはため息《いき》とともに室内《しつない》へ入《はい》ると、ドアをばたんと閉《し》めて鍵《かぎ》をかけた。鍵《かぎ》をかけることなどめったにないのだが。

愛《いと》しい妻《つま》は、揺《ゆ》り椅子《いす》にもたれて座《すわ》っていた。顔色《かおいろ》は悪《わる》くないが、だるそうだった。小指《こゆび》の先《さき》をくるくると回《まわ》してかき混《ま》ぜるしぐさをしただけで、スプーンが部屋《へや》の向《む》こうから飛《と》んできた。

ロザリンドは、そのスプーンで紅茶《こうちゃ》にはちみつを入《い》れてかき混《ま》ぜた。

「じつは……」モーリスはロザリンドの隣《となり》の椅子《いす》に腰《こし》をおろした。「ちょっといやなことがあってね……見《み》たこともない少年《しょうねん》が、うちの玄関《げんかん》のドアの上《うえ》にひどいことをして……つまりその、魔《ま》法《ほう》に関《かん》して胸《むね》が悪《わる》くなるようなことを書《か》いてたんだ。なんだか――」

「ああ、あの礼儀《れいぎ》知《し》らずな連中《れんちゅう》ね」ロザリンドは片手《かたて》で頭《あたま》を抱《かか》え、気《け》だるそうに言《い》った。「あいつらにはうんざりだわ。いまやどこにでもいる。なかには暴力《ぼうりょく》をふるうやつまでいるのよ……」

「あの少年《しょうねん》が自分《じぶん》であのおぞましい言葉《ことば》を考《かんが》えたとは思《おも》えない。だれか教《おし》えたやつがいるんだ」

「その子《こ》はまだいるの？　どこ？」

ロザリンドが強《つよ》い口調《くちょう》で尋《たず》ねた。立《た》ちあがろうとする彼女《かのじょ》の頬《ほお》に、赤《あか》みが差《さ》す。

モーリスがさっと腕《うで》を伸《の》ばして、ロザリンドの手《て》をつかんだ。

「あんまり興奮《こうふん》しないほうがいいよ。きみのためにも、そしてお腹《なか》の赤《あか》ちゃんのためにもね。もうすんだことだ」

ロザリンドはモーリスの手《て》をぎゅっと握《にぎ》りしめると、その手《て》にキスをし、自分《じぶん》のお腹《なか》の上《うえ》に置《お》いた。

「やっぱり、女《おんな》の子《こ》なのかい？」

モーリスがささやくように聞《き》く。

「間違《まちが》いないわ」ロザリンドが静《しず》かにほほえみながら答《こた》えた。「魔女《まじょ》は、そういうことがわかるのよ。そうだ、今日《きょう》の午後《ごご》出《で》かけるとき、ヴァシティの家《いえ》に寄《よ》るのを忘《わす》れないでね。彼女《かのじょ》に助産《じょさん》師《し》をお願《ねが》いしたいのよ。おばの出産《しゅっさん》のときもヴァシティが助産《じょさん》師《し》を務《つと》めてくれた。おばはヴァシティのことを信頼《しんらい》してたわ」

「もちろん。きみと生《う》まれてくる赤《あか》ちゃんのためなら、どんなことでもするよ」

けれど、モーリスがヴァシティの部屋《へや》へ立《た》ち寄《よ》ると、彼女《かのじょ》は姿《すがた》を消《け》していた。ドアは開《あ》いたまま、ぶらぶらと不吉《ふきつ》に風《かぜ》にゆれている。

「こんにちは」

モーリスはためらいがちに呼《よ》びかけた。しばらく待《ま》ったが返事《へんじ》はない。モーリスは、無意識《むいしき》のうちに腰《こし》のナイフに手《て》をそえ、なかへ入《はい》っていった。

「ヴァシティ？　いますか？　モーリスです。ロザリンドの夫《おっと》の……」

ヴァシティは年老《としお》いてはいたが、健康《けんこう》だったはずだ。モーリスは一瞬《いっしゅん》、ヴァシティが腰《こし》の骨《ほね》でも折《お》って床《ゆか》に倒《たお》れているのではないかと思《おも》ったが、すぐに何《なに》かがおかしい、と気《き》づいた。部屋《へや》のあちこちに不審《ふしん》な点《てん》が見《み》られる。三脚《さんきゃく》ある椅子《いす》のうち一《ひと》つがわきへ追《お》いやられ、陶器《とうき》のつぼが一《ひと》つ床《ゆか》に落《お》ちて割《わ》れている。テーブルには、半分《はんぶん》に切《き》ったバゲットとチーズとブドウが、手《て》をつけられないままに並《なら》んでいた。

「こんにちは」

モーリスの心《こころ》がざわつきはじめた。強盗《ごうとう》が押《お》しいったわけではなさそうだ。羊毛《ようもう》の上等《じょうとう》な毛布《もうふ》も置《お》いたままだし、何《なに》かが盗《ぬす》まれた形跡《けいせき》はない。なんというか……ただこつぜんと姿《すがた》を消《け》した、という感《かん》じだった。

モーリスはしばらく部屋《へや》のなかを探《さが》してみたが、ついにあきらめて部屋《へや》を出《で》ると、近所《きんじょ》の人《ひと》たちにヴァシティの居場所《いばしょ》を尋《たず》ねてまわった。けれど、どこにいるか知《し》っている人《ひと》はいなかった。

それどころか、ヴァシティがいなくなったことさえ、だれも知《し》らなかった。

それだけじゃない、とモーリスは思《おも》った。モーリスが尋《たず》ねたときに目《め》をそらした人《ひと》が何人《なんにん》かいたのだ。かかわりになるのを避《さ》けているようだった。

モーリスはロザリンドの知人《ちじん》に、ヴァシティの居場所《いばしょ》について何《なに》か知《し》らないかと聞《き》いてみることにした。難産《なんざん》で母体《ぼたい》も赤《あか》ちゃんも危険《きけん》な状態《じょうたい》におちいり、急《きゅう》に呼《よ》びだされた可能性《かのうせい》だってあるだろう。

だが、モーリスは町《まち》を歩《ある》きまわっているうちに、ドアにおぞましい落書《らくが》きをされたのは自分《じぶん》だけではないと気《き》づいた。炭《すみ》で書《か》かれたものもあれば、なかには血《ち》で書《か》いたのではないかと思《おも》われるものもあった。

知人《ちじん》の家《いえ》へたどり着《つ》くと、みんなはあわてて通《とお》りの裏《うら》へモーリスを引《ひ》っ張《ぱ》っていったり、ほかの人《ひと》にも聞《き》こえるくらい大《おお》きな声《こえ》で「シャルマントゥではないふつうの友人《ゆうじん》が訪《たず》ねてきてくれてうれしいよ」と何度《なんど》も言《い》ったりした。

彼《かれ》らもまた、ヴァシティの居場所《いばしょ》どころか、ヴァシティがいなくなったことすら知《し》らなかった。

結局《けっきょく》、なんの情報《じょうほう》も得《え》られず、モーリスは途方《とほう》に暮《く》れた。こんな重《おも》い気持《きも》ちを抱《かか》えたままでは家《いえ》へ帰《かえ》る気《き》になれなかったので、いつもの居酒屋《いざかや》へ行《い》って仲間《なかま》と飲《の》んで話《はなし》をし、暗《くら》い気分《きぶん》を振《ふ》りはらうことにした。

すると、居酒屋《いざかや》のドアに貼《は》り紙《がみ》がしてあった。

経営方針《けいえいほうしん》が変《か》わりました。犬《いぬ》、シャルマントゥお断《ことわ》り
モーリスは、いったい何《なに》が起《お》きたのかわからず、一瞬《いっしゅん》たじろいだが、いつもの習慣《しゅうかん》でドアを開《あ》けてなかへ入《はい》っていった。

店《みせ》はいつもより暗《くら》い気《き》がした。少人数《しょうにんずう》のグループが大声《おおごえ》で騒《さわ》いでいる。無理《むり》やり明《あか》るくふるまっているといった感《かん》じだった。初《はじ》めて見《み》る無愛想《ぶあいそう》な娘《むすめ》が、見《み》るからに不潔《ふけつ》そうなぼろきれでカウンターを拭《ふ》くふりをした。

フレデリックとアラリックはいつもの席《せき》にいた。フレデリックは結局《けっきょく》、モーリスが結婚《けっこん》して出《で》ていったあとも、アラリックの家《いえ》には引《ひ》っ越《こ》してこなかった。育《そだ》ってきた環境《かんきょう》の違《ちが》いのせいか、酒場《さかば》でいっしょに飲《の》むという仲《なか》以上《いじょう》にはならなかったのだ。けれど友人関係《ゆうじんかんけい》は続《つづ》いていた。モーリスが来《き》たのに気《き》づくと、二人《ふたり》とも笑顔《えがお》になった。

「ジョゼファはどうしたんだい？」

モーリスは、カウンターのそばにいる娘《むすめ》のほうへ首《くび》をかしげて小声《こごえ》で聞《き》いた。

「ジョゼファは……ここにはいない」アラリックが苦《にが》い顔《かお》をした。「自分《じぶん》の意思《いし》じゃなくてね。

もっと……快《こころよ》く受《う》けいれてもらえる場所《ばしょ》へ行《い》けって言《い》われたんだ」

「退職金《たいしょくきん》はちゃんと受《う》けとってましたよ」とフレデリックが横《よこ》から口《くち》を出《だ》した。フレデリックはリキュールの入《はい》ったグラスをじっと見《み》つめ、きれいに洗《あら》ってあるかどうかを調《しら》べている。

「いまはどこにいるのかな？　引《ひ》っ越《こ》し先《さき》が決《き》まったのなら、会《あ》いに行《い》かなくちゃ……」

「だれもジョゼファの姿《すがた》を見《み》てないんだよ……こんなふうになってしまってからは、まったく」アラリックが言《い》った。「こんな卑怯《ひきょう》なやり方《かた》がはびこるようになってからはね」

「風《かぜ》がどっちから吹《ふ》いてくるのか確《たし》かめに行《い》っただけかもしれませんよ。金《かね》ももらったことだし、町《まち》を出《で》て」

フレデリックがまた口《くち》をはさんだ。

アラリックがあきれたように目《め》を丸《まる》くした。

「このままじゃ、何《なに》もかもがぼくらの手《て》に負《お》えなくなりそうだ」モーリスが言《い》った。「今日《きょう》……見知《みし》らぬ少年《しょうねん》がやって来《き》て、胸《むね》が悪《わる》くなるようなひどいことをうちの玄関《げんかん》に書《か》いたんだ。うちだけじゃない。あちこちの家《いえ》のドアにも、同《おな》じようなことが書《か》いてある。それに、ロザリンドはヴァシティという知《し》り合《あ》いの女《おんな》の人《ひと》に助産師《じょさんし》をお願《ねが》いするつもりだったのに、ヴァシティは行方不明《ゆくえふめい》だ。だれも彼女《かのじょ》のことを話《はな》したがらない。なんだか不安《ふあん》でしかたない。いったいこの町《まち》はどうなってしまったんだ？」

アラリックがグラスを手《て》で触《さわ》りながらため息《いき》をついた。「どんどん関係《かんけい》が悪《わる》くなっていくな……ふつうの人間《にんげん》と――」

「ナチュレルと」フレデリックが口《くち》をはさんだ。「シャルマントゥの関係《かんけい》がね」

アラリックはむっとした顔《かお》でフレデリックを見《み》たかと思《おも》うと、こう続《つづ》けた。

「こんなひどい状況《じょうきょう》になったのは初《はじ》めてだ。もう止《と》められそうにない。愚《おろ》かな連中《れんちゅう》は、ほんの少《すこ》しでもふつうでない人《ひと》を見《み》つけるといやがらせをする。惚《ほ》れ薬《ぐすり》を売《う》り歩《ある》いていた薬師《くすりし》や、歌《うた》を口《くち》ずさみながら小枝《こえだ》や苔《こけ》でおもちゃをつくっていたバッボという木《き》の精《せい》までが標的《ひょうてき》になった。いやがらせやいじめだけじゃない、暴力《ぼうりょく》をふるうことだってあるんだ」

「手《て》に負《お》えなくなんてありませんよ」こんな議論《ぎろん》はもうたくさんだというように、フレデリックが言《い》った。「やっとまともになったんです。要点《ようてん》をとりちがえてはいけません。ふつうの人《ひと》たちは、むしろ状況《じょうきょう》をうまくコントロールしようとしているんです。安全《あんぜん》な暮《く》らしを確保《かくほ》するためにね。いやがらせを受《う》けているのは、罪《つみ》のある人《ひと》たちなんですから」

「罪《つみ》のある人《ひと》だって？」モーリスが食《く》ってかかった。「魔法使《まほうつか》いが？　いったいいつから魔法使《まほうつか》いだってだけで罪《つみ》になったんだ？」

「自然《しぜん》に反《はん》することは罪《つみ》なんです」

「でも、きみだって……」

「黙《だま》れ！」フレデリックが小声《こごえ》だが怒《いか》りをこめて言《い》った。「そんなのわかってる！　声《こえ》を落《お》とせ！」

モーリスは怒《いか》りをおさえきれずに、カウンターにこぶしを叩《たた》きつけた。

「じゃあ……ヴァシティのことはどうするんだ？　出産《しゅっさん》のとき助産師《じょさんし》がいなかったら、ロザリンドはどんなに心細《こころぼそ》いことか。ヴァシティはどこへ消《き》えてしまったんだろう？」

「あちこちのドアにブタの血《ち》でひどいことが書《か》かれているのを見《み》て、ここを出《で》ていくことにしたんじゃないのか」アラリックが暗《くら》い顔《かお》で言《い》った。「シャルマントゥがどんどんいなくなる……魔《ま》力《りょく》のある者《もの》にとって最後《さいご》の安息地《あんそくち》だったはずのここから……そして、魔法《まほう》はこの世《よ》から消《き》えてなくなるんだ」

「出産《しゅっさん》だからって、なにも助産師《じょさんし》を頼《たの》む必要《ひつよう》はないじゃないですか。腕《うで》のいい医者《いしゃ》を頼《たの》めばすむことです」フレデリックが事務的《じむてき》な口調《くちょう》で言《い》った。

だが、モーリスはフレデリックの言葉《ことば》を無視《むし》した。

「国王《こくおう》と王妃《おうひ》が……きっと何《なに》か手立《てだ》てを考《かんが》えてくれる。ほかの国《くに》と違《ちが》って、ここはずっと平和《へいわ》にやってきたんだから……」

「王《おう》と王妃《おうひ》なんて何《なに》もしやしないさ」アラリックがため息《いき》まじりに言《い》った。「塩不足《しおぶそく》のときや、グアランドとの貿易《ぼうえき》が停止《ていし》されたときだって、対策《たいさく》なんて立《た》ててもくれなかったじゃないか。王《おう》も王妃《おうひ》も、衛兵《えいへい》が間違《まちが》った呪文《じゅもん》をかけられて死《し》んで以来《いらい》、魔法《まほう》を恐《おそ》れているのかもしれない。まあ、ただやる気《き》がないだけかもな。まったく、一日《いちにち》じゅう城《しろ》のなかで何《なに》してるんだか。貴重《きちょう》な馬《うま》も十分《じゅうぶん》な運動《うんどう》をさせてもらってないんじゃないか」ここまで言《い》ったとき、アラリックの顔《かお》がぱっと輝《かがや》いた。「馬《うま》で思《おも》いだした！　いい知《し》らせがあるんだ！　今日《きょう》の酒《さけ》はおれがおごるよ！」

「いいことでもあったのか？」

憂鬱《ゆううつ》な気分《きぶん》を帳消《ちょうけ》しにしてくれるような明《あか》るい話題《わだい》だといいのだが。モーリスはそう思《おも》いながら言《い》った。

すると、フレデリックがにやっとした。

「モーリス、この方《かた》は王室《おうしつ》の厩舎長《きゅうしゃちょう》になるんですよ。腰《こし》をかがめて、失礼《しつれい》のないあいさつをしてください。でも、くれぐれも深《ふか》く息《いき》を吸《す》いこまないように。馬《うま》のにおいがしみつくと、そう簡単《かんたん》にはとれませんからね」

「みんなフレデリックのおかげなんだ」アラリックが、いつもより水《みず》っぽい酒《さけ》の入《はい》ったグラスをフレデリックに向《む》けてかかげる。「フレデリックが、国王《こくおう》に直接《ちょくせつ》おれのことを推薦《すいせん》してくれたんだ！」

モーリスは笑顔《えがお》になり、心《こころ》をこめてがっちりとアラリックの手《て》を握《にぎ》った。

「すばらしい知《し》らせだ、アラリック！　たいした出世《しゅっせ》じゃないか！」

「もう一《ひと》つ、うれしいことがあったんだ」アラリックが意味《いみ》ありげに眉《まゆ》を上《あ》げて言《い》った。「城《しろ》のメイド頭《がしら》の女性《じょせい》と出会《であ》ったんだ、もうすぐ家政婦長《かせいふちょう》になるらしいんだけど……」

フレデリックがあきれた顔《かお》をした。「あまり調子《ちょうし》に乗《の》っていると、罰《ばち》が当《あ》たりますよ」

「それできみは？　きみもいい知《し》らせがありそうな感《かん》じだけど」モーリスが話《はなし》を促《うなが》した。

フレデリックの気《き》むずかしい顔《かお》が、わずかにうれしそうにゆがんだ。

「いや、じつはぼくもあるんです。ぼくはいまでも王子《おうじ》を診察《しんさつ》しているんですが、国王夫妻《こくおうふさい》は、ぼくの治療《ちりょう》の腕《うで》をいたく買《か》ってくれてましてね。ぼくのために研究用《けんきゅうよう》の施設《しせつ》を提供《ていきょう》してくれたんですよ。まだ極秘《ごくひ》ですがね。でも、そこでなら、由緒《ゆいしょ》ある大学《だいがく》にいるよりはるかに自由《じゆう》に研究《けんきゅう》に没頭《ぼっとう》できる……。外科《げか》の技術《ぎじゅつ》も磨《みが》きたいんです。これまでは、とりのぞくことができなかったものを手術《しゅじゅつ》でとりのぞくことができるようにね。それに、いつかは……自分《じぶん》で自分《じぶん》を手術《しゅじゅつ》できる日《ひ》も来《く》るかもしれない」

アラリックとモーリスは、顔《かお》を見合《みあ》わせて身《み》ぶるいした。

「その施設《しせつ》とやらは、川《かわ》の向《む》こう側《がわ》の、さらに遠《とお》くの小《ちい》さな村《むら》の近《ちか》くのへんぴな場所《ばしょ》にあるんだとさ」

アラリックが、話題《わだい》を変《か》えようとすぐさま言《い》った。

「じゃあ、もうあんまり会《あ》えなくなるね」とモーリスが口《くち》にした。

「何《なに》も、この地球《ちきゅう》から消《き》えるわけじゃありませんよ」フレデリックは何《なん》てことなさそうな顔《かお》をして言《い》ったつもりだったが、どう見《み》ても、寂《さび》しがってくれるのを喜《よろこ》んでいるようだった。「今日《きょう》は、きみに会《あ》いたくて来《き》たんですよ。奥《おく》さんのご懐妊《かいにん》、おめでとうございます」

「ありがとう、ムッシュ・ドクター！」モーリスが小《ちい》さくお辞儀《じぎ》しながら言《い》った。「生《う》まれてくるぼくの娘《むすめ》について、何《なに》か見《み》える？　娘《むすめ》の未来《みらい》がわかるなら教《おし》えてほしい」

フレデリックは目《め》をそらした。

「教《おし》えられるってほどはっきりとは見《み》えないんですよ。この力《ちから》をできるだけ使《つか》わないようにしてますし」

モーリスは、生《う》まれてくる娘《むすめ》が、いつかはこの二人《ふたり》のことを「おじさん」と呼《よ》んで慕《した》う日《ひ》が来《く》るのかと思《おも》うとおかしな気《き》がした。でも、少《すく》なくとも、医学《いがく》については教《おし》えてもらえるだろう。

そしてたぶん、馬《うま》の乗《の》り方《かた》も。

7　呪《のろ》われた廃墟《はいきょ》の城《しろ》へ

ベルはフィリップに駆《か》けよった。ひづめに当《あ》たらないように注意深《ちゅういぶか》く近《ちか》づいていく。おびえているフィリップの気持《きも》ちがベルにも伝《つた》わってきた。いつもは何《なに》があっても動《どう》じないのに。もともと軍馬《ぐんば》の血《ち》を引《ひ》くフィリップは、大《おお》きくて持久力《じきゅうりょく》があり、戦場《せんじょう》でも冷静《れいせい》でいられるぐらい、落《お》ちついた気性《きしょう》の馬《うま》だった。

フィリップは、モーリスが実験《じっけん》でしょっちゅう爆発《ばくはつ》を起《お》こしても動《どう》じない。おいしいクローバーを食《は》んだり、昼寝《ひるね》をしたりしているときに、何《なに》が起《お》きても気《き》をそらすことはなかった。けれどもいまは、まるでオオカミの群《む》れに追《お》われているかのように、目《め》をむき、とびはね、荒《あら》い鼻息《はないき》を吐《は》いている。

「フィリップ、パパはどこ？　発明《はつめい》コンクールには行《い》ったの？　いったい何《なに》があったの？」

蒸気薪割《じょうきまきわ》り機《き》は荷車《にぐるま》に積《つ》まれたままだった。小《ちい》さくて取《と》れやすい部品《ぶひん》がいくつかなくなっていたが、金色《きんいろ》に光《ひか》る鉄《てつ》の板《いた》はそのままだ。強盗《ごうとう》のしわざだとしたら、もっと金《かね》になりそうな部品《ぶひん》を盗《ぬす》んでいっただろう。ベルは手綱《たづな》を握《にぎ》りしめたまま、そっと荷車《にぐるま》をはずし、わきへどけた。

「フィリップ、パパのところへ連《つ》れていって」

ベルはフィリップの広《ひろ》い背中《せなか》にまたがると、手綱《たづな》をぐいと引《ひ》き、大《おお》きな頭《あたま》を森《もり》のほうへ向《む》けさせた。

フィリップは、手綱《たづな》から自由《じゆう》になろうと首《くび》を動《うご》かして抵抗《ていこう》したものの、ついにあきらめ、ため息《いき》のような音《おと》を漏《も》らした。まるでモーリスのところへ行《い》かなければならない、とわかっているかのように。

ベルはこれまで一度《いちど》か二度《にど》しか森《もり》に入《はい》ったことがない。もちろん、一人《ひとり》で入《はい》ったことなどなく、奥《おく》まで行《い》ってみたこともない。道《みち》が二手《ふたて》に分《わ》かれている場所《ばしょ》まで来《く》ると、ベルは思《おも》わず隣町《となりまち》へ通《つう》じる左《ひだり》のほうへフィリップを行《い》かせようとしたが、フィリップは鼻《はな》を鳴《な》らして右《みぎ》のほうへ首《くび》を向《む》けた。その先《さき》には、草《くさ》の生《お》い茂《しげ》った、あまり人《ひと》が通《とお》らなそうな古《ふる》い道《みち》が続《つづ》いていた。

すでに嵐《あらし》はやんで日《ひ》もしずみ、あたりは薄気味悪《うすきみわる》い暗闇《くらやみ》に包《つつ》まれていた。怪物《かいぶつ》のように枝《えだ》を広《ひろ》げた木々《きぎ》が、道《みち》に恐《おそ》ろしげな濃《こ》い影《かげ》を落《お》としている。小《ちい》さな白《しろ》い蛾《が》がランタンに引《ひ》きよせられるように飛《と》んできては、ベルの顔《かお》の近《ちか》くでひらひらと舞《ま》った。不思議《ふしぎ》なことに、夜陰《よいん》に身《み》を潜《ひそ》ませている虫《むし》の立《た》てる音《おと》は、村《むら》の畑《はたけ》や丹念《たんねん》に手入《てい》れされた果樹園《かじゅえん》にいる虫《むし》とは違《ちが》うようだった。何《なに》かが動《うご》いているのか、足《あし》もとの枯《か》れ葉《は》からカサカサという音《おと》も聞《き》こえてくる。

ベルはふと、こんなときガストンみたいな人《ひと》がいたらどんなにいいだろうと思《おも》っている自分《じぶん》に気《き》づいた。

いや、そうじゃない。銃《じゅう》を持《も》っている人《ひと》がいい。ガストン以外《いがい》のね。

孤独《こどく》な暗《くら》い道《みち》では数分《すうふん》が数時間《すうじかん》のようにも感《かん》じられた。しばらく進《すす》み、危険《きけん》なものにおそわれる心配《しんぱい》はなさそうだとわかってくると、ベルの緊張《きんちょう》もだんだんやわらいでいった。この森《もり》はただ不気味《ぶきみ》なだけ。怖《こわ》がることはない。

それでも、父親《ちちおや》のことを考《かんが》えるとベルはいちだんと不安《ふあん》になった。ときどき、砂《すな》が積《つ》もったところやぬかるみに荷車《にぐるま》の通《とお》った跡《あと》があった。でもほかに父親《ちちおや》が通《とお》った痕跡《こんせき》らしきものは何《なに》もなかった。

やがて道幅《みちはば》が狭《せま》くなり、まわりの景色《けしき》が少《すこ》しずつ変《か》わりはじめた。さらに進《すす》んでいくと小《ちい》さな谷間《たにま》に出《で》た。左手《ひだりて》には切《き》り立《た》った山《やま》がそびえ、背《せ》の高《たか》い黒松《くろまつ》が立《た》ちならび、空《そら》はまったく見《み》えなかった。遠《とお》くのほうには四角《しかく》い木《き》の幹《みき》のようなものが見《み》え、その根《ね》もとにはイバラが生《お》い茂《しげ》っている。

四角《しかく》い木《き》なんて変《へん》ね？

そのとき、ベルは息《いき》を呑《の》んだ。不自然《ふしぜん》な形《かたち》の木《き》だと思《おも》ったものは、じつは木《き》ではなく廃墟《はいきょ》の城《しろ》だったのだ。ベルは石《いし》と煉瓦《れんが》でできた古《ふる》い建物《たてもの》にじっと目《め》を凝《こ》らした。壁《かべ》をおおっているツタはそれほど密集《みっしゅう》していない。せいぜい五十年《ごじゅうねん》か百年前《ひゃくねんまえ》に建《た》てられたのだろう。森《もり》の奥深《おくふか》くにこんな城《しろ》があるなんて、村《むら》のだれからも聞《き》いたことがない。

「この建物《たてもの》は何《なに》？」とベルはつぶやいた。

いきなりフィリップが立《た》ち止《ど》まった。おびえているのか、はあはあと浅《あさ》い呼吸《こきゅう》をしている。ベルの目《め》の前《まえ》には、どっしりとして錆《さ》びついた鉄《てつ》の門《もん》があった。門《もん》は金具《かなぐ》が少《すこ》しゆるんで傾《かたむ》いていて、ベルがなんとか通《とお》れるぐらいのすきまが開《あ》いていた。

フィリップはひづめで地面《じめん》をかき、鼻《はな》を鳴《な》らしている。

入《はい》りたくないんだわ。

ベルは馬《うま》から下《お》りると、愛馬《あいば》の温《あたた》かいわき腹《ばら》を叩《たた》いた。そして心細《こころぼそ》さをおさえてフィリップに背《せ》を向《む》けた。門《もん》のすきまに体《からだ》を無理《むり》やり押《お》しこむと、門《もん》がきしんだ。

なんとか通《とお》ると、門《もん》の向《む》こうには、薄明《うすあ》かりのなか中庭《なかにわ》が広《ひろ》がっていた。真《ま》ん中《なか》に三段《さんだん》になった噴水《ふんすい》があるが、ほこりまみれで水《みず》は入《はい》っていない。そして灰色《はいいろ》の景色《けしき》のなかに、ぽつんと汚《よご》れた黄色《きいろ》の帽子《ぼうし》が落《お》ちていた。

「パパ！」

ベルは叫《さけ》ぶと、帽子《ぼうし》に駆《か》けよって拾《ひろ》いあげた。帽子《ぼうし》のほかには、父親《ちちおや》が通《とお》った跡《あと》らしきものはない。丸石敷《まるいしじ》きの地面《じめん》には足跡《あしあと》もなかった。ベルは、まず、正面《しょうめん》の建物《たてもの》に行《い》ってみることにした。建物《たてもの》は、宿屋《やどや》でもなければ狩《か》りのときに休《やす》む小屋《こや》でもなさそうだ。よく見《み》るとそれは、もっと大《おお》きな建物《たてもの》の入《い》り口部分《ぐちぶぶん》で、見上《みあ》げると、小《ちい》さいながらも堂々《どうどう》とした城《しろ》がそびえていた。

暗《くら》いので全体《ぜんたい》はよくわからないが、塔《とう》や塁壁《るいへき》、それに、銃眼《じゅうがん》と凸壁付《とっへきつ》きの屋根《やね》のようなものもぼんやりと見《み》える。

ベルは世界一周旅行《せかいいっしゅうりょこう》どころかヨーロッパ旅行《りょこう》さえしたことがなかったが、本《ほん》はよく読《よ》んでいた。だから、この城《しろ》が古《ふる》いものではないということはわかった。小《ちい》さくて、防御壁《ぼうぎょへき》に損傷《そんしょう》もない。隣国《りんごく》と戦争《せんそう》をくりかえしていた暗黒《あんこく》の時代《じだい》をくぐり抜《ぬ》けてきた城《しろ》とはとても思《おも》えなかった。

パパだったら、こんな謎《なぞ》めいた城《しろ》を見《み》つけたら、調《しら》べてみようと思《おも》うに違《ちが》いないわ。パパったら、いったいどこへ消《き》えてしまったんだろう。手《て》にした黄色《きいろ》い帽子《ぼうし》を見《み》ながら、ベルは思《おも》った。父親《ちちおや》がここにいるかもしれないと考《かんが》えただけで、勇気《ゆうき》がわいてきた。ベルは、「パパ」と呼《よ》びかけながら、城《しろ》の正面《しょうめん》にある大《おお》きい扉《とびら》をくぐってなかへ入《はい》った。鉄《てつ》の飾《かざ》りのついたその扉《とびら》は、不《ふ》思議《しぎ》なことに鍵《かぎ》がかかっていなかった。

「パパ？」

その声《こえ》は、薄暗《うすぐら》い部屋《へや》のなかにぼんやりと見《み》える、タペストリーのかかった壁《かべ》や家具《かぐ》や彫像《ちょうぞう》にはねかえって、すぐにベルのところへ戻《もど》ってきた。かぎ爪《づめ》と牙《きば》をもつ彫像《ちょうぞう》の目《め》がやけに不気味《ぶきみ》に見《み》える。

そのとき、頭上《ずじょう》からパタパタと小刻《こきざ》みに走《はし》る足音《あしおと》が聞《き》こえたような気《き》がした。

それだけではない。氷《こおり》のようなすべすべした鏡《かがみ》に、一瞬《いっしゅん》、ランタンの明《あ》かりが映《うつ》ったようにも見《み》えた。

「パパなの？」

光《ひかり》の見《み》えた方向《ほうこう》へ、ベルは思《おも》わず駆《か》けだした。

足《あし》もとのじゅうたんは、やわらかくてほとんどすり減《へ》っていなかった。玄関広間《げんかんひろま》の向《む》こうには柱廊《ちゅうろう》があった。ベルは、南《みなみ》の国《くに》について書《か》かれた本《ほん》で柱廊《ちゅうろう》の絵《え》を見《み》て以来《いらい》、あこがれていた。でもこの城《しろ》の柱廊《ちゅうろう》は本《ほん》で見《み》たのとはだいぶ違《ちが》う。甲冑《かっちゅう》や縞大理石《しまだいりせき》のつぼ、豪華《ごうか》な額《がく》に入《い》れられた古《ふる》めかしい絵画《かいが》もあった。

ベルは、自分《じぶん》がいまどこにいるのか、どこへ向《む》かっているのかもわからなかったが、立派《りっぱ》な階《かい》段《だん》をつまずきそうになりながらのぼっていくと、中二階《ちゅうにかい》に着《つ》いた。

またた……とベルは思《おも》った。かすかだが、何《なに》かがコツンと床《ゆか》に触《ふ》れる音《おと》が聞《き》こえた。パパの足《あし》音《おと》だったら、こんなに軽《かる》くはないはずだけど、城《しろ》のなかではいつもとは違《ちが》う音《おと》がするのかもしれない。

それとも、ほかにだれかいる？

泥棒《どろぼう》？　でも、泥棒《どろぼう》だったら、とっくに目《め》の前《まえ》に姿《すがた》を現《あらわ》しているはず……でしょう？だって、何度《なんど》も大《おお》きな声《こえ》を出《だ》したから、どこにいるかはとっくに気《き》づかれているはず。泥棒《どろぼう》だったら、捕《つか》まえられて身《み》ぐるみはがされていてもおかしくない。

ベルは音《おと》のするほうをめざして、さらに上《うえ》へのぼっていった。だんだんと階段《かいだん》の幅《はば》が狭《せま》くなり、そのうち、らせん階段《かいだん》になった。天井《てんじょう》がすぐそこで、しゃがんでいないと頭《あたま》がぶつかってしまうほどだ。きっと塔《とう》まで来《き》たんだわ、とベルは思《おも》った。そしてついに、塔《とう》のてっぺんだと思《おも》えるところまで来《き》た。クモの巣《す》があちこちに張《は》っていて、下《した》より空気《くうき》がひんやりとして湿《しめ》っぽい。

「パパ？」

壁《かべ》のくぼみに小《ちい》さな枝付《えだつ》き燭台《しょくだい》が置《お》いてあり、ろうそくには火《ひ》が灯《とも》っている。ふつうなら、こんな温《あたた》かい炎《ほのお》を目《め》にすれば、勇気《ゆうき》づけられるところだ。でも、ベルは反対《はんたい》にふるえあがった。いったいだれが火《ひ》をつけて、ここへ置《お》いていったんだろう？　パパが持《も》ってきたの？　また、パタパタという足音《あしおと》が聞《き》こえた。じゅうたんを敷《し》いていない床《ゆか》に木製《もくせい》の何《なに》かがこすれるような音《おと》もする。

「すみませーん！」ベルは声《こえ》がふるえないように気《き》をつけながら大声《おおごえ》で言《い》った。「だれかいるんですかあ？　パパを探《さが》してるんです。だれか……」

「……ベルかい？」

父親《ちちおや》の声《こえ》が石壁《いしかべ》に弱々《よわよわ》しく反響《はんきょう》して、ベルはびくりとした。

「パパ！」

ベルは廊下《ろうか》を駆《か》けだした。廊下《ろうか》には、鉄《てつ》の手錠《てじょう》や足《あし》かせ、しばらく使《つか》っていなさそうな腐《くさ》りかけのさらし台《だい》（足《あし》を差《さ》しこむ二《ふた》つの穴《あな》のあいた厚板《あついた》で、昔《むかし》、罪人《ざいにん》の足《あし》をはさんでさらしものにした刑具《けいぐ》）といった恐《おそ》ろしい刑具《けいぐ》が置《お》いてある。ここは残酷《ざんこく》なことをする場所《ばしょ》だったのだ。廊下《ろうか》の両側《りょうがわ》にはまったく同《おな》じつくりのドアがいくつも並《なら》んでいて、どのドアの取《と》っ手《て》にもしっかりと鎖《くさり》が巻《ま》いてある。

だが、一番手前《いちばんてまえ》のドアの横《よこ》の壁《かべ》には燭台《しょくだい》がついていて、炎《ほのお》がゆれていた。ベルはそこへ駆《か》けよった。

「パパ！」

「ベル！」

父親《ちちおや》は、飛《と》び出《だ》さんばかりに鉄格子《てつごうし》に顔《かお》を押《お》しつけた。だが、すぐに激《はげ》しく咳《せき》こんで、あとずさりした。

「ああ、パパ……」

ベルが鉄格子《てつごうし》のあいだから手《て》を伸《の》ばすと、父親《ちちおや》はその手《て》を強《つよ》く握《にぎ》った。その瞬間《しゅんかん》、ベルは驚《おどろ》いて息《いき》を呑《の》んだ。

「パパ！　なんて手《て》が冷《つめ》たいの。こんなところ、早《はや》く出《で》なくちゃ！」

父親《ちちおや》は青白《あおじろ》い顔《かお》をしながらも、力強《ちからづよ》く言《い》った。

「ベル、わたしの体《からだ》のことなど、いまはどうでもいい。いいかい、よく聞《き》きなさい。助《たす》けを呼《よ》びに行《い》くんだ」

「いやよ！　パパを置《お》き去《ざ》りにするなんて！」

「ベル、いいからここを出《で》るんだ！　本気《ほんき》だ！　早《はや》く逃《に》げなさい！」

そのとき、ベルの背後《はいご》に何者《なにもの》かが現《あらわ》れた。

その大《おお》きな影《かげ》は、黒《くろ》いかぎ爪《づめ》のある手《て》でベルの肩《かた》をつかみ、力《ちから》づくで振《ふ》りむかせた。

「ここで何《なに》をしている」と黒《くろ》い大《おお》きな影《かげ》が、吠《ほ》えるように言《い》った。

でも、脅《おど》しているわけじゃないみたい、とベルは思《おも》った。恐《おそ》ろしい声《こえ》だけれど、乱暴《らんぼう》さが感《かん》じられなかったからだ。

「そこにいるのはだれ？」ベルは目《め》を細《ほそ》めて暗《くら》がりを見《み》た。「あなたはだれなの？」

「わたしは、この城《しろ》の主《あるじ》だ。もう一度《いちど》聞《き》く。ここで何《なに》をしているのだ！」

「パパを探《さが》しに来《き》たのよ」ベルは答《こた》えた。怒《いか》りがふつふつとわきあがってくる。「パパをここから出《だ》してちょうだい。具合《ぐあい》が悪《わる》いのよ。パパは何《なに》もしてないじゃない」

「そいつは無断《むだん》で城《しろ》に入《はい》ってきた！」

その声《こえ》は不機嫌《ふきげん》そうではあるものの、けっして悪意《あくい》に満《み》ちてはいなかった。相手《あいて》の声《こえ》に人間《にんげん》らしい響《ひび》きが感《かん》じられたので、ベルの心《こころ》にかすかな希望《きぼう》がめばえた。ベルがよく読《よ》むおとぎ話《ばなし》や冒険物語《ぼうけんものがたり》では、主人公《しゅじんこう》は力《ちから》ではなく、知恵《ちえ》で敵《てき》を打《う》ち負《ま》かす。相手《あいて》の弱点《じゃくてん》を見《み》つければいい。ときには、すぐに踏《ふ》みつけられてしまうような小《ちい》さなネズミに変身《へんしん》して相手《あいて》を油《ゆ》断《だん》させたり、敵《てき》をわざと怒《おこ》らせて調子《ちょうし》をくずさせたりすればいいのだ。

でも、それには時間《じかん》をかせがないと。

「何《なに》か、引《ひ》きかえにできるものはある？　たとえばお金《かね》とか……」ベルは自分《じぶん》の家《いえ》にあるものを思《おも》い浮《う》かべた。金属《きんぞく》や本《ほん》やがらくたなら山《やま》のようにある……それに食料《しょくりょう》が少《すこ》し……。「お金《かね》以外《いがい》のものとか……」ベルの声《こえ》はだんだんと小《ちい》さくなった。

すると、大《おお》きな笑《わら》い声《ごえ》が響《ひび》きわたった。「わたしはこの城《しろ》の主《あるじ》なのだぞ。おまえが与《あた》えられるものでわたしが持《も》っていないものなど、あると思《おも》うのか？」

ベルは必死《ひっし》で考《かんが》えた。

「じゃあ、このわたしは？」

ベルはよく考《かんが》えもせずに、頭《あたま》に浮《う》かんだことを口《くち》にした。

「ベル、だめだ！」

父親《ちちおや》が叫《さけ》んだ。

「わたしよ。わたしを引《ひ》きかえにしてちょうだい」ベルはそうくりかえした。そして深《ふか》く息《いき》を吸《す》いこむとこう言《い》った。「わたしが身代《みが》わりになるわ。だから、パパをここから出《だ》してあげて」

もう少《すこ》し時間《じかん》があればもっといい方法《ほうほう》を思《おも》いついたのかもしれない。本《ほん》のなかの主人公《しゅじんこう》と同《おな》じように。

「ベル、やめてくれ！　そんなこと許《ゆる》さない！」

「いいだろう」暗闇《くらやみ》から声《こえ》がした。「ただし、永遠《えいえん》にここに残《のこ》るのが条件《じょうけん》だ」

ベルの耳《みみ》のなかで風《かぜ》が鳴《な》りひびいた。想像《そうぞう》もしなかった運命《うんめい》が突然《とつぜん》目《め》の前《まえ》に現《あらわ》れ、ベルを飲《の》みこみ、思《おも》いもかけない方向《ほうこう》へ運《はこ》んでいく。ほんの数時間前《すうじかんまえ》には、勝手《かって》に用意《ようい》された自分《じぶん》の結婚式《けっこんしき》から逃《に》げて、父親《ちちおや》が発明《はつめい》コンクールで賞金《しょうきん》をもらったあとの生活《せいかつ》を夢見《ゆめみ》ていたというのに。

それなのに、あらゆる可能性《かのうせい》が広《ひろ》がる未来《みらい》と引《ひ》きかえに、この不気味《ぶきみ》な城《しろ》のとらわれの身《み》になるとは。

ベルは敵《てき》の正体《しょうたい》が知《し》りたかった。物語《ものがたり》の結末《けつまつ》では、いつも敵《てき》の正体《しょうたい》が暴《あば》かれる。主人公《しゅじんこう》が求《もと》めれば必《かなら》ず。

「明《あ》かりのほうへ出《で》てきてよ」ベルは要求《ようきゅう》した。

すると、意地悪《いじわる》そうに小《ちい》さく笑《わら》う声《こえ》が聞《き》こえた。

耐《た》えがたいほどの沈黙《ちんもく》のなか、敵《てき》がゆっくりと近《ちか》づいてきた。小《ちい》さな燭台《しょくだい》の橙色《だいだいいろ》の明《あ》かりのもと、ついにその正体《しょうたい》が明《あき》らかになった。

ベルは思《おも》わず息《いき》を呑《の》んだ。

ふつうだったらありえない、恐《おそ》ろしい生《い》き物《もの》がそこにいた。クマやライオンよりも大《おお》きいかぎ爪《づめ》のある足《あし》、細《ほそ》い腰《こし》、厚《あつ》い胸板《むないた》、その胸《むね》よりもがっしりとした首《くび》、もつれた茶色《ちゃいろ》の毛《け》……そんな生《い》き物《もの》がマントを身《み》にまとって立《た》っていたのだ。

首《くび》のところに金《きん》の留《と》め金《がね》がついている紫色《むらさきいろ》のマントは、ずいぶんと擦《す》り切《き》れていた。巨大《きょだい》な犬《いぬ》のような脚《あし》にはぼろぼろの青《あお》いズボンがぶらさがっている。

顔《かお》はかまどくらい大《おお》きかった。鼻《はな》はぬれて黒光《くろびか》りし、口《くち》からはまるで何《なに》かの間違《まちが》いかのように牙《きば》が飛《と》び出《だ》している。でも、はっとするほど青《あお》い瞳《ひとみ》の奥《おく》には……知性《ちせい》が見《み》え隠《かく》れしていた……。けれど、吐《は》き出《だ》す息《いき》はじっとりと熱《あつ》く、口《くち》からはよだれも垂《た》れている。

ベルは思《おも》わずあとずさりした。犬《いぬ》のように完全《かんぜん》な動物《どうぶつ》だったなら受《う》けいれられる。悪霊《あくりょう》や幽霊《ゆうれい》だったとしても納得《なっとく》できたかもしれない。そういうものが出《で》てくる物語《ものがたり》なら、いくつも読《よ》んだことがあったから。

でも、この生《い》き物《もの》は……。

半分人間《はんぶんにんげん》で、半分獣《はんぶんけもの》、おぞましい野獣《ビースト》……。

ベルは思《おも》いきって顔《かお》を上《あ》げたが、ビーストと目《め》を合《あ》わすことはできなかった。

「わかったわ、永遠《えいえん》にここにいると誓《ちか》います」

ベルは、一語一語《いちごいちご》はっきりと言《い》った。

「やめてくれ、ベル！」父親《ちちおや》が叫《さけ》んだ。「おまえに、そんなことはさせられん！」

「**決《き》まりだ！**」

そう言《い》うと、ビーストは体《からだ》の大《おお》きさを感《かん》じさせない速《はや》さでドアのところまで行《い》き、いかついかぎ爪《づめ》のある足《あし》をさっとひと振《ふ》りしただけで、独房《どくぼう》の鎖《くさり》を断《た》ち切《き》った。

父親《ちちおや》は娘《むすめ》のほうへ駆《か》けよった。

「だめだ、ベル。いいか、おまえの人生《じんせい》は、わたしと違《ちが》ってまだこれからじゃないか」

けれど、ビーストは父親《ちちおや》をつかんで引《ひ》きずりながら、階段《かいだん》をおりていった。

ベルは床《ゆか》にへたりこみ、涙《なみだ》を流《なが》した。

8 おとぎ話《ばなし》の終幕《しゅうまく》

モーリスは、シャルマントゥへの暴力《ぼうりょく》がどんどんひどくなっていることも、ヴァシティを見《み》つけられなかったことも、すべてを正直《しょうじき》にロザリンドに打《う》ち明《あ》けた。ロザリンドの反応《はんのう》は予想《よそう》どおりだった。ヴァシティの失踪《しっそう》の話《はなし》のときには目《め》を大《おお》きく見開《みひら》き、ジョゼファと居酒屋《いざかや》の話《はなし》のときには深《ふか》い緑《みどり》の目《め》を冷《つめ》たく細《ほそ》めた。顔《かお》を引《ひ》きつらせたロザリンドが次《つぎ》に何《なに》を言《い》うのかも、モーリスにはわかっていた。

「ヴァシティを見《み》つけるわ」ロザリンドはきっぱりと告《つ》げた。そして、大《おお》きなお腹《なか》を抱《かか》えたまま、関節《かんせつ》の痛《いた》みに耐《た》えながらよろよろ立《た》ち上《あ》がると部屋《へや》じゅうに視線《しせん》を走《はし》らせた。必要《ひつよう》なものを探《さが》しているのだ。マント、ステッキ……。「このごろ〝失踪《しっそう》〟が多《おお》すぎる。真相《しんそう》を突《つ》きとめないと……」

「ロザリンド――」

モーリスが強《つよ》い口調《くちょう》で言《い》った。

「わたしを止《と》めようとしても無駄《むだ》よ！」ロザリンドは声《こえ》を荒《あら》らげた。瞳《ひとみ》はぎらぎらと光《ひかり》を放《はな》ち、頬《ほお》には赤《あか》みがさしている。妊娠《にんしん》するとやさしくおだやかになる女性《じょせい》もいるというが、ロザリンドの場合《ばあい》は、もともとの激《はげ》しい気性《きしょう》がさらに激《はげ》しくなったようだ。思《おも》いきり喜《よろこ》び、思《おも》いきり怒《おこ》り、思《おも》いきり感情《かんじょう》をあらわにする。「ヴァシティはわたしのいとこの名《な》づけ親《おや》なの！　家族《かぞく》も同然《どうぜん》なのよ！」

「止《と》めるつもりなんてないさ」モーリスが言《い》った。「警告《けいこく》しているだけだ。きみは……〝あること〟ができるので有名《ゆうめい》だ。どうやらこの王国《おうこく》はもう、魔法《まほう》を使《つか》う人《ひと》たちにとって安全《あんぜん》な場所《ばしょ》ではないようだ。あちこちのドアをノックして情報《じょうほう》を集《あつ》めるのは、あまりいい考《かんが》えとは思《おも》えない。きみに注目《ちゅうもく》が集《あつ》まりすぎてしまうからね」

「あちこちのドアをノックして情報《じょうほう》を集《あつ》めようなんて思《おも》ってないわよ」とロザリンドは言《い》い返《かえ》した。だが、その言《い》い方《かた》から、そうするつもりでいたことは明《あき》らかだった。「わたしたちは……わたしたちのやり方《かた》で情報《じょうほう》を手《て》に入《い》れることができるんだから」

モーリスは口《くち》をはさまず、辛抱強《しんぼうづよ》く聞《き》いていた。

「これから……」ロザリンドは一瞬《いっしゅん》、考《かんが》えてから言《い》った。「ムッシュ・レヴィのところへ行《い》ってくるわ。レヴィの知識《ちしき》と魔法《まほう》の鏡《かがみ》があればすぐに解決《かいけつ》するはずよ」

「いい考《かんが》えだね。でも……慎重《しんちょう》にね」

「いい考《かんが》えに決《き》まってるじゃない。言《い》われなくても慎重《しんちょう》に行動《こうどう》するわよ」

ロザリンドは怒《いか》りをむきだしにして言《い》い放《はな》つと、魔法《まほう》を使《つか》ってマントをはおった。

ロザリンドは、王国《おうこく》で一番古《いちばんふる》い道《みち》を歩《ある》いていた。丸石《まるいし》敷きの道《みち》は、かたく、でこぼこしていて歩《ある》きづらかった。ロザリンドはむくんだ足《あし》を平手《ひらて》で叩《たた》いた。これまで数《かぞ》えきれないほどたくさんの母親《ははおや》が、畑《はたけ》や菜園《さいえん》で働《はたら》き、森《もり》で獲物《えもの》をとりながら、子《こ》どもたちを立派《りっぱ》に育《そだ》ててきた。こんなことぐらいで泣《な》き言《ごと》をいうわけにはいかない。

ムッシュ・レヴィの店《みせ》は町《まち》の中心地《ちゅうしんち》にはなかった。しょっちゅう引《ひ》っ越《こ》して、同《おな》じ場所《ばしょ》にあったためしがない。だから、レヴィの店《みせ》へ行《い》きたい人《ひと》は、自分《じぶん》でどこにあるのか探《さが》さなければならなかった。

「ためらってる時間《じかん》なんてないのよ」ロザリンドは、心《こころ》を落《お》ちつかせようと、ふーっと息《いき》を吐《は》きだした。そして目《め》を閉《と》じ、首《くび》を横《よこ》に振《ふ》って愚《おろ》かな考《かんが》えを頭《あたま》から追《お》いはらうと、つかつかと目《め》の前《まえ》の店《みせ》へ入《はい》っていった。

外《そと》には本屋《ほんや》の看板《かんばん》がかかっているにもかかわらず、店《みせ》のなかは、紙《かみ》とガラスであふれかえっていた。床《ゆか》は、本《ほん》と巻物《まきもの》の山《やま》のほかに、すべすべした銀《ぎん》の手鏡《てかがみ》、人形《にんぎょう》の家《いえ》に使《つか》うほど小《ちい》さい四角《しかく》い窓《まど》ガラス、そして鉢《はち》で埋《う》めつくされていた。鉢《はち》にはまるで石《いし》づくりの池《いけ》のように水《みず》が張《は》ってあり、その水面《すいめん》は少《すこ》しも動《うご》かない。ロザリンドが呼《よ》び鈴《りん》を鳴《な》らし、ドアをバタンと閉《し》め、勢《いきお》いこんで店《みせ》へ入《はい》ってきても、その水面《すいめん》は波立《なみだ》ったりしなかった。

部屋《へや》のなかは足《あし》の踏《ふ》み場《ば》もないほどだった。反対《はんたい》に、壁《かべ》をぐるりと囲《かこ》む棚《たな》はからっぽで、そこからすべてのものを引《ひ》っぱりだしたばかりのように見《み》える。

「ロザリンド！」ロザリンドに気《き》づいた店主《てんしゅ》は瞳《ひとみ》を輝《かがや》かせた。磨《みが》いていたレンズに、はあっと息《いき》を吐《は》く。痩《や》せて年老《としお》いてはいるものの、七十歳《ななじっさい》を越《こ》えているようには見《み》えない。髪《かみ》はぼさぼさであごは細《ほそ》くとがっている。「体《からだ》の調子《ちょうし》はどうだね？」

ロザリンドは一刻《いっこく》も早《はや》く真相《しんそう》を突《つ》きとめなくては、という思《おも》いにかられてはいたが、この部屋《へや》のようすに気《き》をそらされた。

「ムッシュ・レヴィ、何《なん》なのこれは？　まさか、店《みせ》を閉《し》めるの？」

「ああ、こんな事態《じたい》だからね……だれかに消《け》されるより前《まえ》に自分《じぶん》で消《き》えてしまったほうがいいかと思《おも》ってな。わしもこの本《ほん》たちも、ぐずぐずしている場合《ばあい》じゃないと思《おも》うんだよ」レヴィはいとおしむように店《みせ》を見《み》まわした。「だから荷物《にもつ》をまとめて、別《べつ》の場所《ばしょ》へ行《い》くことにしたんだ」

「だめよ、行《い》かないで」ロザリンドは言《い》った。「そこまで事態《じたい》は悪化《あっか》してない！　……と思《おも》う」

とロザリンドは自信《じしん》なさげに付《つ》けくわえた。

「いや、かなりひどい状態《じょうたい》だよ」レヴィが悲《かな》しげに言《い》った。「〈ミッドナイト・マーケット〉は閉鎖《へいさ》されたし……。人《ひと》が集《あつ》まるところで、大勢《おおぜい》が一度《いちど》におそわれたら危険《きけん》だからってね。フローランは自分《じぶん》の家《いえ》の戸口《とぐち》で発見《はっけん》されたんだが、殴《なぐ》られてあざだらけで死《し》ぬ一歩手前《いっぽてまえ》だったらしい。わしの店《みせ》が、ほかの店《みせ》のように石《いし》を投《な》げられたり、火《ひ》をつけられたりせずにすんでるのは……しょっちゅう引《ひ》っ越《こ》しているからだと思《おも》う……」

ロザリンドは、レヴィが言《い》ったことを懸命《けんめい》に理解《りかい》しようとした。

「やっぱり残《のこ》って戦《たたか》うべきよ。変《か》えられるはず。事態《じたい》がもっと悪《わる》くなる前《まえ》に」

レヴィが渇《かわ》いた声《こえ》で小《ちい》さく笑《わら》った。「きみのように若《わか》くてきれいで元気《げんき》な娘《むすめ》さんだったら、世《せ》界《かい》を変《か》えられるかもしれんな。だが、わしはもう年《とし》だ」レヴィはカウンターにもたれたまま続《つづ》けた。「それに……前《まえ》にもあったんだよ。いままた同《おな》じことがくりかえされている。次《つぎ》に同《おな》じことが起《お》こったら生《い》き残《のこ》れる保証《ほしょう》はない。だが、生《い》きているかぎり希望《きぼう》はあるんだ。生《い》きてさえいればな。このままここにいたら、そう遠《とお》くないうちに、わしもこの本《ほん》たちも焼《や》かれてしまうだろう。こんな卑劣《ひれつ》な行為《こうい》が蔓延《まんえん》していない場所《ばしょ》をなんとか探《さが》さなければならん。こんな病《や》んだ時代《じだい》を生《い》きのびられるどうか、わからんがな」

「レヴィなら大丈夫《だいじょうぶ》よ」ロザリンドは、行《い》くのをやめさせようと無理《むり》やり笑顔《えがお》をつくり、手《て》ぶりもまじえながら言《い》った。「前《まえ》にこんな経験《けいけん》をしたって、ヨーロッパのどこでの話《はなし》？　この王国《おうこく》のほかにも魔力《まりょく》が保《たも》たれている場所《ばしょ》があるの？」

「とにかく、嫌《きら》われるようなことをする魔女《まじょ》にはなったらいけないということだ」レヴィはやんわりと言《い》った。「さて、どんな本《ほん》を探《さが》してるんだ？　ローマ帝国末期《ていこくまっき》を舞台《ぶたい》にした歴史小説《れきししょうせつ》のシリーズものがあるんだ。とんでもなくおもしろいぞ。夜《よる》、暖炉《だんろ》の前《まえ》でくつろぎながら読《よ》むのにぴったりだ。読《よ》んでみるか？」

「今日《きょう》は、本《ほん》を探《さが》しに来《き》たんじゃないのよ」ロザリンドは、新品《しんぴん》の本《ほん》の山《やま》を見《み》ながら残念《ざんねん》そうに言《い》った。「あることを調《しら》べにきたのよ」

レヴィの顔《かお》がさっとこわばり、血《ち》の気《け》を失《うしな》って青《あお》ざめた。

「よっぽどのことがあったんだな。ロザリンドともあろう人《ひと》が、このわしにそんなことを頼《たの》みにくるなんて」

「ヴァシティが姿《すがた》を消《け》したの」ロザリンドは無意識《むいしき》にお腹《なか》に手《て》を置《お》いた。「出産《しゅっさん》のときに助産師《じょさんし》をお願《ねが》いするつもりだったのよ。モーリスがヴァシティの部屋《へや》へ行《い》ったらだれもいなくて。夕食《ゆうしょく》にも手《て》をつけてない状態《じょうたい》だったらしいの。最悪《さいあく》の事態《じたい》も考《かんが》えられるわ」

「わかったよ」

レヴィはため息《いき》をついた。そして、ずっと磨《みが》いていた満月《まんげつ》のように丸《まる》いレンズをそっと下《した》に置《お》いた。

「それ何《なに》？」

ロザリンドが好奇心《こうきしん》にかられて聞《き》いた。

「ああ、ちょっと思《おも》いついてね」レヴィはすでに荷《に》づくりした箱《はこ》のなかを探《さぐ》りながら答《こた》えた。「新《あたら》しい土地《とち》へ行《い》ったとき、その土地《とち》の人《ひと》たちとうまくやっていく手助《てだす》けをしてくれるものさ。ああ、あった。これだ」

レヴィは銀色《ぎんいろ》の手鏡《てかがみ》を一《ひと》つとりだした。男性用《だんせいよう》なのか、柄《え》の部分《ぶぶん》がシンプルで、鏡面《きょうめん》のまわりも一本《いっぽん》の太《ふと》い線《せん》で縁《ふち》どりがしてあるだけだった。

「ほら、自分《じぶん》で聞《き》いてごらん。ロザリンドのほうがヴァシティのことをよく知《し》っているだろう」

ロザリンドは鏡《かがみ》を受《う》けとった。鏡《かがみ》が見《み》た目《め》よりも重《おも》いのか、それとも自分《じぶん》で思《おも》っているより自《じ》分《ぶん》の力《ちから》が弱《よわ》いのか、持《も》ったとたんに鏡《かがみ》の重《おも》みで手《て》がぐいっと下《さ》がった。

「ヴァシティを見《み》せよ」

ロザリンドは鏡《かがみ》に命令《めいれい》した。

レヴィも気《き》になるのか、ロザリンドの肩越《かたご》しに鏡《かがみ》を見《み》つめている。

何《なに》も変化《へんか》は起《お》こらなかった。

鏡《かがみ》は鏡《かがみ》のまま、ただロザリンドの顔《かお》を映《うつ》すばかりで、わずかに曇《くも》ることさえない。ロザリンドは鏡《かがみ》に映《うつ》る自分《じぶん》の鼻《はな》が、とりみだしたせいで赤《あか》くなっているのに気《き》づいた。

「鏡《かがみ》よ」ロザリンドはさっきよりもっと大《おお》きな声《こえ》で命令《めいれい》した。「ヴァシティを見《み》せよ。ヴァシティはどこ？」

今度《こんど》は鏡面《きょうめん》が曇《くも》った。でも、真《ま》っ黒《くろ》な闇《やみ》が映《うつ》っているだけ。それもやがては消《き》え、ただの鏡《かがみ》に戻《もど》った。

「壊《こわ》れてるわ」

意固地《いこじ》になったロザリンドは、鏡《かがみ》をつくった本人《ほんにん》に差《さ》しだした。

「ロザリンド」レヴィがやさしい声《こえ》で言《い》った。「ヴァシティは亡《な》くなったんだ。きみもわかってるんだろう」

ロザリンドは、泣《な》くまいと唇《くちびる》をかんだ。こらえている涙《なみだ》が頭《あたま》や目《め》や額《ひたい》にあふれ、顔《かお》がふくれあがってしまいそうだった。死《し》んでしまったのなら、できることはもう何《なに》もない。

ロザリンドは鏡《かがみ》をレヴィに突《つ》き返《かえ》すと、くるりとうしろを向《む》いて泣《な》きじゃくった。吐《は》き気《け》もした。つわりは妊娠《にんしん》四《よん》か月目《げつめ》に入《はい》ったとたん嘘《うそ》のようにぴたりとやんでいたが、いま、すさまじい勢《いきお》いで戻《もど》ってきたのだ。

「ロザリンド」レヴィは悲《かな》しげに言《い》うと、手《て》にした鏡《かがみ》から目《め》をそらしてロザリンドを片手《かたて》で抱《だ》いた。

「ヴァシティが自分《じぶん》の意思《いし》で出《で》ていったのなら……あんなふうにいなくなったりしない。部屋《へや》をきちんと片《かた》づけていくはずよ。ヴァシティの一族《いちぞく》は、何世紀《なんせいき》にもわたってこの王国《おうこく》で医術師《いじゅつし》として暮《く》らしてきたの……こんな死《し》に方《かた》をするなんて思《おも》っていなかったはず。レヴィ、ヴァシティの身《み》に何《なに》かが起《お》こったのよ。だれかが彼女《かのじょ》に何《なに》かしたんだわ」

レヴィは何《なに》も言《い》わず、ただ静《しず》かにロザリンドを見《み》つめていた。ロザリンドの顔《かお》にだんだん怒《いか》りが浮《う》かんできた。

「敵《かたき》はとる。正義《せいぎ》はこっちにあるのよ。いまは、暗黒《あんこく》の時代《じだい》じゃないんですからね」

ロザリンドの言葉《ことば》は、慰《なぐさ》めなんていらない、すべてを滅《ほろ》ぼしてやると言《い》わんばかりだった。

「どの時代《じだい》にも暗《くら》い闇《やみ》はある」レヴィが静《しず》かな声《こえ》で言《い》った。「ロザリンド、モーリスと生《う》まれてくる子《こ》といっしょに遠《とお》いところに行《い》ったほうがいい。ここは危険《きけん》だ。きみにとってだけじゃなく、わしらすべてにとって。わしは、新世界《しんせかい》（ヨーロッパから見《み》た西半球《にしはんきゅう》、とくに南北《なんぼく》アメリカ大陸《たいりく》）へ行《い》くつもりだ。あそこでは、魔女裁判《まじょさいばん》はもうほとんど行《おこな》われていないはずだからね。プロビデンス（アメリカ北東部《ほくとうぶ》ロードアイランド州《しゅう》の州都《しゅうと》）は、どんな宗教《しゅうきょう》も自由《じゆう》に信《しん》じることができる都市《とし》になるだろう」

ロザリンドの心《こころ》はゆれた。魔力《まりょく》がどんどん衰《おとろ》えているこの時代《じだい》、ロザリンドの力《ちから》は魔法使《まほうつか》いのなかでも一番《いちばん》といえた。そんなロザリンドでさえ、どこにいるかわからない敵《てき》を見《み》つけだす力《ちから》は持《も》っていなかった。魔法使《まほうつか》いに対《たい》する憎《にく》しみをかきたて、この王国《おうこく》をほしいままにしようとしている連中《れんちゅう》が姿《すがた》を現《あらわ》さないかぎり、倒《たお》すことなどできない。もちろん、ひとたび目《め》の前《まえ》に現《あらわ》れたら最後《さいご》、ブタにでも石《いし》にでも虫《むし》けらにでも変《か》えてしまう自信《じしん》はあったが。

ロザリンドは決心《けっしん》した。

「国王夫妻《こくおうふさい》のところへ行《い》くわ。こんなことを止《と》められるのはあの人《ひと》たちだけだもの。いや、あの人《ひと》たちには止《と》める義務《ぎむ》がある。たとえ……衛兵《えいへい》に危険《きけん》が及《およ》ぼうとも、こんなことを終《お》わりにするのが国王《こくおう》の務《つと》めなのよ」

「どうやって、国王夫妻《こくおうふさい》に会《あ》うつもりなんだ？」

レヴィが、怪訝《けげん》な顔《かお》で質問《しつもん》する。

「幼《おさな》い王子《おうじ》がいるでしょ？　わたしは王子《おうじ》の洗礼式《せんれいしき》に出席《しゅっせき》しなかった」ふと思《おも》いついた計画《けいかく》にロザリンドはすっかり夢中《むちゅう》になった。すばらしい考《かんが》えだわ。伝統《でんとう》ある、堂々《どうどう》としたやり方《かた》。「だから洗礼式《せんれいしき》に出《で》なかったかわりに、王子《おうじ》にまじないとか祝福《しゅくふく》の言葉《ことば》とかを授《さず》けにいくのよ。その昔《むかし》、王族《おうぞく》に赤《あか》ちゃんが生《う》まれたら魔女《まじょ》がよくしていたようにね」

レヴィはため息《いき》をついた。

「悪《わる》い考《かんが》えではないと思《おも》うが、あまり期待《きたい》しすぎないほうがいい。とにかく、ここから出《で》ていく準備《じゅんび》はしておくにこしたことはないからね」

そう言《い》うとレヴィは、荷《に》づくりの途中《とちゅう》の箱《はこ》に目《め》をやり、ロザリンドのお腹《なか》に視線《しせん》を移《うつ》した。ロザリンドは両手《りょうて》でお腹《なか》を抱《かか》えていた。

ロザリンドは、魔法《まほう》を使《つか》って美《うつく》しく輝《かがや》くような衣装《いしょう》を身《み》につけると、榛《はん》の木《き》の杖《つえ》を右手《みぎて》にしっかりと握《にぎ》りしめ、胸《むね》を張《は》って堂々《どうどう》と城《しろ》に向《む》かって歩《ある》いていった。ロザリンドが近《ちか》づくと、衛兵《えいへい》がわきへ退《しりぞ》いた。衛兵《えいへい》は疑《うたが》い深《ぶか》そうな目《め》でにらみつけてきたが、ロザリンドはまったく無視《むし》した。

謁見室《えっけんしつ》に入《はい》っていくと、ぶあついビロードのカーテンに囲《かこ》まれた王座《おうざ》に、若《わか》い王《おう》と王妃《おうひ》が座《すわ》っていた。かたわらには、乳母《うば》に抱《だ》かれたあどけない王子《おうじ》がいる。

「陛下《へいか》」ロザリンドは少《すこ》しだけ頭《あたま》を下《さ》げて言《い》った。王族《おうぞく》にあいさつするときは、もっと頭《あたま》を下《さ》げるのがふつうだ。でも、ロザリンドは魔女《まじょ》なのだ。こびる必要《ひつよう》はない。

「魔女《まじょ》か」

王妃《おうひ》が抑揚《よくよう》のない声《こえ》で言《い》った。美《うつく》しい顔立《かおだ》ちだが、白《しろ》みがかった金髪《きんぱつ》、高《たか》い頬骨《ほおぼね》、薄《うす》い青色《あおいろ》の瞳《ひとみ》は冷《つめ》たい印象《いんしょう》を与《あた》えた。母親《ははおや》の持《も》つやわらかな雰囲気《ふんいき》はまったくなかった。

「これはこれは、珍《めずら》しい訪問《ほうもん》だな」

王《おう》は笑《え》みを浮《う》かべたが、その目《め》はちっとも笑《わら》っていなかった。長《なが》いこげ茶色《ちゃいろ》の髪《かみ》をうしろで一《ひと》つに束《たば》ね、額《ひたい》にかかる前髪《まえがみ》は、はやりのやり方《かた》でくるりと巻《ま》いてある。王《おう》も王妃《おうひ》も、古《ふる》くさいことが嫌《きら》いなので、王冠《おうかん》はつけていなかった。そのかわり、きらめくピン、宝石《ほうせき》のついたブローチ、金《きん》のバックルなどが豪華《ごうか》な衣装《いしょう》の上《うえ》に見《み》えた。

「王子《おうじ》に、祝福《しゅくふく》の言葉《ことば》を授《さず》けにまいりました」

ロザリンドはそう言《い》って、王子《おうじ》のほうを向《む》いた。

「そんなもの、必要《ひつよう》ない」王《おう》が面倒《めんどう》くさそうに言《い》った。「時代《じだい》は変《か》わったのだ。気持《きも》ちはありがたく受《う》けとっておく。まあ、突然《とつぜん》の訪問《ほうもん》も昔《むかし》からのならわしということで許《ゆる》すことにしよう。だが、祝福《しゅくふく》の言葉《ことば》などただの言葉《ことば》に過《す》ぎぬではないか。まじないも意味《いみ》のない願《ねが》いごとに過《す》ぎん」

ロザリンドは動揺《どうよう》を必死《ひっし》で隠《かく》しながら、王《おう》をじっと見《み》つめた。この王国《おうこく》でさえこうなってしまった！　昔《むかし》ながらのならわしやシャルマントゥの最後《さいご》の居場所《いばしょ》であったはずの王国《おうこく》までもが。

このままでは魔法《まほう》は完全《かんぜん》に追放《ついほう》されてしまう。ロザリンドは身《み》ぶるいした。

「それなら、別《べつ》にお聞《き》き願《ねが》いたいことがございます。今日《きょう》はそれを話《はな》すためにまいりました」ロザリンドは両手《りょうて》を広《ひろ》げ、目《め》をふせた。「わたしたちはいやがらせを受《う》け、暴力《ぼうりょく》をふるわれています。ときには殺《ころ》されることもあります。わたしたちに対《たい》する迫害《はくがい》をやめさせて、罪《つみ》のない民《たみ》をお守《まも》りください」

「罪《つみ》のない民《たみ》……」王《おう》があざけるように言《い》った。「それは、善良《ぜんりょう》なる〝ふつう〟の国民《こくみん》のことか？　それとも魔法使《まほうつか》いどものことか？　魔法《まほう》を使《つか》う連中《れんちゅう》は、愛国心《あいこくしん》などない、自然《しぜん》に反《はん》するやつらではないか。この公正《こうせい》なる王国《おうこく》に勝手《かって》に住《す》んで、この国《くに》の民《たみ》を脅《おびや》かし、平和《へいわ》な暮《く》らしを乱《みだ》しているのはやつらのほうだ。違《ちが》うか？」

ロザリンドは、歯《は》ぎしりをして怒《いか》りをこらえ、なんとか穏《おだ》やかな表情《ひょうじょう》を保《たも》った。いつもモーリスに忠告《ちゅうこく》されているように、怒《いか》りをおさえなければ。ロザリンドは広間《ひろま》を見《み》まわしたが、召《め》し使《つか》いも側近《そっきん》も、いま起《お》こっていることに気《き》づかないふりをしている。王子《おうじ》はボールで遊《あそ》んでいるが、そのボールは本物《ほんもの》の金《きん》でできているように見《み》えた。

ロザリンドは深《ふか》く息《いき》を吸《す》った。

「ですが、わたしたちに愛国心《あいこくしん》がないだなんて。いったいいつ、わたしたちがこの国《くに》の人《ひと》たちを脅《おびや》かしたというのですか？」

「存在《そんざい》そのものが脅威《きょうい》なのです」王妃《おうひ》が言《い》った。「彼《かれ》ら、いえ、あなたたちには特殊《とくしゅ》な能力《のうりょく》があり、銃《じゅう》も剣《けん》も簡単《かんたん》におもちゃのようなものに変《か》えてしまう。それに、ほんのささいな挑発《ちょうはつ》に対《たい》してでも平気《へいき》で魔法《まほう》を使《つか》う……まるで、中世《ちゅうせい》のおとぎ話《ばなし》のようにね。けれど、現在《げんざい》は法《ほう》と理性《りせい》の時代《じだい》なのですよ！」

「ある若者《わかもの》と魔法使《まほうつか》いがシャルマントゥの娘《むすめ》をめぐって争《あらそ》い、若者《わかもの》が命《いのち》を落《お》としたことがあったな」王《おう》が口《くち》を開《ひら》いた。「そのあと騒《さわ》ぎが起《お》こり、衛兵《えいへい》が巻《ま》きこまれて、さらに尊《とうと》い命《いのち》が奪《うば》われた」

「痛《いた》ましい事件《じけん》だと思《おも》います。でもだからといって、横暴《おうぼう》で残虐《ざんぎゃく》な行動《こうどう》を放置《ほうち》してもいいというのですか？」ロザリンドは訴《うった》えた。「女性《じょせい》が一人《ひとり》、この狂気《きょうき》、この……いわれのない偏見《へんけん》のせいで亡《な》くなりました！　人《ひと》を傷《きず》つけたことなどない罪《つみ》のない女性《じょせい》が……衛兵《えいへい》が巻《ま》きこまれた騒《さわ》ぎが起《お》きたとき、彼女《かのじょ》はその場《ば》にいさえしなかったのに。助産師《じょさんし》として、母体《ぼたい》の健康《けんこう》に気《き》を配《くば》り、新《あたら》しい命《いのち》を誕生《たんじょう》させることだけにずっと力《ちから》を注《そそ》いできたような人《ひと》が。いったい何《なに》をしたというのですか？　彼女《かのじょ》の死《し》はあなたの責任《せきにん》よ！」

王《おう》は肩《かた》をすくめた。

「なんのことを言《い》っているのか、さっぱりわからん。われわれにはまったくかかわりのないことだ。ほかに考《かんが》えなければならない重要《じゅうよう》なことがある。国家《こっか》の運営《うんえい》という仕事《しごと》だ。国《くに》のかじとりをしていくのがわれわれの仕事《しごと》だ。隣国《りんごく》で、また疫病《えきびょう》が蔓延《まんえん》しはじめているらしい。国境《こっきょう》を閉鎖《へいさ》するかどうか決《き》めなければならない」

「一人《ひとり》や二人《ふたり》ではなく……多《おお》くの……ふつうではない……この国《くに》の民《たみ》が姿《すがた》を消《け》しているんです。そんなときに、国境《こっきょう》を閉鎖《へいさ》して民《たみ》を隔離《かくり》するかどうかを考《かんが》えることだけが、王《おう》のなすべきことだというのですか。まったくいい仕事《セボン》ですね。そう思《おも》いませんか？」

王妃《おうひ》は小《ちい》さく舌《した》を鳴《な》らして王子《おうじ》をあやしている。

王子《おうじ》は片言《かたこと》でそれに答《こた》えていた。

ロザリンドは、その光景《こうけい》を嫌悪《けんお》と憎《にく》しみと怒《いか》りのこもった目《め》で見《み》つめた。金色《きんいろ》の光《ひかり》の玉《たま》となって、いますぐにでもここから飛《と》びだしたい。〝あなたたちはきっと、この日《ひ》を後悔《こうかい》するときが来《く》るわ〟という激《はげ》しい言葉《ことば》を投《な》げつけて。

けれど、それは賢明《けんめい》なやり方《かた》ではない。

ロザリンドは王《おう》たちに背《せ》を向《む》けて、ゆっくりと歩《ある》いていった……。

人間《にんげん》の姿《すがた》のままで……。

敗北者《はいぼくしゃ》のようにうなだれて。

9　ティーポットがしゃべった！

ベルは独房《どくぼう》の床《ゆか》につっぷして泣《な》いていた。

不思議《ふしぎ》なことに、こうして目《め》を閉《と》じて思《おも》いきり泣《な》いているだけで心《こころ》が空《から》っぽになり、何《なに》もかも忘《わす》れられた。城《しろ》もビーストもとらわれの身《み》となったことも、どれもあまりに現実《げんじつ》ばなれしていて、たんなる恐《おそ》ろしい夢《ゆめ》なのではないかと思《おも》えてくる。父親《ちちおや》に止《と》められたにもかかわらず寝《ね》る前《まえ》に怖《こわ》い物語《ものがたり》を読《よ》んだあとに、必《かなら》ず見《み》ていた夢《ゆめ》のように。

けれど、膝《ひざ》の下《した》の床《ゆか》は氷《こおり》のように冷《つめ》たく、ベルの涙《なみだ》でぬれていた。

間違《まちが》いなく、これは現実《げんじつ》なのだ。

いつかは退屈《たいくつ》な村《むら》を出《で》て冒険《ぼうけん》に出《で》たいという夢《ゆめ》も、永遠《えいえん》に消《き》えうせてしまった。残《のこ》りの人生《じんせい》は、だれからも忘《わす》れ去《さ》られたまま、暗《くら》い部屋《へや》で鎖《くさり》につながれて過《す》ごすのだろう。もしかしたらガストンが自分《じぶん》を探《さが》しだしてくれるかもしれないという考《かんが》えが、ベルの頭《あたま》をよぎった。結婚式《けっこんしき》のごたごたがすんだあと、捜索隊《そうさくたい》を組《く》んで……。

もうパパには二度《にど》と会《あ》えないんだわ。

そう思《おも》ったベルは、ぱっと立《た》ちあがると小《ちい》さな窓《まど》へ駆《か》けより、冷《つめ》たい石《いし》の窓枠《まどわく》から下《した》を見《み》た。中庭《なかにわ》に、車輪《しゃりん》がとれたほこりまみれの馬車《ばしゃ》が、巨大《きょだい》な昆虫《こんちゅう》のようにうずくまっている。父親《ちちおや》がその馬車《ばしゃ》のなかにいて、なりふりかまわずドアを開《あ》けようとしていた。その不安《ふあん》げな顔《かお》までよく見《み》えた。そのあとの光景《こうけい》は、ベルにとってはありえないものだった。城《しろ》の門《もん》がひとりでに開《あ》き、馬《ば》車《しゃ》が勝手《かって》に進《すす》みはじめたかと思《おも》うと、父親《ちちおや》を乗《の》せたままあっという間《ま》に森《もり》のほうへ去《さ》っていったのだ。

ビーストの姿《すがた》は見《み》えなかったが、すぐ近《ちか》くにいるような気配《けはい》はあった。ビーストはたしかに恐《おそ》ろしい。けれどいまは、恐怖《きょうふ》より絶望《ぜつぼう》の底《そこ》に突《つ》き落《お》とされた気持《きも》ちのほうが強《つよ》かった。

「さよならも言《い》わせてもらえなかった」ベルは窓《まど》から目《め》を離《はな》さないまま泣《な》きじゃくった。「パパにはもう二度《にど》と会《あ》えないんだ」

そのとき、足《あし》をひきずるような音《おと》がした。ビーストがベルのいる独房《どくぼう》の前《まえ》に立《た》っていた。

「ああ、その――」ビーストは咳払《せきばら》いをしてから続《つづ》けた。「おまえの部屋《へや》へ案内《あんない》する」

ベルは驚《おどろ》きのあまり涙《なみだ》を呑《の》みこんだ。聞《き》き間違《まちが》いじゃないだろうか。

「わたしの部屋《へや》ですって？」ベルは顔《かお》をあげてそう聞《き》くと、独房《どくぼう》のなかを見《み》まわした。「だって、ここが……」

「このまま塔《とう》にいたいのか？」

ビーストがいらだたしげに、うなるような声《こえ》で言《い》った。

「もちろん、いたくない。でも――」

「だったら、ついてこい！」

ビーストは、燭台《しょくだい》を手《て》にしたまま、力強《ちからづよ》い動《うご》きでさっとうしろを向《む》いた。高《たか》くかかげたろうそくで行《ゆ》く手《て》を照《て》らしながら、階段《かいだん》をはねるようにおりていく。ときには四本足《よんほんあし》になることもあったが、たいていは二本足《にほんあし》で動《うご》いている。その姿《すがた》はまるでうしろ脚《あし》で歩《ある》くプードルのようだった。疲《つか》れきっていたベルは、ほかにとるべき道《みち》も思《おも》いつかなかったので、ビーストのあとをついていった。しばらくはどちらも無言《むごん》のままで、ベルの足音《あしおと》だけが床《ゆか》に響《ひび》いていた。

「その――」ビーストがまた咳払《せきばら》いした。「この城《しろ》を気《き》に入《い》ってくれたらいいのだが……」

なんですって？

わたしに、この城《しろ》を気《き》に入《い》ってほしいと思《おも》ってるの？　招待《しょうたい》されたお客《きゃく》さんのように？　とらわれの身《み》のわたしにそんなこと言《い》うなんて。それに、この怪物《かいぶつ》は、人間《にんげん》と同《おな》じように話《はな》ができるのね。しかも、理性《りせい》のある会話《かいわ》が。ベルの心《こころ》に希望《きぼう》がわいてきた。

「どういうこと？」

ベルはそっと尋《たず》ねた。

「この城《しろ》を自分《じぶん》の家《いえ》だと思《おも》って、どこでも好《す》きなように歩《ある》きまわっていい。ただし、西《にし》の塔《とう》だけはダメだ」

「西《にし》の塔《とう》に何《なに》かあるの？」

どうやらベルは先《さき》を急《いそ》ぎすぎたようだ。

ビーストはベルのほうへ振《ふ》りむくと、牙《きば》をむいた。

「とにかく、西《にし》の塔《とう》は立《た》ち入《い》り禁止《きんし》だ！」

思《おも》わずひるんだベルは壁《かべ》のほうにあとずさりした。ビーストの熱《あつ》い息《いき》がベルめがけておそいかかる。ベルの脳裏《のうり》に、古代《こだい》ローマの処刑場《しょけいじょう》で人間《にんげん》にかみつこうとしているライオンの姿《すがた》が浮《う》かんだ。やがて、ビーストはわずかに聞《き》きとれるほど小《ちい》さくうなると、ベルから離《はな》れて、階段《かいだん》をおりはじめた。

ベルは重《おも》い足《あし》どりで、あとをついていった。

西《にし》の塔《とう》の話《はなし》のあとは、どちらとも黙《だま》ったまま薄暗《うすぐら》い城《しろ》のなかをひたすら歩《ある》きつづけた。ベルは自分《じぶん》がいまどこにいるのか確《たし》かめたくて、あたりを見《み》まわした。結局《けっきょく》は、別《べつ》の独房《どくぼう》に連《つ》れていかれるだけなのではないだろうか。あっという間《ま》に自分《じぶん》を食《く》い殺《ころ》してしまいそうなビーストに。

とうとう、ビーストは長《なが》い廊下《ろうか》のある部屋《へや》の前《まえ》で足《あし》を止《と》めると、その部屋《へや》のドアを開《あ》け、なかへ入《はい》るようベルに手《て》ぶりをした。

なかに入《はい》ったベルは、その部屋《へや》の豪華《ごうか》さに目《め》をみはった。部屋《へや》の真《ま》ん中《なか》にある天蓋付《てんがいつ》きのベッドは、整《ととの》えたばかりのようにきれいだった。しゃれた出窓《でまど》には、厚《あつ》いビロードのカーテンがかかり、外《そと》の景色《けしき》を美《うつく》しく縁《ふち》どっている。ベッドの横《よこ》にある金《きん》メッキされた洋服《ようふく》ダンスは、ベルの家《いえ》の食料庫《しょくりょうこ》ぐらいの大《おお》きさがあった。漆喰《しっくい》の壁《かべ》には円形《えんけい》の模様《もよう》が華《はな》やかに描《えが》かれている。ビーストは、四方《しほう》の壁《かべ》にとりつけられた反射鏡《はんしゃきょう》付《つ》きの燭台《しょくだい》に次々《つぎつぎ》と火《ひ》をつけていく。たちまち、部屋《へや》じゅうが居心地《いごこち》のいい温《あたた》かい雰囲気《ふんいき》に包《つつ》まれた。

ビーストは黙《だま》ったまま廊下《ろうか》に移動《いどう》すると、ドアのところでしばらくたたずんだ。何《なに》を言《い》えばいいのかわからない、とでもいうように。

ベルも何《なに》を言《い》えばいいのかわからなかった。「ありがとう」は、自分《じぶん》をこの城《しろ》に閉《と》じこめた相《あい》手《て》に対《たい》する言葉《ことば》としてはふさわしくない気《き》がした。

「何《なに》か必要《ひつよう》なものがあれば……」ビーストがそわそわしながら、うなるような声《こえ》で言《い》った。「召《め》し使《つか》いにもうしつけるように」

召《め》し使《つか》い？　召《め》し使《つか》いって？　ビーストとベルと父親《ちちおや》のほかに、この城《しろ》に生《い》きているものの気《け》配《はい》など感《かん》じられなかった。このビーストは、怪物《かいぶつ》のように恐《おそ》ろしいだけでなく、頭《あたま》がおかしいのだろうか？

「ディナーの席《せき》に来《く》るように！」ビーストがどなった。「これは命令《めいれい》だ」

そう言《い》いのこすと、ビーストはドアを閉《し》め、暗闇《くらやみ》のなかへ姿《すがた》を消《け》した。

ベルはどうしていいかわからず、ふたたび涙《なみだ》を流《なが》した。こうして泣《な》きじゃくっていると、幼《おさな》いころにいたずらをして、お仕置《しお》きとして部屋《へや》に閉《と》じこめられたことを思《おも》い出《だ》す。けれど現実《げんじつ》は、ビーストにとらわれて、おびえる身《み》。どうしてこんなことになってしまったのだろう。ベルはわけがわからなかったし、疲《つか》れきってもいた。

すると、ベルの泣《な》き声《ごえ》に混《ま》じって、ドアをノックするかすかな音《おと》が聞《き》こえた。おかしな音《おと》だ。年寄《としよ》りや体《からだ》の弱《よわ》っている人《ひと》が叩《たた》く音《おと》よりもっと小《ちい》さい、消《き》えいりそうなか弱《よわ》い音《おと》。もしかして、かぎ爪《づめ》で叩《たた》いているの？

ここには、ビーストのほかにも正体《しょうたい》のわからない恐《おそ》ろしい生《い》き物《もの》がいるってこと？

ベルは勇気《ゆうき》をふるって立《た》ちあがり、深《ふか》く息《いき》を吸《す》いこんでから言《い》った。

「どなた？」

「ポット夫人《ふじん》です。家政婦長《かせいふちょう》の」

ああ、この城《しろ》には人間《にんげん》もいるんだ。ベルは心《こころ》からほっとした。髪《かみ》をなでつけて身《み》なりを整《ととの》え、ドアを開《あ》けた。よかった、話《はな》し相手《あいて》がいて……。

「お茶《ちゃ》をお持《も》ちしました」

ベルは心臓《しんぞう》が止《と》まりそうなほど驚《おどろ》いた。

声《こえ》の主《ぬし》は、床《ゆか》のすぐそばにいた。

陶磁器《とうじき》のティーポット、砂糖入《さとうい》れ、クリーム入《い》れ、ティーカップが、小《ちい》さな軍隊《ぐんたい》が行進《こうしん》するように、カチャカチャと音《おと》を奏《かな》でながら部屋《へや》へ入《はい》ってきた。ティーポットは話《はな》すとき、その注《つ》ぎ口《くち》──それとも鼻《はな》だろうか──をベルに向《む》けていた。

ベルは思《おも》わずあとずさりをした。その拍子《ひょうし》に洋服《ようふく》ダンスにぶつかった。

「あなたは──えっと……」

ベルは口《くち》ごもった。

「気《き》をつけて！」

と今度《こんど》は洋服《ようふく》ダンスが言《い》った。甲高《かんだか》い、女性《じょせい》らしい声《こえ》だ。

ベルはベッドの上《うえ》へ飛《と》びのいた。

そしてすぐに、ベッドからおりた。ベッドも話《はな》しはじめたらどうしようと思《おも》ったのだ。

「こんなこと……ありえないわ」

ベルは声《こえ》をひそめて言《い》った。これはすべてまぼろし？　おしゃべりする家具《かぐ》だなんて、まだビーストのほうが信《しん》じられる。

ティーポットは、静《しず》かに自分《じぶん》の中身《なかみ》をカップに注《そそ》いだ。注《そそ》ぎながらしゃべると、ゴボッという音《おと》がした。

「ゆっくりと、こぼさないように気《き》をつけて」

ティーポットがカップに声《こえ》をかけた。

縁《ふち》が少《すこ》し欠《か》けている小《ちい》さなティーカップが、床《ゆか》に座《すわ》っているベルのほうへ、ひょこひょことやって来《き》た。ベルはそのようすをぼんやりと見《み》つめた。そばまで来《く》ると、ティーカップは頭《あたま》――と呼《よ》んでいいのだろうか――をベルのほうへ向《む》け、おとなしく待《ま》った。

ベルは、あっけにとられながらもそろそろと手《て》を伸《の》ばし、ぴんと小指《こゆび》を立《た》ててティーカップを持《も》ちあげた。礼儀作法《れいぎさほう》の本《ほん》で読《よ》んでいつも練習《れんしゅう》していたカップの持《も》ち方《かた》だ。カップは硬《かた》くてすべすべしていて、紅茶《こうちゃ》のせいで温《あたた》かかった。けれどぴくりともしない、ただの陶器《とうき》だ。この陶器《とうき》がいったいどうやって動《うご》いたのだろう？

すると、「いたずらするところを見《み》たい？」カップがもぞもぞしながら聞《き》いた。

ベルは思《おも》わずカップを落《お》としそうになった。カップに顔《かお》があるわけではない。けれど、声《こえ》はたしかに聞《き》こえた。元気《げんき》いっぱいの小《ちい》さな子《こ》どものような声《こえ》だ。でも、指《ゆび》に触《ふ》れているカップはやはり硬《かた》くて、とても動《うご》いたりするようには思《おも》えなかった。

突然《とつぜん》、カップがふるえだした。紅茶《こうちゃ》がぶくぶくと泡立《あわだ》ち、縁《ふち》からあふれそうになる。

「チップ！」

ティーポットが叱《しか》った。

けれど、カップはもう一度《いちど》ふるえ、今度《こんど》はクスクスと笑《わら》う声《こえ》まで聞《き》こえてきた。

ベルは何《なに》がなんだかわからなかった。でもほかにどうしていいのかもわからず、紅茶《こうちゃ》をひと口《くち》飲《の》んだ。すばらしくおいしかった。きれいな暗褐色《あんかっしょく》の紅茶《こうちゃ》は、香《かお》りは豊《ゆた》かで味《あじ》は濃《こ》い。ほんのりと砂糖《さとう》の甘味《あまみ》も感《かん》じられ、ひと口《くち》飲《の》んだだけでたちまち力《ちから》がわいてきた。

「こんなところまで助《たす》けにくるなんて、勇気《ゆうき》があるわよね」ティーポットが親《した》しげに言《い》った。「お父《とう》さまの身代《みが》わりになるなんて。みんな感心《かんしん》してるのよ」

ベルはまばたきをした。ティーポットがしゃべったことにではなく、話《はなし》の内容《ないよう》に集中《しゅうちゅう》したかったのだ。手《て》にはまだ紅茶《こうちゃ》の入《はい》ったカップを握《にぎ》っている。なんだか変《へん》な感《かん》じがして落《お》ちつかない。

「感心《かんしん》してもらえるようなことじゃないわ」

ベルがカップをかかげてまじまじと見《み》つめると、カップは恥《は》ずかしそうに身《み》じろいでクスクスと笑《わら》い、ぎゅっとベルの指《ゆび》にしがみついてきた。「こんなことって……。いままで読《よ》んだどんなおとぎ話《ばなし》より不思議《ふしぎ》だわ。パパだったらきっと――」そこまでつぶやいたとき、ベルはもう父親《ちちおや》に会《あ》えないことを思《おも》い出《だ》し、ティーポットに向《む》かって言《い》った。「だって、もうここから二度《にど》と出《で》られないのよ」

「気《き》を落《お》とさないで。最後《さいご》はうまくいくわ。きっと」ティーポットがいたわるように言《い》った。そしてポットはぴょんととびはねた。注《つ》ぎ口《くち》から湯気《ゆげ》が飛《と》びだす。「まあ大変《たいへん》。おしゃべりしすぎたわ。夕食《ゆうしょく》の支度《したく》をしないと。初《はじ》めて会《あ》ったのに長居《ながい》してしまって！」

ベルには、ティーポットが自分《じぶん》を励《はげ》ましてくれているのが伝《つた》わってきた。ビーストとは大違《おおちが》いだ。ティーポットたちは、ビーストに支配《しはい》されているこの暗《くら》い城《しろ》とはまったくそぐわなかった。

ポット夫人《ふじん》は、砂糖《さとう》入《い》れとクリーム入《い》れと列《れつ》になって、ひょこひょことドアのほうへ戻《もど》っていった。ベルは残《のこ》りの紅茶《こうちゃ》を急《いそ》いで飲《の》みほすと、ティーカップを列《れつ》の後方《こうほう》に置《お》いた。カップはぴょんとはねて、列《れつ》に追《お》いついた。

ドアが閉《し》まったとたんにベルは見捨《みす》てられたような気分《きぶん》になった。ティーポットにもっとここにいてもらいたかった。城《しろ》にまつわる話《はなし》をしてほしかった。魔法使《まほうつか》いが人間《にんげん》を物《もの》に変《か》え、ビーストをあんな姿《すがた》にしてしまったのだろうか。

ビーストには魔法《まほう》の力《ちから》などなさそうだった。尊大《そんだい》な態度《たいど》で命令《めいれい》してはいるけれど、妖精《ようせい》に命《めい》じて魔法《まほう》を使《つか》うプロスペロ（シェイクスピアの『テンペスト』の主人公《しゅじんこう》。追放《ついほう》され無人島《むじんとう》に漂着《ひょうちゃく》して魔法《まほう》を体得《たいとく》した）なんかとは明《あき》らかに違《ちが》う。あえて形容《けいよう》するなら、呪《のろ》いをかけられて何世紀《なんせいき》にもわたってゆっくりと朽《く》ちてゆく城《しろ》に、わがもの顔《がお》にすみついた気位《きぐらい》の高《たか》い獣《けもの》だ。

ベルはふと思《おも》った。魔法《まほう》のせいでこの城《しろ》はだれにも気《き》づかれなかったんだわ。

魔法《まほう》。

魔法《まほう》ってほんとうに存在《そんざい》するのね。

ドイツの黒《くろ》い森《もり》にまつわるファンタジーや、巨人《きょじん》やゴーレム（ユダヤ伝説《でんせつ》の、魔法《まほう》によって生《せい》命《めい》を吹《ふ》きこまれた泥人形《どろにんぎょう》）の出《で》てくる大昔《おおむかし》の物語《ものがたり》にだけ存在《そんざい》するわけではないんだわ。

いまわたしは、魔法《まほう》をかけられ、外《そと》の世界《せかい》からは見《み》えないお城《しろ》にいる。

平凡《へいぼん》で退屈《たいくつ》な小《ちい》さい村《むら》の近《ちか》くに、こんなお城《しろ》があったなんて！

もしここが、幽霊《ゆうれい》が出《で》るといううわさの城《しろ》なら、村《むら》じゅうの人《ひと》が騒《さわ》いでいただろう。十代《じゅうだい》の若《わか》者《もの》たちが城《しろ》に入《はい》りこんで一夜《いちや》を過《す》ごしたに違《ちが》いない。ガストンのような人《ひと》なら、ずかずかとなかに踏《ふ》みこんで、少《すこ》しでも気《き》をそそられるものを見《み》つけるたびに銃《じゅう》で撃《う》っていただろう。戦利品《せんりひん》になりそうな、年代物《ねんだいもの》の鏡《かがみ》や燭台《しょくだい》や彫像《ちょうぞう》もたくさんある。

でも、この城《しろ》は外《そと》からは見《み》えないのだ。パパとフィリップはどうやってこの城《しろ》を見《み》つけたのだろう。賢《かしこ》い年寄《としよ》り馬《うま》のフィリップ……。

寂《さび》しさにまたおそわれて、ベルは唇《くちびる》をかんだ。ティーポットがもう少《すこ》しここで話《はなし》をしてくれなかったからって、そんなのたいしたことじゃないじゃない。ティーポットが料理《りょうり》をするわけ？

そもそも、あの召《め》し使《つか》いたちはまぼろしなの？　それとも命《いのち》のあるものなの？　まさか魔物《まもの》？

それとも……。

　すると、洋服《ようふく》ダンスが咳払《せきばら》いをした。

「ディナーには何《なに》をお召《め》しになりますか？」

　夢《ゆめ》を見《み》ているんだわ、とベルは自分《じぶん》に言《い》いきかせた。そうであってほしいと願《ねが》いながら。

　洋服《ようふく》ダンスが扉《とびら》を開《あ》けるや、ベルは思《おも》わずそのなかに見入《みい》った。蛾《が》の死骸《しがい》もいくつかころがってはいたが、見《み》たこともないほど大《おお》きな鏡《かがみ》がついていて、すばらしいドレスがずらりとかけてある。村《むら》の金髪三人娘《きんぱつさんにんむすめ》こと、ポーレット、クローデット、ローレットなら、うっとりするところだ。

　ベルは疑《うたが》わしげにドレスを眺《なが》めた。もしこれがおとぎ話《ばなし》だったら、どのドレスの寸法《すんぽう》もぴたりとベルに合《あ》うはずだ。

　あれこれ想像《そうぞう》していたら疲《つか》れてしまい、ベルはベッドに横《よこ》になった。見《み》たところ、ベッドはただのベッドのようだった。

「ディナーには行《い》かないわ」

「まあ！」洋服《ようふく》ダンスが驚《おどろ》きの声《こえ》をあげる。「行《い》かなきゃダメですよ！」

「いやよ。とらわれの身《み》になるとは誓《ちか》ったけど、約束《やくそく》したのはそれだけよ。したくないことまでしなきゃいけないってわけじゃないでしょ」

ほんとうは、とらわれの身《み》で好《す》き勝手《かって》なことなどできないことは、ベルにもわかっていた。深《ふか》い考《かんが》えがあったわけではない。ただ、ビーストにどのくらい力《ちから》があって、どんなことをしたら怒《おこ》るのかを見《み》きわめたかったのだ。いつかこの城《しろ》から逃《に》げる手《て》がかりをつかむために。

「でも……王族《おうぞく》の招待《しょうたい》を断《ことわ》るなんて！」

洋服《ようふく》ダンスが強《つよ》い口調《くちょう》で言《い》った。

「王族《おうぞく》？」ベルはすぐさま聞《き》きかえし、体《からだ》を起《お》こした。「あの……ビーストは……王族《おうぞく》なの？」

洋服《ようふく》ダンスが「しまった」という表情《ひょうじょう》をしたように見《み》えた。

「つまり、ええと……」洋服《ようふく》ダンスは口《くち》ごもった。「それは、話《はな》してはいけないことになってるもので」

「禁《きん》じられてるってこと？　呪文《じゅもん》とか、まじないとかで？」

ベルは、なんでもいいから知《し》りたくて、洋服《ようふく》ダンスを問《と》いつめた。

「いえ、あの……落《お》ちぶれてしまったというか」

ベルはいぶかしげに片方《かたほう》の眉《まゆ》を上《あ》げた。

洋服《ようふく》ダンスは肩《かた》をすくめた。

「ほんとうに知《し》るべきことは、だれかから聞《き》かなくても、自然《しぜん》とわかるはずですから」洋服《ようふく》ダンスはもうしわけなさそうに言《い》った。「あなたに知《し》ってほしいことがあったら、ご主人《しゅじん》さまはご自《じ》分《ぶん》でお話《はな》しになるでしょう」

「ご主人《しゅじん》さまって？　いったい何者《なにもの》？」

「とにかく」洋服《ようふく》ダンスが辛抱強《しんぼうづよ》くくりかえした。「知《し》ってほしいことがあったら、ご主人《しゅじん》さまがご自分《じぶん》でお話《はな》しになりますから」

「じゃあ、あなたはどういうことなら話《はな》せるの？　あなた自身《じしん》のこと？　あなたはどんな種類《しゅるい》の木《き》でできてるの？」

「木《き》のことにくわしかったら、わたしは魔法《まほう》で斧《おの》に変《か》えられていたはずです」洋服《ようふく》ダンスがため息《いき》をついた。「わたしの得意分野《とくいぶんや》は、コルセットやリボンや流行《りゅうこう》のしゃれたブラウスです。それに、時《とき》と場所《ばしょ》に合《あ》わせてどんな靴《くつ》をはいたらいいかとか、ガードルの紐《ひも》の結《むす》び方《かた》とか、屋外《おくがい》のパーティーにはどんな帽子《ぼうし》をかぶったらいいかとか、そんなことですよ」

ベルは、頭《あたま》をすばやく回転《かいてん》させて洋服《ようふく》ダンスが言《い》ったことを理解《りかい》しようとした。

「あのね、わたしはずっと田舎育《いなかそだ》ちだし、ファッションにはあまりくわしくないの」ベルは正直《しょうじき》に言《い》った。「わたしぐらいの年《とし》の娘《むすめ》が、庭《にわ》で開《ひら》かれる午後《ごご》のお茶会《ちゃかい》に行《い》くとしたら、どんな帽子《ぼうし》をかぶっていったらいいか教《おし》えてくれない？　もしも招待《しょうたい》されたらの話《はなし》だけど」

「お安《やす》いご用《よう》です……幅広《はばひろ》のつばがくるりとなっているギリシア風《グレク》のかわいらしい麦《むぎ》わら帽子《ぼうし》ですね。殺風景《さっぷうけい》な庭《にわ》だったとしても、花《はな》や羽飾《はねかざ》りがいっぱいついた帽子《ぼうし》にそっと触《ふ》れてあいさつしたら、とっても……」

ベルは思《おも》わず笑《わら》ってしまった。

「わたしの住《す》む片田舎《かたいなか》でさえ、少《すく》なくともここ十年《じゅうねん》、そんな帽子《ぼうし》をかぶっている人《ひと》なんて見《み》たことないわ。古《ふる》いアクセサリーでも上手《じょうず》につけるマダム・バサドでさえ、そんな帽子《ぼうし》はタンスにしまいっぱなしのはずよ」

それを聞《き》いた洋服《ようふく》ダンスはそわそわしだした。

「なかなか鋭《するど》いじゃないですか。わたしは、ただそういう帽子《ぼうし》が好《す》きなんです。それはともかく……あなたがディナーに行《い》かなかったら、せっかくのドレスの出番《でばん》がなくなってしまいます。ディナーへ行《い》く気《き》になりまして？」

洋服《ようふく》ダンスが期待《きたい》をこめて聞《き》いた。

「ならないわ」ベルはきっぱりと首《くび》を横《よこ》に振《ふ》った。「パパとわたしは、思《おも》いがけずこんなところに来《き》てしまったの。運命《うんめい》のいたずらにさからえないなんて、嘘《うそ》みたいな話《はなし》だし、信《しん》じられないほど残酷《ざんこく》よ。永遠《えいえん》にここにいると誓《ちか》ったけど、約束《やくそく》したのはそれだけ。あんなビーストといっしょに食事《しょくじ》するくらいなら、飢《う》え死《じ》にしたほうがましよ」

そう言《い》い放《はな》つと、ベルはまたベッドに横《よこ》になって洋服《ようふく》ダンスから顔《かお》をそむけた。強《つよ》がってはみたものの、目《め》に涙《なみだ》が浮《う》かんでいるのを見《み》られたくなかったのだ。

洋服《ようふく》ダンスは何《なに》も言《い》わなかった。そうして黙《だま》っていると、どう見《み》てもただの家具《かぐ》だ。この家具《かぐ》と話《はなし》をしただなんて、自分《じぶん》の頭《あたま》がどうかしてしまったのではないかと思《おも》えてくる。

そのときベルは、あることに気《き》づいてぱっと目《め》を開《ひら》いた。

ベッドが話《はな》しかけてこないからといって話《はな》せないというわけではないだろう。窓《まど》だって、敷物《しきもの》だって、壁《かべ》のなかの石《いし》の柱《はしら》だって、この奇妙《きみょう》な城《しろ》にあるものはどれにも命《いのち》があって話《はな》しかけてくるかもしれないのだ。いまだって、じいっとこっちを見《み》ているのかもしれない……。

ベルは枕《まくら》をぎゅっとつかみ、もう一度《いちど》固《かた》く目《め》を閉《と》じた。だったら、こっちが見《み》なければいいんだわ。

そうするよりほかにどうしたらいいのかわからなかった。食事《しょくじ》をしないと反抗《はんこう》してみたものの、それ以外《いがい》にいい考《かんが》えなど浮《う》かばなかった。

そのとき、扉《とびら》がキーと開《あ》く音《おと》がした。初《はじ》めて耳《みみ》にする鼻《はな》にかかった高《たか》めの声《こえ》が、「ディナーの準備《じゅんび》がととのいました」とまじめくさった調子《ちょうし》で告《つ》げた。

きっと執事《しつじ》ね。ベルはその召《め》し使《つか》いがどんな姿《すがた》をしているのか気《き》になった。ブラシ、ハンガー、それともお皿《さら》？　それがだれであっても、自分《じぶん》をこの城《しろ》に閉《と》じこめた主《あるじ》からの伝言《でんごん》など絶対《ぜったい》に無視《むし》するとベルは固《かた》く心《こころ》に決《き》めていた。

ベルは横《よこ》になったまま、わずかに目《め》を開《あ》けた。壁《かべ》がこっちを見《み》ている気配《けはい》はなく、クモ一匹《いっぴき》さえはっていない。ベルはほっとした。

「お客《きゃく》さま？」すると声《こえ》の主《ぬし》がしつこくくりかえした。

「お嬢《じょう》さま？」

「ディナーの準備《じゅんび》が……」

しばらくすると、とうとう声《こえ》の主《ぬし》は立《た》ち去《さ》った。

この城《しろ》がそれほど古《ふる》くないからかもしれないが、城《しろ》というのはふつうの家《いえ》のようにがたついたりはしないらしい。風《かぜ》がどんなに強《つよ》く吹《ふ》いても、高級《こうきゅう》な窓《まど》ガラスの向《む》こうで風《かぜ》の音《おと》が鳴《な》っているのが聞《き》こえるだけで、きしんだり、ゆれたり、ぎしぎししたりはけっしてしない。城《しろ》のなかは、圧倒的《あっとうてき》な静《しず》けさに包《つつ》まれていた。

ベルはいつのまにか、眠《ねむ》ってしまったようだった。生《い》きているかもしれない物《もの》たちの気配《けはい》におびえ、涙《なみだ》を流《なが》し、空腹《くうふく》を抱《かか》え、心《こころ》の底《そこ》では恐怖《きょうふ》が渦巻《うずま》いている。そんな状態《じょうたい》では、疲《つか》れるのも無理《むり》はない。ベルは、ふてくされた子《こ》どものように、横向《よこむ》きに丸《まる》くうずくまって眠《ねむ》っていた。幼《おさな》いころ、父親《ちちおや》のモーリスがいきなり女《おんな》の子《こ》を三人《さんにん》連《つ》れてきたことがある。ベルを外《そと》へ連《つ》れだして遊《あそ》ばせようとしたのだ。そのときも、こんなふうにベッドでうずくまり、ふてくされていた。ベルは友《とも》だちなんて欲《ほ》しくなかった。父親《ちちおや》と本《ほん》。それだけあれば満足《まんぞく》だった。

「あの子《こ》たち、意地悪《いじわる》なんだもん」幼《おさな》いベルは口《くち》をとがらせた。父親《ちちおや》が台所《だいどころ》で、女《おんな》の子《こ》たちに向《む》かってか、その母親《ははおや》たちに向《む》かってかはわからないが、口《くち》ごもりながら何《なに》かおわびの言葉《ことば》を言《い》っているのが、かすかに聞《き》こえてきた。

「まずは、あの子《こ》たちを知《し》ろうとすることが大切《たいせつ》だよ」ベルを迎《むか》えに部屋《へや》へ入《はい》ってきた父親《ちちおや》が明《あか》るい声《こえ》で言《い》った。「だれでも、よく知《し》らない人《ひと》にはしりごみするものだ……あの子《こ》たちにもベルのことをわかってもらわないと……ベルは意地悪《いじわる》なんかじゃないとね。あの子《こ》たちだって意地悪《いじわる》なんかじゃないさ」

「パパだって、友《とも》だちなんかいないくせに」

ベルは口《くち》ごたえした。

「そうだね、近《ちか》ごろは忙《いそが》しすぎて。でも……昔《むかし》はいたんだ。おもしろいやつらだった。どうしても、やつらの名前《なまえ》が思《おも》いだせないんだが……どんな顔《かお》だったか……まあ、ずいぶんと昔《むかし》の話《はなし》だ。大事《だいじ》なのは、わかり合《あ》おうとすることだよ。そうすれば仲《なか》よくなれる。ものすごく怖《こわ》いと思《おも》っていた人《ひと》が、じつはとてもやさしい人《ひと》だとわかったりすることもあるんだ……時間《じかん》をかけてつき合《あ》っていけばね」

幼《おさな》いベルはベッドに起《お》きあがり、父親《ちちおや》の言《い》ったことをじっくり考《かんが》えた。いつだったか、ガストンがぶつかってきて、水《みず》たまりにはじきとばされたことがある……そのとき、ローレットが泥《どろ》をふくためにハンカチを貸《か》してくれた。あのとき、ローレットの目《め》には、いたわりの色《いろ》がゆれていたような気《き》がする……。

ベルは涙《なみだ》をぬぐい、大《おお》きく息《いき》を吸《す》った。女《おんな》の子《こ》たちの名前《なまえ》を呼《よ》ぼうと口《くち》を開《ひら》きかけたとたん——。

「べつにあの子《こ》と友《とも》だちになんてなりたくないわ」と思《おも》いもかけない言葉《ことば》が耳《みみ》に飛《と》びこんできた。甲高《かんだか》い声《こえ》。きっとローレットだ。「ここに来《き》たのは、ママと司祭《プレートル》さまに言《い》われたからよ。行《い》ってあげなきゃかわいそうでしょって」

ベルはまたベッドに横《よこ》になった。てこでも動《うご》かないつもりだった。

「友《とも》だちなんていらない」

ローレットの無神経《むしんけい》な言葉《ことば》に泣《な》くまいとして、ベルは読《よ》みかけの本《ほん》を手《て》にとった。涙《なみだ》をこらえながら、最後《さいご》に読《よ》んだところまで、ゆっくりとページをめくっていく。そして、大《おお》きな帆《ほ》を広《ひろ》げて波《なみ》にもまれるスペインのガレオン船《せん》の絵《え》のところで手《て》を止《と》めた。

隣《となり》の部屋《へや》から、いくつかの足音《あしおと》がパタパタと去《さ》っていくのが聞《き》こえてきた。女《おんな》の子《こ》たちは行《い》ってしまった。このあとはもうだれにも気《き》がねせず、好《す》きなことをして遊《あそ》ぶのだろう。あの子《こ》たちなら、白《しろ》い肌《はだ》を焼《や》きたくないといって日光《にっこう》を避《さ》け、家《いえ》のなかで過《す》ごすに違《ちが》いない。

父親《ちちおや》はため息《いき》をつき、ベッドの端《はし》にゆっくりと腰《こし》かけた。父親《ちちおや》はベルが手《て》にした本《ほん》を目《め》にしてほほえみ、首《くび》を横《よこ》に振《ふ》った。

「ベル、本《ほん》のなかの世界《せかい》だけじゃ、本物《ほんもの》の冒険《ぼうけん》なんてできないよ。外《そと》の世界《せかい》に出《で》ていかなくちゃ……もっと人《ひと》とかかわらないと……」

「パパだって、人《ひと》とかかわったりしてないでしょ」

ベルが言《い》いかえした。

「若《わか》いころはしてたさ」父親《ちちおや》がやさしい声《こえ》で言《い》った。「そのおかげで、ベルの母《かあ》さんに出会《であ》えた。ただじっとしてるだけでは、心《こころ》から愛《あい》せる人《ひと》が膝《ひざ》の上《うえ》にころがりこんできたりはしないよ。外《そと》の世界《せかい》へ出《で》ていって、人生《じんせい》をともに過《す》ごす相手《あいて》を見《み》つけなきゃ」

「でも……パパの……わたしのママは、パパの膝《ひざ》の上《うえ》から出《で》ていってしまったじゃない。もうずっと帰《かえ》ってきてないわ」

父親《ちちおや》は目《め》をしばたたかせた。娘《むすめ》のもっともな意見《いけん》に驚《おどろ》いていたのだ。父親《ちちおや》はおもむろにベルを両手《りょうて》で抱《だ》きよせると、もっと幼《おさな》い子《こ》にするように、膝《ひざ》の上《うえ》に座《すわ》らせた。ベルはさからわず、父親《ちちおや》に体《からだ》を寄《よ》せた。

「危険《きけん》を恐《おそ》れていたら冒険《ぼうけん》なんてできない。失《うしな》うことを怖《こわ》がっていたら、すばらしいものは手《て》に入《はい》らない。パパは、ベルのママのおかげで人間《にんげん》として成長《せいちょう》できた。それに何《なに》よりベルを授《さず》かることができたんだ」

父親《ちちおや》はベルの額《ひたい》にキスをし、ぎゅっと抱《だ》きしめた。

「ベル、おまえのために何《なに》をしてあげられるだろう。この夢見《ゆめみ》がちな娘《むすめ》のために」

成長《せいちょう》したベルは、ベッドの上《うえ》でもぞもぞと体《からだ》を動《うご》かし、思《おも》い出《で》に涙《なみだ》をこぼした。ベルはとうとう、本物《ほんもの》の冒険《ぼうけん》を始《はじ》めたのだ――ただし、あらゆるものを犠牲《ぎせい》にして。父親《ちちおや》、家《いえ》、本《ほん》、人生《じんせい》のすべてと引《ひ》きかえに。

ドアを激《はげ》しく叩《たた》く音《おと》がして、ベルは夢《ゆめ》から覚《さ》めた。部屋《へや》じゅうがゆれるようなとてつもなく大《おお》きな音《おと》だ。頑丈《がんじょう》なドアでなかったら蝶番《ちょうつがい》がはずれていただろう。

扉《とびら》の向《む》こうに立《た》っているのは、もちろんビーストだった。

「ディナーの席《せき》へ来《く》るようにと言《い》ったはずだ！」

「食欲《しょくよく》がないのよ！」

かっとなってベルは言《い》いかえした。思《おも》っていた以上《いじょう》に怒《いか》りがわいてくる。夢《ゆめ》に出《で》てきた女《おんな》の子《こ》から受《う》けた仕打《しう》ちのせいで、いやな気分《きぶん》が残《のこ》っていたせいもある。

「すぐに出《で》てこい。さもないと……ドアをやぶるぞ！」

「勝手《かって》に騒《さわ》ぎたてればいいわ、このおぞましいオオカミが！」ベルはわめいた。「好《す》きにすればいいでしょ！　ここはあなたのお城《しろ》なんだから。なんでも思《おも》いのままよね。どうせわたしはとらわれの身《み》よ！」

ベルはそこでいったん口《くち》をつぐんだ。すると、廊下《ろうか》でビーストがぼそぼそとつぶやいているのが聞《き》こえてきた。

「いっしょに食事《しょくじ》をしないか？」

ビーストがぼそっと言《い》うのが聞《き》きとれた。

「いやよ！」

「ディナーに……同席《どうせき》してもらえたら……うれしいのだが。お願《ねが》いだ」

「いいえ、けっこうよ」

ベルはあらたまった口調《くちょう》で、にべもなく断《ことわ》った。

「永遠《えいえん》にそこにいるつもりか！」

ビーストがわめく。

「そうよ！」

ベルもわめきかえした。

「いいだろう！　ではそのまま飢《う》え死《じ》にするがいい！」

「そのつもりよ！」

ビーストは言葉《ことば》にならないうなり声《ごえ》をあげると、足音《あしおと》も立《た》てずに去《さ》っていった。洋服《ようふく》ダンスも声《こえ》を発《はっ》しなかった。まるでただの洋服《ようふく》ダンスのようにじっと動《うご》かなかった。

10 母《はは》の願《ねが》い、父《ちち》の祈《いの》り

モーリスは、ロザリンドほど愛《あい》せる女性《じょせい》はもう一生現《いっしょうあらわ》れないだろうと思《おも》っていた。それほど、ロザリンドはかけがえのない存在《そんざい》だった……けれど、自分《じぶん》がベルを抱《だ》いているときに、授乳《じゅにゅう》のためにベルをロザリンドに渡《わた》さなければならなくなると、無理《むり》やり引《ひ》きはがされたような気《き》がした。ベルのきらきらと輝《かがや》く黄褐色《おうかっしょく》の瞳《ひとみ》とぽっちゃりとしたピンクの頬《ほお》に魅《み》せられて、いつもなかなか手放《てばな》せないのだ。

ロザリンドは、モーリスとは違《ちが》った愛《あい》し方《かた》で娘《むすめ》に接《せっ》していた。月日《つきひ》がたつにつれて、ロザリンドの愛情《あいじょう》には、娘《むすめ》を守《まも》ろうとする警戒心《けいかいしん》が加《くわ》わっていった。

朝起《あさお》きて外《そと》に出《で》てみると、放火《ほうか》による煙《けむり》が上《あ》がっていることが日《ひ》に日《ひ》に多《おお》くなっていた。狙《ねら》われるのはいつもシャルマントゥの店《みせ》か家《いえ》だった。シャルマントゥは、夜《よる》、一人《ひとり》では出歩《であ》けなくなっていた。シャルマントゥがこつぜんと姿《すがた》を消《け》す事件《じけん》が前《まえ》にも増《ま》して多《おお》くなっていて、とても危険《きけん》だったからだ。姿《すがた》を消《け》した人《ひと》が戻《もど》ってくることなどめったになかった。

行方不明者《ゆくえふめいしゃ》のリストが増《ふ》えていくことも恐《おそ》ろしかったが、どうやって姿《すがた》を消《け》しているのかわからないことも、さらに不安《ふあん》をあおった。

そんなとき、北《きた》のほうの国《くに》のいくつかの町《まち》で蔓延《まんえん》していた熱病《ねつびょう》が、とうとうこの小《ちい》さな王国《おうこく》にも侵入《しんにゅう》してきた。国王夫妻《こくおうふさい》は国境《こっきょう》を閉鎖《へいさ》したが、どうやら手遅《ておく》れのようだった。熱病《ねつびょう》のせいで命《いのち》を落《お》とす人《ひと》があとを絶《た》たず、消《き》えるのはシャルマントゥだけではなくなっていた。国《くに》じゅうがどんどん息苦《いきぐる》しくなっていた。

ベルの洗礼式《せんれいしき》に来《き》てくれた友人《ゆうじん》は、ロザリンドが思《おも》っていたよりはるかに少《すく》なかった。長年《ながねん》のよきライバルだった魔女《まじょ》も姿《すがた》を現《あらわ》さなかった。もし来《き》ていたら、冗談《じょうだん》で、赤《あか》ん坊《ぼう》がニンジンを嫌《きら》いになるまじないや、日光《にっこう》に当《あ》たるとくしゃみが出《で》るまじないをかけるふりをしていただろう。

「ぜんぶで七人《しちにん》そろわないといけないのに」ロザリンドがやきもきしたようすで言《い》った。両手《りょうて》で守《まも》るようにベルを抱《だ》いてゆりうごかしている。「赤《あか》ちゃんが無事《ぶじ》に育《そだ》つまじないを唱《とな》えるには、七人必要《しちにんひつよう》なのよ。それが昔《むかし》からのならわしなのに」

「ロザリンドの赤《あか》ちゃんの洗礼式《せんれいしき》に出《で》るために、わたしはこの王国《おうこく》に残《のこ》ってたのよ」ファウナのアデライスが言《い》った。町《まち》へ出《で》てくるときにはく大《おお》きなブーツを脱《ぬ》ぎ、ヤギの脚《あし》を組《く》んだり解《と》いたり伸《の》ばしたりしている。「今夜《こんや》、別《わか》れのあいさつをしたら、南《みなみ》に向《む》かって出発《しゅっぱつ》するわ。〈南《みなみ》の島《しま》〉

にいとこたちが住《す》んでてね。まだそこにいてくれたらいいんだけど。ロザリンド、みんなを責《せ》めないで。みんなだってベルの洗礼式《せんれいしき》に来《き》たかったはずよ。でも、来《こ》られなかったの」

アデライスからの贈《おく》り物《もの》はどんぐりだった。そのどんぐりには、あっという間《ま》に木《き》に成長《せいちょう》して家族《かぞく》を守《まも》ってくれるよう、まじないをかけてある。ロザリンドは、不安《ふあん》げにどんぐりを手《て》のなかでころがした。

「ぼくはこの王国《おうこく》に残《のこ》るつもりだよ」巨人《きょじん》のバーナードが言《い》った。バーナードは、見《み》た目《め》は、はっきりいって魅力的《みりょくてき》とはいえなかった──でも、あくまでも見《み》た目《め》だけだ。体《からだ》を丸《まる》めないと家《いえ》のなかに入《はい》れないし、友人《ゆうじん》の輪《わ》に入《はい》るときには、腕《うで》をひざの下《した》に押《お》しこみ、しゃがんでいなければならない。「ぼくの家族《かぞく》は何世紀《なんせいき》にもわたってこの王国《おうこく》で暮《く》らしてきた。ここはずっと平和《へいわ》だった。きっとこの国《くに》の人《ひと》も、それを思《おも》い出《だ》すはずだ。いつかはすべて終《お》わる。こんなばかげたことは……。いつもそうだったんだから」

バーナードからの贈《おく》り物《もの》は、どこにでもあるような石《いし》だった。けれど、その石《いし》を土《つち》に埋《う》めて一《いっ》生懸命耕《しょうけんめいたがや》せば、必《かなら》ず豊《ゆた》かな実《みの》りを得《え》られるのだ。

「そう？　熱病《ねつびょう》のことはどう思《おも》ってるの？　この王国《おうこく》では熱病《ねつびょう》が猛烈《もうれつ》な勢《いきお》いではやりはじめているのよ」アデライスが問《と》いかけた。「魔女《まじょ》がこの王国《おうこく》を呪《のろ》ったせいだとか、薬師《くすりし》が大釜《おおがま》で薬《くすり》を煮《に》ているせいだとか、木《き》の精《せい》が木《き》で何《なに》かつくっているからだとか、この国《くに》の人《ひと》たちが言《い》いがかりをつけだすのは時間《じかん》の問題《もんだい》だと思《おも》うわ。ここを早《はや》く去《さ》ったほうがいい。国境《こっきょう》で本格的《ほんかくてき》に検疫《けんえき》が始《はじ》まって逃《に》げ出《だ》せなくなる前《まえ》に」

「仕返《しかえ》しをしようなんて考《かんが》えないで、そう、協力《きょうりょく》しあえば……そして、ぼくらだってこの王国《おうこく》の忠実《ちゅうじつ》な善《よ》き民《たみ》だという態度《たいど》を示《しめ》せば、きっと大丈夫《だいじょうぶ》だよ」

「協力《きょうりょく》しあう？」ムッシュ・レヴィが笑《わら》った。「〝協力《きょうりょく》しあう〟っていうのは、こん棒《ぼう》を持《も》っているやつらの前《まえ》に頭《あたま》を差《さ》しだすって意味《いみ》かね？　やつらの暴力《ぼうりょく》から逃《のが》れるために、わしは森《もり》を越《こ》えて川《かわ》の近《ちか》くに本屋《ほんや》を移《うつ》したというのに」

レヴィからの贈《おく》り物《もの》はきれいな絵本《えほん》だった。色《いろ》とりどりの絵《え》は、だれにも見《み》られていないときには動《うご》いているようだった。きっと、物語《ものがたり》も読《よ》むたびに違《ちが》う終《お》わり方《かた》をするのだろう。

ロザリンドはレヴィのほうを向《む》いた。

「新世界《しんせかい》へ行《い》くって言《い》ってたわよね」

「そうだね」レヴィは、満月《まんげつ》のように丸《まる》いレンズの眼鏡《めがね》をはずすと、シャツでていねいにレンズをふいた。そしてもう一度《いちど》かけなおすと、赤《あか》ん坊《ぼう》のほうを意味《いみ》ありげに見《み》つめた。「きみがわしを名付《なづ》け親《おや》に指名《しめい》したから、この子《こ》が大《おお》きくなるまでは……そばで見守《みまも》ろうって決《き》めたんだよ」

ロザリンドは椅子《いす》に腰《こし》かけたが、膝《ひざ》の上《うえ》でベルをあやしながら、そわそわしていた。どこから か大《おお》きなピンクの蝶《ちょう》が飛《と》んできて、けだるそうに翅《はね》をはばたかせながら赤《あか》ん坊《ぼう》の顔《かお》のまわりをゆっくりと舞《ま》うと、赤《あか》ん坊《ぼう》は手《て》を叩《たた》いた。

モーリスは、台所《だいどころ》でティーカップやリキュールグラスに飲《の》み物《もの》をつぎ足《た》しながら、みんなの会《かい》話《わ》に注意深《ちゅういぶか》く耳《みみ》を傾《かたむ》けていた。

「どこへも行《い》きたくない。ここが好《す》きなのよ。大好《だいす》きな人《ひと》たちもいて――」

ロザリンドが言《い》った。

「きみの大好《だいす》きな人《ひと》たちは、みんないなくなってしまっただろう？」レヴィがきっぱりと言《い》った。「残《のこ》っているのは、シャルマントゥが苦《くる》しめられていても見《み》て見《み》ぬふりをしたり、反対《はんたい》に敵《てき》の手《て》助《だす》けをしたりするような連中《れんちゅう》だけだ。わしが引《ひ》っ越《こ》した田舎《いなか》の人《ひと》たちは、教養《きょうよう》はないし、偏見《へんけん》も持《も》っている。でもだからといって、その偏見《へんけん》をだれかに無理《むり》やり押《お》しつけようとはしない。あの人《ひと》たちはおもしろみはないかもしれんが、まともな頭《あたま》をもったナチュレルなんだ。けっして無礼《ぶれい》なことをしない。なあ、アラリック、そうだろう」

アラリックが肩《かた》をすくめた。「人間《にんげん》、だれでもそう大《たい》して違《ちが》いはないよ。ただ、だれでも良《よ》い心《こころ》が勝《か》つときと、悪《わる》い心《こころ》が勝《か》つときがあるんだ。いまは悪《わる》い心《こころ》が強《つよ》くなっているやつらのほうが多《おお》くなってるんじゃないかな」

アラリックからの贈《おく》り物《もの》は、きれいな形《かたち》をした蹄鉄《ていてつ》だった。これをベルの部屋《へや》のドアにかけて幸運《こううん》を願《ねが》うのだ。

そのとき、ドアが大《おお》きな音《おと》を立《た》てて開《あ》いた。あわてたようすのフレデリックが、かかしが逃《に》げ場《ば》を探《さが》しているかのように、ころがりこんできた。

「遅《おそ》くなってすまない」

フレデリックがぼそりと言《い》った。彼《かれ》のいでたちはいつものように完璧《かんぺき》だった。きっちりとなでつけた髪《かみ》をうしろでこざっぱりと一《ひと》つにまとめ、黒《くろ》のリボンで結《むす》んでいる。

「フレデリック!」モーリスはうれしそうな声《こえ》をあげて近《ちか》よると、フレデリックの肩《かた》を叩《たた》いた。

「間《ま》に合《あ》わないかと思《おも》ったよ」

フレデリックは戸惑《とまど》いと喜《よろこ》びが混《ま》ざった笑顔《えがお》で、その歓迎《かんげい》の言葉《ことば》を受《う》けとめた。ところが部屋《へや》を見《み》まわすとすぐに、顔《かお》がさっと青《あお》ざめた。

「あの人《ひと》が、まじないを唱《とな》える七人《しちにん》のうちの一人《ひとり》なの?」

アデライスが目《め》をむいてロザリンドにささやいた。

「まじないを唱《とな》える?」フレデリックが驚《おどろ》いた顔《かお》で聞《き》く。「なんなんですか? あなたたちは何《なに》をしようとしているんですか？　ぼくは……魔法《まほう》に関《かん》することは、たとえどんなことであろうと賛成《さんせい》できない……」

「なんで魔法《まほう》を目《め》の敵《かたき》にするのさ？」アデライスが立《た》ちあがり、腰《こし》に手《て》をあてて言《い》った。「見《み》たところ、あんたはシャルマントゥであるだけじゃなく、きちんと教育《きょういく》も受《う》けているようね。わたしたちを傷《きず》つけようとうろついてる無知《むち》なブタ野郎《やろう》とは違《ちが》うでしょ？」

「まあ、まあ、みんな、落《お》ちついて」モーリスが二人《ふたり》のあいだに割《わ》って入《はい》った。「フレデリック、今日《きょう》は洗礼式《せんれいしき》なんだよ。きみにはただ、洗礼式《せんれいしき》に出席《しゅっせき》してもらおうと思《おも》っただけだ。少《すこ》しのあいだでいいから、議論《ぎろん》はやめにしないか。娘《むすめ》のベルのために」

その言葉《ことば》に、その場《ば》にいた大人《おとな》たちはもうしわけなさそうに赤《あか》ん坊《ぼう》に視線《しせん》を注《そそ》いだ。こんなに騒《さわ》がしくても、ベルはロザリンドの腕《うで》のなかで、このうえなく安《やす》らかな寝顔《ねがお》ですやすやと眠《ねむ》っていた。

沈黙《ちんもく》のなか、フレデリックがぎこちなく口《くち》を開《ひら》いた。「贈《おく》り物《もの》があるんだ」そう言《い》うと、フレデリックは片手《かたて》を差《さ》しだした。その手《て》には、高価《こうか》そうな小《ちい》さなおもちゃの馬車《ばしゃ》が握《にぎ》られていた。

それを見《み》て、やさしいバーナードでさえも怪訝《けげん》な顔《かお》をした。

「まだ赤《あか》ん坊《ぼう》なんだぞ。きっと口《くち》に入《い》れちゃうよ」

バーナードは低《ひく》いうなるような声《こえ》で言《い》った。

「ベルがもう少《すこ》し大《おお》きくなるまで大事《だいじ》にしまっておくよ。すばらしい贈《おく》り物《もの》だ」

モーリスがあわてて言《い》った。おもちゃの馬車《ばしゃ》を受《う》けとって、その精巧《せいこう》なつくりにほれぼれと見《み》入《い》っている。

「それとほかにも、ぼくのこの……いまいましい力《ちから》も贈《おく》り物《もの》の一《ひと》つに加《くわ》えようと思《おも》っていて」フレデリックが決心《けっしん》したように言《い》った。「ぼくがこの力《ちから》をとりのぞく前《まえ》の……最後《さいご》の記念《きねん》として。ぼくは、この力《ちから》をとりのぞく治療法《ちりょうほう》を発見《はっけん》したんだ！　詳《くわ》しいことは、またゆっくり話《はな》しますがね。モーリスに頼《たの》まれていたとおり、未来《みらい》を見《み》たんです……ベルの」

その場《ば》にいた全員《ぜんいん》が、はっとしてフレデリックを見《み》た。

「ありがとう……」モーリスが驚《おどろ》きの表情《ひょうじょう》を浮《う》かべて言《い》った。「でも……どうして？」

「どうしてって、きみは友《とも》だちだし。それに、ベルには罪《つみ》がないじゃないですか」フレデリックはやせこけた長《なが》い指《ゆび》を赤《あか》ん坊《ぼう》のほうに向《む》けた。

「罪《つみ》がない、ってどういう意味《いみ》よ？」

アデライスが怒《いか》りをにじませながら問《と》いつめた。

「そんなことおわかりのはずですよ」フレデリックが答《こた》えた。「その子《こ》には、どんな力《ちから》もありませんから。ベルは汚《けが》れがない」

「汚《けが》れがない？　あんた……」

アデライスが足《あし》を一歩《いっぽ》踏《ふ》みだそうとしたが、バーナードが大《おお》きな手《て》をその足《あし》にそっと置《お》いた。

「まあ聞《き》いてください。ベルの未来《みらい》を見《み》たのです。結論《けつろん》から言《い》うと、ロザリンド、あなたがたはこの王国《おうこく》を去《さ》るべきです」フレデリックがきっぱりと言《い》った。「いいですか、ここを出《で》ていきなさい。熱病《ねつびょう》はますます広《ひろ》がっていくでしょう。国境《こっきょう》で検疫《けんえき》が始《はじ》まったら、だれもこの国《くに》から出《で》ることはできなくなる。事態《じたい》は……どんどん手《て》に負《お》えなくなっていきます。そうなったら、だれか責《せ》める相手《あいて》を求《もと》めて、大勢《おおぜい》の人《ひと》があなたのところへ押《お》しかけてくる。王《おう》と王妃《おうひ》のところへ行《い》って、あなたの存在《そんざい》を知《し》らせてしまったのは失敗《しっぱい》でしたね。愚《おろ》かなことをしたものだ」

「そうするしかなかったのよ、仲間《なかま》のために！」

「仲間《なかま》？」フレデリックが皮肉《ひにく》たっぷりに言《い》った。「その仲間《なかま》というのは、人間《にんげん》の患《わずら》い病《や》んだ異形《いぎょう》のことですか？　超自然《ちょうしぜん》の力《ちから》をもつ嫌《きら》われ者《もの》の集《あつ》まりのことを言《い》っているんですか？」

「もういいだろう、フレデリック！」アラリックがすっくと立《た》ちあがった。「おれは、おまえのいう〝汚《けが》れのない〟ほうの人間《にんげん》だ。だが、シャルマントゥに脅《おびや》かされているなんて一度《いちど》も思《おも》ったことはない。シャルマントゥはおまえの仲間《なかま》でもあるじゃないか。それを忘《わす》れるな。おまえだって、ほかのシャルマントゥと同《おな》じように、いつかはやつらに狙《ねら》われる。たとえ、やつらの側《がわ》に加《くわ》わろうと、うまい言葉《ことば》でだましたり、あわれな声《こえ》を出《だ》して同情《どうじょう》を誘《さそ》ったりしてもな。やつらのまねをして、汚《きたな》い言葉《ことば》でののしったり、暴力《ぼうりょく》をふるおうとしたとしても、それは変《か》わらない」

「ほんとうに見《み》えたの？」

ほかのことなど耳《みみ》に入《はい》らないというように、ロザリンドがフレデリックに聞《き》いた。

「ええ」フレデリックはアラリックから視線《しせん》をそらさず、片手《かたて》をベルトにあてたまま答《こた》えた。「あなたとベルは暴動《ぼうどう》が起《お》きて逃《に》げるときに踏《ふ》みつけられてしまいます。モーリスは死《し》ぬほど殴《なぐ》られて視力《しりょく》を失《うしな》うでしょう」

フレデリックはいつものように冷静《れいせい》に言《い》おうとしたが、一瞬《いっしゅん》、声《こえ》をつまらせた。

「ロザリンド、いますぐここを去《さ》ったとしても、身《み》の安全《あんぜん》を保証《ほしょう》できるかどうかはわかりません」フレデリックが静《しず》かな声《こえ》で言《い》い足《た》した。「せめてモーリスとベルだけでも。こんな状況《じょうきょう》では未来《みらい》は混沌《こんとん》としている。けれど、運命《うんめい》から逃《のが》れる方法《ほうほう》がないわけではありません」

しばらくのあいだ、部屋《へや》はしんと静《しず》まりかえった。

「ロザリンドはできるだけのことをやったわよ」アデライスが、ロザリンドの腕《うで》に手《て》を置《お》き、いたわるように言《い》った。「あなたはいつも一生懸命《いっしょうけんめい》なのよね。でも、戦《たたか》いは終《お》わり、時《とき》は移《うつ》り、この国《くに》でのわたしたちの時代《じだい》も終《お》わった。あなたがいま一番《いちばん》にやるべきなのは、この子《こ》を安全《あんぜん》にのびのびと育《そだ》てること。そして、いまわたしたちが耐《た》えているようなことは正《ただ》しいことではなく、起《お》こるべきではないし、二度《にど》と起《お》こってはいけないと教《おし》えることよ」

「でも、ここに残《のこ》って、戦《たたか》うべきじゃ……」

ロザリンドがモーリスを見《み》ながら言《い》った。どうしたらいいのと問《と》いかけるように。

「それなら」フレデリックがそっけなく言《い》った。「すべてを失《うしな》うまでだ」

11　夢《ゆめ》のような晩餐会《ばんさんかい》

ベルは空腹《くうふく》に負《ま》けまいとしていた。

けれど、ひと寝入《ねい》りして、泣《な》きたいだけ泣《な》いてすっきりしたら、体《からだ》だけでなく心《こころ》も飢《う》えを感《かん》じてきた。

ずっと冒険《ぼうけん》をしたいって願《ねが》ってきたんでしょ。ベルの心《こころ》のなかで声《こえ》がした。その冒険《ぼうけん》が向《む》こうからやってきたのに、ただベッドで寝《ね》てるだけなの？

こうして目《め》を閉《と》じ、胎児《たいじ》のように丸《まる》くなって寝《ね》ていれば、家《いえ》のベッドで寝《ね》ているんだと自分《じぶん》をごまかすこともできる。

こんなのばかげてるわ。ベルの心《こころ》の声《こえ》がたたみかける。いくらこのベッドが居心地《いごこち》がよくてきれいだからって、ここは言葉《ことば》を話《はな》すティーポットや、おしゃべりをする洋服《ようふく》ダンスのいる城《しろ》なのよ。『ガリヴァー旅行記《りょこうき》』のガリヴァーは、巨人《きょじん》の王国《おうこく》ブロブディンナグで宮廷《きゅうてい》に閉《と》じこめられたときにどうした？　すねてベッドに寝《ね》ころんでた？　違《ちが》うでしょ。冒険《ぼうけん》を楽《たの》しみ、祖国《そこく》へ戻《もど》れるようにできることはなんでもしたわ！

ベルは、決心《けっしん》したとでもいうように、鼻《はな》をすすった。心《こころ》の声《こえ》が正《ただ》しい。わたしったら、これじゃまるで幼《おさな》い子《こ》どもみたいだ。

わたしは、ここに永遠《えいえん》にいると誓《ちか》った。

でも、〝ここ〟っていったいどこ？

独房《どくぼう》ではない――ビーストは独房《どくぼう》から出《だ》してくれたのだから。

この部屋《へや》でもない――ビーストはディナーに来《き》てほしがっているのだから。

ということは……。

ベルは深呼吸《しんこきゅう》をすると、できるだけ音《おと》を立《た》てないようにベッドからおりた。洋服《ようふく》ダンスは何《なに》も反応《はんのう》しなかった。話《はな》しかけてもこなければ、木《き》を伸《の》び縮《ちぢ》みさせたり曲《ま》げたりもしない。きしむ音《おと》さえしなかった。きっと寝《ね》ているか休《やす》んでいるのだろう。それとも、言葉《ことば》を話《はな》す家具《かぐ》が話《はな》さないときは、いつもこんな感《かん》じなのだろうか。

ベルは服《ふく》のしわをのばし、顔《かお》にかかった髪《かみ》を耳《みみ》のうしろにかけた。そして、つま先立《さきだ》ちでそっとドアのところまで歩《ある》いていくと、部屋《へや》の外《そと》へ出《で》た。

まず、どこへ行《い》こう？

ティーポットのところがいいわ。どこにいるか見《み》つけたら、またわたしに話《はな》しかけるかどうか、確《たし》かめてみよう。

ベルはそこで、顔《かお》をしかめて考《かんが》えた。この城《しろ》よりも小《ちい》さい屋敷《やしき》のことしか知《し》らないけれど、ふつう、台所《だいどころ》は母屋《おもや》の奥《おく》のほうにあるはずだ。ベルは城《しろ》の奥《おく》のほうへ行《い》くと決《き》め、階段《かいだん》を見《み》つけたらとにかくおりてみることにした。

ふかふかのじゅうたんはきれいに見《み》えたが、つま先立《さきだ》ちで歩《ある》くたびに、少《すこ》しほこりが舞《ま》った。なめらかな石《いし》の階段《かいだん》をおりるとき、ベルは指《ゆび》で手《て》すりに触《ふ》れてみた。すると指先《ゆびさき》が少《すこ》し灰色《はいいろ》になった。どこもかしこもぴかぴかに磨《みが》かれ、四方《しほう》の壁《かべ》の燭台《しょくだい》に蜜蝋《みつろう》のろうそくが灯《とも》っていたころは、どんなにきれいなお城《しろ》だったことだろう。

ベルはさまざまな時代《じだい》のお城《しろ》とそこにいる王族《おうぞく》たちを想像《そうぞう》した。

まず目《め》に浮《う》かんだのは、派手《はで》な化粧《けしょう》をした人《ひと》たちが髪粉《かみこ》をつけたかつらの上《うえ》に船《ふね》のような奇抜《きばつ》な形《かたち》の置物《おきもの》をのせ、スカートが大《おお》きくふくらんだドレスを身《み》につけて、刺《し》しゅう入《い》りの絹《きぬ》の扇《おうぎ》を口《くち》もとにあててうわさ話《ばなし》をしている姿《すがた》だ。

もう少《すこ》し時代《じだい》をさかのぼったルネサンス期《き》の統治者《とうちしゃ》たちは、大《おお》きな扇形《おうぎがた》の立《た》ち襟《えり》のついた衣装《いしょう》を着《き》て、毒《どく》をひそませた指輪《ゆびわ》をはめ、ディナーのたびに策略《さくりゃく》をめぐらしては陰謀《いんぼう》を企《くわだ》てていた。

さらにもっとさかのぼった古《いにしえ》の時代《じだい》では、王《おう》と王妃《おうひ》が長《なが》くてずっしりとした衣装《いしょう》の上《うえ》にマントをはおり、金《きん》の王冠《おうかん》をかぶり、賢《かしこ》そうな表情《ひょうじょう》を浮《う》かべていた。この時代《じだい》の人《ひと》たちは、ユニコーンやドラゴンが存在《そんざい》すると信《しん》じていて、地図《ちず》に描《えが》かれた海《うみ》は端《はし》で切《き》れていた。虎《とら》のいる国《くに》は、まだ地図《ちず》にのっていなかった。

もちろん、このお城《しろ》の近《ちか》くに住《す》んでいた人《ひと》たちも、昔《むかし》はユニコーンやドラゴンがいると信《しん》じていただろう。でも、言葉《ことば》を話《はな》すティーカップのことまで知《し》っている人《ひと》がいただろうか？

そう考《かんが》えて、ベルははっとした。

洋服《ようふく》ダンスは、ただじっとしているときは、ただの洋服《ようふく》ダンスにしか見《み》えない。ほかの物《もの》も、目《め》を覚《さ》ませと命《めい》じられるのを待《ま》っているだけで、じつはじいっとベルのことを見《み》つめているのかもしれない。

ベルは息《いき》をひそめた……薄暗《うすぐら》くて気味《きみ》の悪《わる》い隠《かく》れ家《が》に迷《まよ》いこんでしまった子《こ》どものように。夜《よる》のベッドや、だれもいない道《みち》で、あの影《かげ》は怪物《かいぶつ》だろうか、それともパパだろうかとじっと息《いき》をこらしていた幼《おさな》いころの自分《じぶん》のように。

えっ？　いまの音《おと》は何《なに》？

ベルは叫《さけ》び声《ごえ》が出《で》ないよう口《くち》に手《て》をあてた。心臓《しんぞう》が飛《と》びださんばかりに脈打《みゃくう》っている。

「大丈夫《だいじょうぶ》、危険《きけん》なものだとはかぎらないわ」

ベルは自分《じぶん》を勇気《ゆうき》づけたくて小《ちい》さく声《こえ》に出《だ》した。

気《き》をしずめるため呼吸《こきゅう》を整《ととの》え、暗闇《くらやみ》に耳《みみ》をすます。

何《なに》も聞《き》こえない。

音《おと》が聞《き》きとれるように、わずかに顔《かお》の向《む》きを変《か》えた。ほかのことはともかく狩《か》りの腕前《うでまえ》だけは一流《いちりゅう》のガストンだったら、きっと難《なん》なく獲物《えもの》に忍《しの》びよっていただろう。

また音《おと》がした。

ベルがいまいる場所《ばしょ》の近《ちか》くではない。少《すこ》し離《はな》れたところだ。ベルが向《む》かおうとしている方向《ほうこう》から、話《はな》し声《ごえ》や陶磁器《とうじき》を片《かた》づける音《おと》がする。ベルはほっと肩《かた》の力《ちから》を抜《ぬ》いた。心配《しんぱい》ない、怖《こわ》がるような音《おと》じゃない。

そう思《おも》いながらベルは進《すす》んだが、足《あし》どりはまだびくびくしていた。近《ちか》づくにつれ、音《おと》はどんどん大《おお》きくなってきた。言《い》い争《あらそ》う声《こえ》も聞《き》こえてくる。ビーストの声《こえ》ではない。ベルはほっとした。ポット夫人《ふじん》の声《こえ》だわ。それとあの高《たか》い声《こえ》は執事《しつじ》だったかしら……。

石《いし》の階段《かいだん》をおりきると、突《つ》きあたりの部屋《へや》の開《ひら》きっぱなしの大《おお》きな戸口《とぐち》から、おいしそうな匂《にお》いがただよってきた。空気《くうき》もほんのり暖《あたた》かい。ベルは戸口《とぐち》のそばまで行《い》き、なかをそっとのぞいた。

数《すう》メートル離《はな》れたところに召《め》し使《つか》い用《よう》の食卓《しょくたく》が見《み》えた。こんなにも、ワクワクドキドキする光景《こうけい》を見《み》たことがなかった。

ティーポットと置《お》き時計《どけい》と小《ちい》さな枝付《えだつ》きろうそく台《だい》が、おしゃべりに夢中《むちゅう》になっている子《こ》どものように、うなずいたり、手《て》ぶりを交《まじ》えたりして話《はな》しているのだ。

ベルはきゅっと唇《くちびる》をかみしめた。ずっと追《お》い求《もと》めていた冒険《ぼうけん》が、いま目《め》の前《まえ》にある。わたしの頭《あたま》がおかしくなっていなかったら、の話《はなし》だけれど。

「でも、ご主人《しゅじん》さまもすぐお怒《いか》りになるのを直《なお》していただかないと。そうでなきゃ、とてものろ……」

ベルはこほんと咳《せき》をした。

すると三《みっ》つの物《もの》がはっと口《くち》をつぐみ、いっせいにベルのほうを振《ふ》りむいた。

「お目《め》にかかれて光栄《こうえい》です、お嬢《マドモワゼル》さま」

置《お》き時計《どけい》が言《い》った。その声《こえ》は、さっきベルの部屋《へや》の戸口《とぐち》で聞《き》こえた声《こえ》と同《おな》じだった。置《お》き時計《どけい》は木製《もくせい》の台座《だいざ》をゴムのように伸《の》び縮《ちぢ》みさせながらのそのそとベルのほうへやって来《く》ると、両《りょう》わきについた金色《きんいろ》の木《き》の飾《かざ》りを腕《うで》のように広《ひろ》げ、小《ちい》さく――でも優雅《ゆうが》に――お辞儀《じぎ》をした。

おもしろいわ、とベルは思《おも》った。飾《かざ》りが腕《うで》になるなんて。それもごく自然《しぜん》に。

「執事《しつじ》のコグスワースともうします」

執事《しつじ》は小《ちい》さな金色《きんいろ》の腕《うで》を伸《の》ばしてベルの手《て》をとり、キスのかわりにうやうやしく持《も》ちあげた。

枝付《えだつ》きろうそく台《だい》があわててベルと置《お》き時計《どけい》のあいだに割《わ》りこんだ。枝付《えだつ》きろうそく台《だい》の枝《え》は三本《さんぼん》に分《わ》かれていて、真《ま》ん中《なか》の一本《いっぽん》が頭《あたま》と胴体《どうたい》で、左右《さゆう》の二本《にほん》が腕《うで》らしい。手《て》の部分《ぶぶん》には火《ひ》が灯《とも》っている。

「この者《もの》はルミエールともうします」

置《お》き時計《どけい》が不満《ふまん》げに、ふんと鼻《はな》を鳴《な》らして紹介《しょうかい》した。

「はじめまして《アンシャンテ》、いとしい人《マ・シェリ》」とあいさつすると、ルミエールはベルの手《て》の甲《こう》にキスをした。一《いっ》瞬《しゅん》、ろうそく台《だい》の触《ふ》れたところが火《ひ》の粉《こ》が当《あ》たったかのように熱《あつ》くなった。でも、けっして不快《ふかい》な熱《あつ》さではなかった。

ろうそく台《だい》は、勝《か》ちほこったように置《お》き時計《どけい》のほうを向《む》いた。けれどむっとした置《お》き時計《どけい》は、さらにベルとろうそく台《だい》のあいだに割《わ》りこもうとした。

ろうそく台《だい》はそれを邪魔《じゃま》しようと、火《ひ》が灯《とも》る手《て》の先《さき》で置《お》き時計《どけい》にちょっと触《ふ》れた。

「熱《あつ》い！」

コグスワースが思《おも》わず声《こえ》をあげる。

ベルは笑《わら》っていいのか、同情《どうじょう》していいのかわからなかった。この召《め》し使《つか》いたちって大人《おとな》？　子《こ》ども？　それとも、大人《おとな》とか子《こ》どもとか関係《かんけい》ない生《い》き物《もの》なの？

少《すこ》し威厳《いげん》を傷《きず》つけられた置《お》き時計《どけい》だが、落《お》ちつきをとりもどすと、乱《みだ》れた口《くち》ひげを整《ととの》えるように長針《ちょうしん》と短針《たんしん》をひゅっと動《うご》かし、ベルに言《い》った。

「何《なに》かお困《こま》りのことはございませんか……枕《まくら》をもう一《ひと》つご用意《ようい》いたしましょうか。それとも室内《しつない》ばきを……」

「あの……」ベルが口《くち》を開《ひら》いた。「少《すこ》しお腹《なか》がすいてるの……」

「いまの聞《き》いた？」ティーポットが明《あか》るい声《こえ》でほかの召《め》し使《つか》いたちに言《い》った。「お腹《なか》がすいてるんですってよ。さあ、かまどに火《ひ》をつけて、銀食器《ぎんしょっき》を用意《ようい》して、陶器《とうき》たちを起《お》こしてちょうだい！」

にわかに台所《だいどころ》が騒《さわ》がしくなり、ベルはびっくりした顔《かお》でそのようすを眺《なが》めた。台所《だいどころ》じゅうの物《もの》が、ごそごそといっせいに動《うご》きだしたのだ。陶器《とうき》は安《やす》らかな眠《ねむ》りから目覚《めざ》め、皿《さら》は息《いき》を吹《ふ》きかえしたかのようにふるえ、ティーカップはガラス扉《とびら》のついた食器棚《しょっきだな》のなかで外《そと》に出《で》ようとぴょんぴょんしている。台所《だいどころ》の奥《おく》にあるかまどにも火《ひ》がついた。かまどはあくびをすると、黒《くろ》い鉄《てつ》の扉《とびら》を開《あ》け、排気管《はいきかん》をうれしそうに伸《の》ばした。ベルはあっけにとられながらも、目《め》の前《まえ》でくりひろげられる光景《こうけい》に見入《みい》った。

「ご主人《しゅじん》さまの言《い》いつけを忘《わす》れたのか？」

コグスワースが厳《きび》しい口調《くちょう》で言《い》った。

「ふん、何《なに》くだらないこと言《い》ってるのよ」ポット夫人《ふじん》が言《い》いかえした。「お腹《なか》をすかせた娘《むすめ》さんを放《ほう》っておけるわけないでしょ」

「どうしてもと言《い》うのだったら、水一杯《みずいっぱい》とパン一切《ひとき》れならよかろう……」

「コグスワース、きみにはあきれたよ」ルミエールが言《い》った。「お嬢《じょう》さまはこの城《しろ》にとらわれているわけじゃない。大事《だいじ》なお客《きゃく》さまなんだ。精《せい》いっぱいおもてなししなきゃ」

「でも、わたしがとらわれの身《み》というのは事実《じじつ》よ」

ベルはそう言《い》って顔《かお》をしかめたが、すぐにまわりで起《お》きている騒《さわ》ぎに気《き》をとられた。鍋《なべ》は自分《じぶん》でかまどの上《うえ》にのぼり、ふたのすきまから湯気《ゆげ》を出《だ》してカタカタと音《おと》を立《た》てている。かまどが息《いき》を止《と》め、自分《じぶん》のなかに空気《くうき》をためこむと、突然《とつぜん》、火《ひ》が勢《いきお》いを増《ま》して炎《ほのお》の色《いろ》が濃《こ》くなった。そして、かまどはぶつぶつと文句《もんく》を言《い》いだした。せっかくごちそうを用意《ようい》したのに、だれも手《て》をつけないからすっかり冷《さ》めちまったじゃないか……。

ナイフとフォークとスプーンが、小《ちい》さな兵隊《へいたい》のようにテーブルの向《む》こうからベルのいるほうへ行進《こうしん》してきた。陶器《とうき》たちは、ベルの前《まえ》に一番乗《いちばんの》りするために、われ先《さき》にとお互《たが》いをつつき合《あ》いながら向《む》かってくる。マスタードやチャツネといった香辛料《こうしんりょう》が入《はい》った小《ちい》さなつぼたちが棚《たな》から次々《つぎつぎ》と飛《と》びおり、銀《ぎん》のトレーの上《うえ》にみごとに着地《ちゃくち》した。

ありとあらゆる物《もの》——ほんとうだったら動《うご》いたりしない物《もの》——が台所《だいどころ》じゅうを動《うご》きまわっている。ベルは目《め》がまわりそうだった。不思議《ふしぎ》どころの話《はなし》じゃない。

「ああ、それはいらないわ……」とベルはうっかり口走《くちばし》りそうになった。銀色《ぎんいろ》の脚《あし》を動《うご》かして進《すす》んできたかごが、クモに見《み》えて驚《おどろ》いたのだ。けれど、かごに入《はい》っていたのは焼《や》きたての丸《まる》いパンだった。パンの皮《かわ》の割《わ》れ目《め》から湯気《ゆげ》が立《た》ちのぼり、おいしそうな匂《にお》いがただよってくる。

「立《た》ったままで食《た》べるなんていけませんよ、いとしい人《ひと》」

ルミエールが手《て》ぶりでベルに座《すわ》るように示《しめ》し、椅子《いす》をそっと押《お》してくれた。椅子《いす》はとても座《すわ》り心地《ごこち》がよかったが、ベルは落《お》ちつかなかった。いろいろな皿《さら》からただよういい匂《にお》いが部屋《へや》じゅうに立《た》ちこめて、頭《あたま》がくらくらしてきたのだ。妖精《ようせい》の出《で》てくるおとぎ話《ばなし》なら、出《だ》されたものは食《た》べないほうがいいことになっている。食《た》べたら永遠《えいえん》に閉《と》じこめられてしまうから……。

でもよく考《かんが》えてみると、妖精《ようせい》がパテなんて出《だ》さないわよね。

「ご主人《しゅじん》さまは、少《すこ》し……乱暴《らんぼう》なところがおありになるけれど」ろうそく台《だい》が言《い》った。「長《なが》いことだれにもお会《あ》いにならなかったから……マナーも少《すこ》し古《ふる》くさいかもしれない。でも、あなたとディナーをともにしたいと心《こころ》から願《ねが》っておいでですよ」

「でも、パパを独房《どくぼう》に放《ほう》りこんだのよ。なんの罪《つみ》もないのに。それにわたしを身代《みが》わりにして、この城《しろ》に閉《と》じこめた。マナーが悪《わる》いどころか、そんなの海賊《かいぞく》のすることよ」ベルはしゃべりだしたら止《と》まらなかった。「それに、かぎ爪《づめ》や……牙《きば》まで――」

「グジェール（丸《まる》いシュー生地《きじ》にチーズを混《ま》ぜて焼《や》き上《あ》げた菓子《かし》）を召《め》しあがれ」

ルミエールがベルの口《くち》にぽんとお菓子《かし》を投《な》げ入《い》れた。ルミエールの炎《ほのお》で温《あたた》まっていたグジェールは、ベルの舌《した》の上《うえ》でふわりと溶《と》けた。ベルはこんなにおいしいグジェールを食《た》べたことがなかった。ベルや父親《ちちおや》が焼《や》くと、いつも石《いし》みたいに硬《かた》くなってしまうのだ。

「ああ、おいしい……」

ベルは思《おも》わず口《くち》にした。

「お客《きゃく》さまをおもてなしするのは何年《なんねん》ぶりかしら！」

上機嫌《じょうきげん》のポット夫人《ふじん》が、テーブルのまわりで踊《おど》るようにはねた。そして、注《つ》ぎ口《くち》でたたんだナプキンをベルの膝《ひざ》の上《うえ》にぽんと投《な》げた。白鳥《はくちょう》の形《かたち》に折《お》りたたまれたナプキンは、膝《ひざ》の上《うえ》に落《お》ちたとたんにぱっと優雅《ゆうが》に広《ひろ》がった。ベルは思《おも》わずびくりとした。ほんとうに白鳥《はくちょう》が飛《と》んできたのかと思《おも》ったのだ。

「何《なに》がなんだか、さっぱりわからない」

ベルは小《ちい》さくつぶやくと、テーブルの上《うえ》に並《なら》んだごちそうに目《め》を向《む》けた。

こんなにたくさん……ディナーというより、これじゃ豪華《ごうか》な晩餐会《ばんさんかい》だわ。

子羊《こひつじ》の脚《あし》のロースト、何層《なんそう》ものテリーヌ、スフレ、三種類《さんしゅるい》のスープ、魚《さかな》の白《しろ》ワイン煮込《にこ》み、お口直《くちなお》しのオレンジアイス……。

それから、水用《みずよう》のグラス、赤《あか》ワイン用《よう》の金色《きんいろ》のグラス、白《しろ》ワイン用《よう》のクリスタルグラス、コンソメスープ用《よう》のカップとソーサーもある。さらに、七本《ななほん》ものフォークが大《おお》きいものから順《じゅん》に並《なら》んでいる。歯《は》の数《かず》もそれぞれ違《ちが》うようだ。小《ちい》さいほうの三本《さんぼん》は何《なに》に使《つか》うのか、ベルにはわからなかった。

ビーストがこんな豪華《ごうか》なディナーを用意《ようい》させたのは、わたしのため？　城《しろ》に閉《と》じこめたおわびとして？　パパにひどい仕打《しう》ちをした償《つぐな》いとして？

そうかもしれない。ビーストは礼儀《れいぎ》正《ただ》しく招待《しょうたい》する方法《ほうほう》を知《し》らないだけなのかもしれないわ。

いいえ、そんなはずがない。

ベルは首《くび》を横《よこ》に振《ふ》った。誘拐《ゆうかい》された人《ひと》が誘拐犯《ゆうかいはん》に同情《どうじょう》や共感《きょうかん》を抱《いだ》いてしまうことがあると、ベルはかつて本《ほん》で読《よ》んだことがあった。一種《いっしゅ》の病気《びょうき》ともいえ、科学的《かがくてき》にも説明《せつめい》できるらしい。

いまは十八世紀《じゅうはっせいき》。理性《りせい》の時代《じだい》だ。それなのにビーストは、無断《むだん》で城《しろ》に侵入《しんにゅう》したという理由《りゆう》だけでパパを独房《どくぼう》に放《ほう》りこんだ。パパのしたことは、そんな仕打《しう》ちを受《う》けるほどの過《あやま》ちではないはずよ。監禁《かんきん》はフランスの法律違反《ほうりついはん》だ。たとえ、ここがパリやヴェルサイユから遠《とお》く離《はな》れた、外《そと》から見《み》えないお城《しろ》だとしても。

それなのに……。

コンソメスープは澄《す》んだきれいな色《いろ》をしていた。まるで海《うみ》のようで、波《なみ》の音《おと》まで聞《き》こえてきそうだった。といっても、ベルはまだ本物《ほんもの》の海《うみ》を見《み》たことはなかったのだけれど。スープに浸《ひた》そうとパンをちぎると、落《お》ちたパンのかけらがスープのなかで溶《と》け、カスタードのように広《ひろ》がった。

テリーヌは濃厚《のうこう》で、小《ちい》さなスプーンひと口《くち》だけでも十分満足《じゅうぶんまんぞく》した。

ベルと父親《ちちおや》は、贅沢《ぜいたく》な食事《しょくじ》はしていなかったものの、十分《じゅうぶん》な栄養《えいよう》をとっていた。肉《にく》も週《しゅう》に一度《いちど》か二度《にど》は食《た》べていたし、母親《ははおや》の庭《にわ》で生《お》い茂《しげ》るハーブが、料理《りょうり》の味《あじ》をより引《ひ》きたててくれた。フランス人《じん》らしく、二人《ふたり》とも食《しょく》にはこだわってきたつもりだ。

とはいえ、クリスマスでさえ、こんなに豪勢《ごうせい》な食事《しょくじ》をしたことはない。

ベルはふと、自分《じぶん》があまりに夢中《むちゅう》になって食《た》べていることに気《き》づいた。

そのとき、ベルの頭《あたま》のなかで現実的《げんじつてき》な声《こえ》がした。その声《こえ》はベルの母親《ははおや》の声《こえ》にそっくりだった。

ベル、見《み》たこともないようなこんなとびきりの料理《りょうり》をそんなに食《た》べたら、お腹《なか》をこわすわよ。

「わたしのために、こんなにたくさんつくってくれたの？」

ベルは食《た》べるのをやめ、ナプキンで口《くち》をふきながら、聞《き》いた。

「ええ、そうですよ」ティーポットの頬《ほお》が少《すこ》し赤《あか》くなった。「だってあなたは、久《ひさ》しぶりのお客《きゃく》さまなんですもの。もう何年《なんねん》ものあいだ、このほこりっぽい城《しろ》ですることもなく、もてなす人《ひと》もなく過《す》ごしてきたんですからね」

「もてなす人《ひと》もなく？　でも、あなたたちのご主人《しゅじん》さまがいるでしょ」

「ご主人《しゅじん》さまは、手《て》のこんだ料理《りょうり》はお求《もと》めにならないし、召《め》し使《つか》いたちにもあまり用事《ようじ》をおもうしつけにならないんだ」ろうそく台《だい》が自分《じぶん》の手《て》の炎《ほのお》に見《み》とれながら、さらりと言《い》った。「まあなんというか、あまり手《て》のかからないご主人《しゅじん》さまというか」

「ちゃんとベッドで寝《ね》ようとさえなさらないのよ」ポット夫人《ふじん》が遠慮《えんりょ》のない口調《くちょう》で言《い》った。「やわらかくて暖《あたた》かければ、どこだろうと、子猫《こねこ》のように丸《まる》まってお眠《ねむ》りになるの」

コグスワースが、目《め》の役割《やくわり》をしている数字《すうじ》でポット夫人《ふじん》をちらりと見《み》た。雇《やと》い主《ぬし》についてこんな話《はなし》をすることをよく思《おも》っていないのがひと目《め》でわかる。

けれど、「やめなさい」とも言《い》わなかった。

「このお城《しろ》には、人間《にんげん》の召《め》し使《つか》いはいないの？」

「なぜそんなことをお聞《き》きになるのです？」コグスワースが少《すこ》しむっとした声《こえ》で言《い》った。「人間《にんげん》の召《め》し使《つか》いのほうがよろしいのですか？」

「わたしたちだけでなんでもできるんですよ」ポット夫人《ふじん》がやさしく説明《せつめい》した。「羽《は》ばたきはおだてないとなかなか動《うご》かないし、モップにきちんと仕事《しごと》をさせるには、わたしが目《め》を光《ひか》らせてないとダメですけどね。この城《しろ》のたいがいの仕事《しごと》は自分《じぶん》たちだけでなんとかなります。といっても、たいしたこともしていないんですが、この……」

「十年《じゅうねん》？」ベルはなにげなく言《い》った。

「そう、十年《じゅうねん》」

ティーポットが答《こた》えた。思《おも》い出《で》にひたりきっているのか、置《お》き時計《どけい》とろうそく台《だい》が夫人《ふじん》をじいっと見《み》つめて、首《くび》を横《よこ》に振《ふ》っていることには気《き》づいていないようだ。

「どうして十年《じゅうねん》なの？　十年前《じゅうねんまえ》に何《なに》があったの？」

ベルが尋《たず》ねると、召《め》し使《つか》いたちは不安《ふあん》そうに目《め》を合《あ》わせた。

「とにかく、何《なに》しろ久《ひさ》しぶりですし、あなたさまをおもてなしできるのは、まことに光栄《こうえい》なことでございます」

コグスワースが言《い》った。

「何《なに》か隠《かく》してるのね？」

ベルはため息《いき》をついた。

ルミエールがいまにも何《なに》か言《い》いだしそうだ。

そのとき、「もうこんな時間《じかん》でございますね」とコグスワースがさえぎった。自分《じぶん》の顔《かお》をのぞいて時間《じかん》を確認《かくにん》しようとしているかのように、おかしな具合《ぐあい》に顔《かお》を伸《の》ばしている。「お話《はなし》の続《つづ》きは、また次《つぎ》の機会《きかい》にということで。そろそろベッドにお戻《もど》りになりませんか？」

「でもー、今夜《こんや》はとても眠《ねむ》れそうにないわあ」ベルはふざけてわざと間延《まの》びした声《こえ》を出《だ》した。おいしい料理《りょうり》も高価《こうか》なワインもまだ胃《い》のなかでぬくぬくとしている。お腹《なか》もいっぱいになり、十分《じゅうぶん》に休息《きゅうそく》もとり、ベルは気持《きも》ちが大《おお》きくなっていた。それに、おしゃべりする物《もの》たちといっしょにいられるなんて、これ以上《いじょう》のもてなしがあるだろうか？「ほんとうにおいしかったわ。ありがとう。でも、城《しろ》のなかを見《み》てまわりたいの。なんといっても、これからずっとここに閉《と》じこめられるんですから。一生《いっしょう》」

「一生《いっしょう》といっても、それってとらえ方《かた》によるんじゃないですかね」ルミエールがしたり顔《がお》で言《い》いながら火《ひ》の灯《とも》った手《て》をぐるぐると回《まわ》した。「このろうそくが燃《も》えつきるまで一時間《いちじかん》。ろうそくにとっては、その一時間《いちじかん》が一生《いっしょう》ですよ、いとしい人《ひと》。この城《しろ》を見《み》てまわりたいのでしたら、おともいたします」

「それはどうかな。あまりいい考《かんが》えとは思《おも》えないが」コグスワースがすぐさま言《い》った。「城《しろ》のなかを勝手《かって》にうろうろされては……とくにあの場所《ばしょ》は……」

「案内《あんない》してくれるんでしょ？」ベルはそう言《い》いながら、コグスワースの文字盤《もじばん》の下《した》をくすぐった。コグスワースは幼《おさな》い子《こ》どものようにクスクスと笑《わら》い声《ごえ》をあげた。「だってあなたなら、城《しろ》のすみずみまで知《し》ってるはずだもの」

「まあ、それはもちろん、そうですが」コグスワースの声《こえ》にはまだ笑《わら》いが交《ま》じっている。「わたくしの知識《ちしき》をお伝《つた》えできるのは喜《よろこ》ばしいことでございます。まあいいでしょう。さあ、どうぞこちらへ」

小《ちい》さな置《お》き時計《どけい》はテーブルから飛《と》びおりると、台所《だいどころ》をのそのそと歩《ある》き、廊下《ろうか》へ出《で》た。

「台所《だいどころ》は」コグスワースが話《はな》しはじめた。「たいていの城《しろ》がそうであるように、一番古《いちばんふる》い時期《じき》に建《た》てられた建物《たてもの》のなかにあります。台所《だいどころ》の奥《おく》のほうの壁《かべ》に印《しるし》があるのを発見《はっけん》したのですが、もしかしたらこの印《しるし》はローマ時代《じだい》にまでさかのぼる……」

ルミエールが真《ま》ん中《なか》のろうそく、つまり頭《あたま》をベルのほうへかしげた。

「お嬢《じょう》さま、コグスワースをいますぐひっくり返《かえ》してごらんなさい」ルミエールがいたずらっぽく言《い》った。「きっとおもしろい顔《かお》になりますよ」

「見《み》かけで物《もの》を判断《はんだん》したらいけないっていうことね」

ベルは言《い》い返《かえ》し、置《お》き時計《どけい》のあとをついて廊下《ろうか》に出《で》た。

ルミエールが大笑《おおわら》いすると、火《ひ》の粉《こ》がぱっと石《いし》の床《ゆか》に飛《と》び散《ち》った。

12 新《あたら》しい生活《せいかつ》

モーリスは荷車《にぐるま》に必要《ひつよう》な物《もの》をのせられるだけのせ、手《て》に入《い》れたばかりの子馬《こうま》に引《ひ》き具《ぐ》でつないだ。そして、小《ちい》さなアパートに涙《なみだ》ながらに別《わか》れを告《つ》げると、家族《かぞく》そろって新《あたら》しい家《いえ》に向《む》かって出発《しゅっぱつ》した。

モーリスとロザリンドはレヴィの助言《じょげん》にしたがって、退屈《たいくつ》ではあるがのどかな小《ちい》さな村《むら》へ引《ひ》っ越《こ》すことに決《き》めた。レヴィが本屋《ほんや》を開《ひら》いている村《むら》だ。友人《ゆうじん》や刺激的《しげきてき》な生活《せいかつ》を手放《てばな》すかわりに、ニワトリを飼《か》い、毎日《まいにち》の天気《てんき》を気《き》にかける。そんな田舎《いなか》の農場《のうじょう》での暮《く》らしが始《はじ》まろうとしていた。

その村《むら》にはシャルマントゥはほとんどいない。ベルは魔法使《まほうつか》いや魔法《まほう》の鏡《かがみ》とは縁《えん》のない、けれど王国《おうこく》にはびこるような暴力《ぼうりょく》や危険《きけん》とも無縁《むえん》のこの村《むら》で成長《せいちょう》していくのだろう。

人《ひと》の往来《おうらい》が激《はげ》しい通《とお》りを山《やま》のような荷物《にもつ》を積《つ》んだ馬車《ばしゃ》で進《すす》んでいくのには神経《しんけい》をつかったが、それだけでなく、立《た》ち止《ど》まってこちらを見《み》つめる人《ひと》たちの視線《しせん》も気《き》になった。シャルマントゥのロザリンドが町《まち》を出《で》ていくのを見《み》て勝《か》ちほこったようににやりと笑《わら》う人《ひと》もいた。そのころにはもう、ロザリンドのことを知《し》らない人《ひと》はほとんどいなかったのだ。

道《みち》がだんだん上《のぼ》り坂《ざか》になり、森《もり》に近《ちか》づくにつれ、周囲《しゅうい》は静《しず》かになった。だが、森《もり》のそばの国境《こっきょう》には衛兵《えいへい》がいて、行《ゆ》く手《て》をふさいでいた。

「何《なに》かあったんですか？」

モーリスが何《なに》も知《し》らないふりをして聞《き》いた。

「国境《こっきょう》は封鎖《ふうさ》されている。熱病《ねつびょう》がおさまるまで、国王《こくおう》の許可《きょか》なくしては出国《しゅっこく》も入国《にゅうこく》もできない」

衛兵《えいへい》の一人《ひとり》は冷《つめ》たい声《こえ》で告《つ》げると、モーリスとロザリンドと赤《あか》ん坊《ぼう》、そして馬《うま》にまで、鋭《するど》い視《し》線《せん》を向《む》けた。

ロザリンドはとっさにマントの下《した》の榛《はん》の木《き》の杖《つえ》をつかんだが、衛兵《えいへい》は少《すく》なくとも十人《じゅうにん》はいる。

「川《かわ》の向《む》こう側《がわ》に小《ちい》さな農場《のうじょう》と家《いえ》を買《か》ったんです」モーリスが落《お》ちついた声《こえ》で言《い》った。「この娘《こ》のために疫病《えきびょう》から逃《に》げなければなりません。見《み》てのとおり三人《さんにん》とも疫病《えきびょう》には感染《かんせん》していません」

「疫病《えきびょう》から逃《に》げるだと？」衛兵《えいへい》が考《かんが》えこむように人《ひと》さし指《ゆび》をあごにあてて意地《いじ》の悪《わる》い声《こえ》で言《い》った。「うまい言《い》い逃《のが》れを考《かんが》えついたもんだな。シャルマントゥの実情《じつじょう》を調《しら》べはじめたとたんに疫病《えきびょう》がはやりはじめたんだ。おまえらのしわざに違《ちが》いない。それなのに疫病《えきびょう》から逃《に》げるっていうのか」

「赤《あか》ん坊《ぼう》がいるんです」モーリスがベルを指《ゆび》さして言《い》った。「だから、逃《に》げなければならないんです。この娘《こ》を守《まも》るために」

「疫病《えきびょう》から逃《に》げるなんて、ほんとうは違《ちが》うだろう。あの暴動《ぼうどう》が起《お》こった夜《よる》、そこにいるおまえの妻《つま》が魔法《まほう》で何人《なんにん》のナチュレルを殺《ころ》したのか、わかってんのか？」

「そんなことしてないわ」ロザリンドが、声《こえ》を荒《あら》らげないようこらえながら言《い》った。「その争《あらそ》いが起《お》こったときにわたしはその場《ば》にいなかった。森《もり》の奥《おく》でキノコをとっていたんだから」

二人《ふたり》の衛兵《えいへい》がうしろへ回《まわ》りこんで荷車《にぐるま》を包囲《ほうい》した。モーリスはベルトのナイフに、ロザリンドは杖《つえ》に手《て》をかけた。

そのとき、四人目《よにんめ》の衛兵《えいへい》が、しびれを切《き》らしたように口《くち》を開《ひら》いた。

「魔法《まほう》のバラ園《えん》の世話《せわ》をしていたロザリンドというのはあんたのことか？」

ロザリンドはとっさにモーリスを見《み》た。どういうこと？　わたしだけつかまえて、夫《おっと》と赤《あか》ん坊《ぼう》だけ逃《に》がすつもり？　これでおしまいってこと？　どちらにしても、ここで嘘《うそ》をついても意味《いみ》がない。

「そうよ」

ロザリンドは答《こた》えた。

若《わか》い衛兵《えいへい》は、ロザリンドをじっと見《み》た。その瞳《ひとみ》からはなんの感情《かんじょう》も読《よ》みとれなかったが、ほかの衛兵《えいへい》とは違《ちが》い、そこには思慮《しりょ》深《ぶか》げな色《いろ》が浮《う》かんでいた。

「母《はは》が咳《せき》で苦《くる》しんだことがあったんだ。寝《ね》こむほどはひどくはなかったが、息《いき》をするだけでもつらそうで、痰《たん》に血《ち》が混《ま》じることもあった。そんなとき、あんたがバラを持《も》ってきてくれた。二《に》か月《げつ》のあいだ、二週間《にしゅうかん》ごとに。母《はは》はバラを花瓶《かびん》にさし、その香《かお》りを吸《す》いこんだ。やがて、咳《せき》はまったく出《で》なくなった」

「マダム・グエンバックね」ロザリンドは思《おも》い出《だ》して言《い》った。「肺《はい》が弱《よわ》ってたのよ。浜辺《はまべ》に咲《さ》くピンクのバラが一番《いちばん》好《す》きって言《い》ってたわ。海《うみ》を見《み》たことがないからって。でも、咳《せき》の治療《ちりょう》に使《つか》ったのは黄色《きいろ》のバラよ。両方《りょうほう》ともわたしのバラ園《えん》から持《も》っていったの」

「アラン」最初《さいしょ》の衛兵《えいへい》がかみつくように言《い》った。「だからなんだって言《い》うんだ？　命令《めいれい》にはしたがわなければならない。だれであろうと勝手《かって》に入国《にゅうこく》も出国《しゅっこく》もさせてはならないんだ。それに、こいつはシャルマントゥだぞ。さっき本人《ほんにん》も認《みと》めただろう！」

アランはその衛兵《えいへい》のほうを見《み》もしないで、ハエを手《て》で追《お》いはらうようなしぐさをした。それから「立《た》ち去《さ》れ」とロザリンドたちに言《い》った。「行《い》け、そして、もう二度《にど》と戻《もど》ってくるな」

モーリスは無意識《むいしき》に息《いき》を止《と》めていたが、思《おも》わずふうっと吐《は》きだした。緊張《きんちょう》のあまり耳鳴《みみな》りがしている。別《わか》れのあいさつも忘《わす》れて、急《いそ》いで馬車《ばしゃ》を走《はし》らせた。ロザリンドはベルをしっかりと抱《だ》いていた。

「魔法《まほう》を使《つか》うと、その報《むく》いが自分《じぶん》に返《かえ》ってくる……」

ロザリンドがつぶやいた。

「そうだね、それにやさしさもね」

モーリスが言《い》った。

一家《いっか》は新《あたら》しい生活《せいかつ》が待《ま》っている村《むら》をめざして、黙々《もくもく》と森《もり》を進《すす》んだ。木漏《こも》れ日《び》のなかを小《ちい》さな白《しろ》い蛾《が》が舞《ま》うと、ベルは母親《ははおや》のひざの上《うえ》でその蛾《が》をつかもうと手《て》を伸《の》ばした。

橋《はし》を渡《わた》り、小《ちい》さな村《むら》へ入《はい》ったとき、モーリスはずっと抱《かか》えてきた重荷《おもに》が少《すこ》し軽《かる》くなったような気《き》がした。自分《じぶん》たちは王国《おうこく》から逃《に》げだした。だが、これは新《あら》たな始《はじ》まりでもある。新《あたら》しい家《いえ》は村《むら》のはずれにあるので、発明《はつめい》のための実験《じっけん》で出《で》る煙《けむり》や騒音《そうおん》で村人《むらびと》たちに迷惑《めいわく》をかけることはないだろう。魔法《まほう》をだれかに見《み》られる心配《しんぱい》もおそらくない。とはいえ、世《よ》の中《なか》がふたたび落《お》ちつくまでは、ロザリンドが使《つか》う魔法《まほう》は植物《しょくぶつ》の世話《せわ》ぐらいになるだろう。

村《むら》に来《き》てから初《はじ》めての月《つき》の出《で》ていない夜《よる》のこと。ロザリンドは新《あたら》しい庭《にわ》に出《で》ると歌《うた》うように呪《じゅ》文《もん》を唱《とな》えながら、太陽《たいよう》のめぐりとは反対《はんたい》の左回《ひだりまわ》りに庭《にわ》を三周《さんしゅう》した。それがすむと、また呪文《じゅもん》を唱《とな》えながら魔法《まほう》のどんぐりと石《いし》を土《つち》に埋《う》めた。モーリスは膝《ひざ》の上《うえ》にベルを抱《だ》きながら、その光景《こうけい》をベルに見《み》せていた。こうすれば娘《むすめ》も魔法《まほう》を覚《おぼ》えるだろうかと思《おも》いながら。フレデリックは、ベルはシャルマントゥではないと自信《じしん》ありげに言《い》っていたが。

次《つぎ》の日《ひ》、太陽《たいよう》がさんさんと降《ふ》りそそぐなか、ロザリンドは植物《しょくぶつ》を植《う》えた。バラにハーブ、そしてさらにたくさんのバラを。

モーリスは近《ちか》くの小川《おがわ》に水車《すいしゃ》のような機械《きかい》を急《きゅう》ごしらえした。ポンプで川《かわ》の水《みず》を汲《く》みあげ、家《いえ》のなかや庭《にわ》で水《みず》を使《つか》えるようにするためだ。それから、屋根《やね》の上《うえ》に小型風力発電機《こがたふうりょくはつでんき》をとりつけ、かまどで使《つか》う焼《や》き串《ぐし》や機械《きかい》じかけのスプーンといった台所《だいどころ》のいろいろなものをコードでつないだ。ここでは魔法《まほう》を隠《かく》さなければならないので、少《すこ》しでも家事《かじ》の負担《ふたん》を軽《かる》くするためだ。

モーリス一家《いっか》は昔《むかし》なじみのムッシュ・レヴィの本屋《ほんや》にできるだけ通《かよ》うようにした。レヴィはベルを大切《たいせつ》に思《おも》ってくれていた。いっしょに遊《あそ》んではベルを笑《わら》わせ、本《ほん》、きれいな鏡《かがみ》、小《ちい》さな万華鏡《まんげきょう》など、楽《たの》しいものもたくさんくれた。けれどモーリスとロザリンドは、市場《いちば》の日《ひ》にはレヴィのところへ行《い》かなかった。にぎやかな場所《ばしょ》で人目《ひとめ》につかないようにするためだ。うわさは、いったん人《ひと》の口《くち》にのぼったら最後《さいご》、りんご酒《シードル》が樽《たる》から流《なが》れ出《で》るように広《ひろ》まってしまうものなのだ。

アラリックはモーリス一家《いっか》を訪《おとず》れてくれる数少《かずすく》ない友人《ゆうじん》の一人《ひとり》だった。「馬《うま》を遠駆《とおが》けさせる」

と理由《りゆう》をつけて国王《こくおう》の許可《きょか》をとり、国境《こっきょう》を抜《ぬ》け、川《かわ》を越《こ》え、馬《うま》で半日《はんにち》かけて村《むら》までやって来《く》るのだ。

アラリックが来《き》てくれる日《ひ》を、一家《いっか》は心待《こころま》ちにしていた。モーリスもロザリンドも、たくさんのワインとチーズでアラリックをもてなし、椅子《いす》を寄《よ》せあって王国《おうこく》の近況《きんきょう》を聞《き》いた。けれど、心《こころ》が寒々《さむざむ》とするような話《はなし》ばかりだった。熱病《ねつびょう》は王国《おうこく》のあまり裕福《ゆうふく》でない人《ひと》たちが住《す》む地域《ちいき》にも蔓延《まんえん》しはじめていた。なんらかの手立《てだ》てを打《う》てそうな魔法使《まほうつか》いは、ほとんど姿《すがた》を消《け》していた。

ただ、心《こころ》がはずむような話《はなし》もあった。城《しろ》の厩舎長《きゅうしゃちょう》を務《つと》めるアラリックが、同《おな》じ城《しろ》で家政婦長《かせいふちょう》をしている陽気《ようき》な娘《むすめ》と結婚《けっこん》したのだ。アラリックは日記《にっき》といっしょにいつもポケットに入《い》れて持《も》ち歩《ある》いている、その娘《むすめ》の小《ちい》さな肖像画《しょうぞうが》をモーリスたちに見《み》せてくれた。三人《さんにん》はいつか必《かなら》ず、みんなで盛大《せいだい》にお祝《いわ》いをしようと約束《やくそく》した。

ある日《ひ》のこと、アラリックが突然《とつぜん》、夜遅《よるおそ》くにやって来《き》た。ベルを寝《ね》かしつけてからずいぶん時間《じかん》がたった真夜中《まよなか》のことだ。

アラリックは馬《うま》にもう一人《ひとり》乗《の》せていた。体《からだ》は小《ちい》さく、おびえた顔《かお》をしている。黒目《くろめ》と白目《しろめ》が半々《はんはん》で、長《なが》い緑《みどり》の耳《みみ》は先《さき》のほうが少《すこ》し折《お》れていた。小鬼《ノーム》のゴブリンだ。

「ごめんよ」アラリックが、部屋着《へやぎ》のままドアを開《あ》けたモーリスとロザリンドに言《い》った。「こんな夜《よ》ふけにほんとうにすまない……この友人《ゆうじん》を、今夜《こんや》ひと晩《ばん》ここに泊《と》めてくれないか。明日《あした》の朝《あさ》、出《で》ていくときにパンを用意《ようい》してもらえると助《たす》かるんだが」

「もちろんよ」ロザリンドは、ベルが起《お》きてこないかとベルの部屋《へや》のほうを気《き》にしながら答《こた》えた。「あなたの友人《ゆうじん》は、わたしたちの友人《ゆうじん》でもあるのよ」

「でも、なぜだい?」寝《ね》ぼけたモーリスが、その場《ば》の微妙《びみょう》な空気《くうき》に気《き》づかずに尋《たず》ねた。アラリックは明《あき》らかに不安《ふあん》そうだった。こんな夜遅《よるおそ》くに訪《たず》ねてくること自体《じたい》、ふつうじゃない。ゴブリンの服装《ふくそう》も妙《みょう》だった。持《も》っている服《ふく》をあわてて全部着《ぜんぶき》てきたように見《み》える。「何《なに》かあったのか?」

「やつらがわたしを連《つ》れ去《さ》りにきたの」ゴブリンは、特有《とくゆう》のしわがれ声《ごえ》で弱々《よわよわ》しく答《こた》えた。「ソーナがやつらを見《み》てたの。全身黒《ぜんしんくろ》ずくめで仮面《かめん》みたいなのをかぶった二人組《ふたりぐみ》の男《おとこ》よ。死人《しにん》みたいに物音《ものおと》も立《た》てず、わたしにおそいかかろうとしたのよ」

アラリックが硬《かた》い表情《ひょうじょう》のままうなずいた。

「そのソーナというネズミといっしょに、城《しろ》の厩舎《きゅうしゃ》に彼女《かのじょ》が隠《かく》れているのを見《み》つけたんだ。シャルマントゥを標的《ひょうてき》にしているやつらの手口《てぐち》は、だんだん卑劣《ひれつ》になってきている。真夜中《まよなか》に現《あらわ》れては、こん棒《ぼう》でシャルマントゥの頭《あたま》や体《からだ》を殴《なぐ》りつけ、連《つ》れていく。そしてだれも戻《もど》ってこない」

「まるで幽霊《ゆうれい》みたい。連《つ》れ去《さ》られたシャルマントゥがどうなったのかは、だれにもわからない」

ゴブリンがふるえながら言《い》った。

アラリックがゴブリンを同情《どうじょう》のこもった目《め》で見《み》つめた。

「これ以上王国《いじょうおうこく》にいたら危険《きけん》だから連《つ》れ出《だ》さなきゃならなかったんだ。国境《こっきょう》が封鎖《ふうさ》されているせいで、だれも国《くに》から出《で》ることはできない。法《ほう》を破《やぶ》らないかぎりね。だから……」

「なんてこと、かわいそうに」ロザリンドが悲《かな》しげに首《くび》を横《よこ》に振《ふ》りながら言《い》った。「さあ、なかへ入《はい》って手《て》と顔《かお》を洗《あら》ってちょうだい。すぐに毛布《もうふ》と紅茶《こうちゃ》を持《も》ってくるわ」

ゴブリンは、礼《れい》も言《い》わずにモーリスとロザリンドを押《お》しのけて暖《あたた》かい部屋《へや》のなかに入《はい》った。いつもだったらこんな失礼《しつれい》なことはしないのだが。ゴブリンはすぐに振《ふ》り返《かえ》り、大《おお》きな黒《くろ》い瞳《ひとみ》にあわれみを誘《さそ》うような色《いろ》を浮《う》かべて、どうかお願《ねが》いしますといった表情《ひょうじょう》でモーリスたちを見《み》つめた。

「わたしは生《う》まれたときからあの王国《おうこく》に住《す》んでいたの。沼地《ぬまち》に生《は》える薬草《やくそう》を売《う》ってたのよ。質《しつ》のいい薬草《やくそう》ばかりをね。野育《のそだ》ちのベゴニアは風邪《かぜ》にきくし、苔《こけ》は傷口《きずぐち》に湿布《しっぷ》するといいの。黒魔術《くろまじゅつ》や毒薬術《どくやくじゅつ》なんて一度《いちど》も使《つか》ったことはない。それはみんなわかっているはずよ。わたしみたいに年《とし》老《お》いたゴブリンがそんなことしないってことぐらい！」

そう言《い》うと、ゴブリンはふらふらと奥《おく》へ歩《ある》いていった。人間《にんげん》のようにむせび泣《な》きながら。

13　十年前《じゅうねんまえ》、そこで何《なに》が……？

「……つまり、問題《もんだい》は明《あき》らかに、主塔《しゅとう》が中世《ちゅうせい》のもとの姿《すがた》よりずっと有機的《ゆうきてき》な建築《けんちく》になっていることにありました。そのため、左右対称《さゆうたいしょう》の設計《せっけい》が求《もと》められる本格的《ほんかくてき》なバロック様式《ようしき》に改装《かいそう》することは不可能《ふかのう》だったのです。もちろん、ほかの城《しろ》で見《み》るような、たとえば建築家《けんちくか》マンサールが設計《せっけい》したメゾン・ラフィット城《じょう》にあるような背《せ》の高《たか》い中門《ちゅうもん》やわきの別館《べっかん》は……」

ルミエールは、ぴょんぴょんと前《まえ》をとんで、行《ゆ》く先《さき》を照《て》らしていたが、見《み》るからに退屈《たいくつ》そうだった。この先《さき》にあるものなんて、彼《かれ》には目新《めあたら》しくもなんともないのだろう。だが、ベルは興味《きょうみ》津々《しんしん》だった。マンサールのことを本《ほん》で読《よ》んで、いつか彼《かれ》がつくったヴェルサイユ宮殿《きゅうでん》を見《み》てみたいとずっと思《おも》っていたのだ。それでも、コグスワースの話《はなし》は退屈《たいくつ》でしかたがなかった。さすがはしゃべる時計《とけい》だ。何《なに》を話《はな》しても、つまらない歴史《れきし》の本《ほん》をそっくりそのまま読《よ》みあげているみたいだった。邪悪《じゃあく》な魔法使《まほうつか》いも怒《いか》れる神《かみ》も出《で》てこない。お城《しろ》がどうしてこんなふうに魔法《まほう》をかけられ、忘《わす》れ去《さ》られているのかもわからない。

「ここにある武器《ぶき》や甲冑《かっちゅう》は、あんまりバロック風《ふう》には見《み》えないわね」

ベルはやんわりと話《はなし》をさえぎり、壁《かべ》に十字《じゅうじ》にかけられた戦斧《いくさおの》を指《ゆび》さした。いまいる廊下《ろうか》は見《み》るからに中世風《ちゅうせいふう》で、両《りょう》わきにはくすんだ甲冑《かっちゅう》がずらりと並《なら》んでいる。微動《びどう》だにしていないように見《み》えるのに、たしかに金具《かなぐ》がきしむ音《おと》が聞《き》こえた。

「ええ、おっしゃるとおりです。まあ、フランスからゴシック様式《ようしき》の影響《えいきょう》を消《け》すことなどできないでしょうな」コグスワースは誇《ほこ》らしげに言《い》った。「ご先祖《せんぞ》さまから受《う》けついだものを恥《は》じることなどありえませんので」

ベルは、素知《そし》らぬふりで通《とお》り過《す》ぎようとしたが、甲冑《かっちゅう》たちは、明《あき》らかにベルを見《み》ようとしていた。ものものしい姿《すがた》が恐《おそ》ろしいというより、じろじろ見《み》られているのが落《お》ちつかなかった。ベルは、大人《おとな》になって初《はじ》めて市場《いちば》に行《い》った日《ひ》のことを思《おも》い出《だ》した。

あの日《ひ》から、村人《むらびと》たちの陰口《かげぐち》が変《か》わった。「なんておかしな子《こ》どもだろう」から、「あんな娘《むすめ》に、あんな見《み》た目《め》はもったいない」へと。

「直《なお》れ！」顔《かお》を曇《くも》らせたベルを見《み》て、コグスワースは甲冑《かっちゅう》たちをどなりつけた。甲冑《かっちゅう》たちは、たちまちガチャガチャと姿勢《しせい》を正《ただ》し、もとの油断《ゆだん》のない体勢《たいせい》に戻《もど》った。

一行《いっこう》は玄関《げんかん》の広間《ひろま》に出《で》て、大理石《だいりせき》の広《ひろ》い階段《かいだん》の前《まえ》にさしかかった。ベルの寝室《しんしつ》がある塔《とう》へと続《つづ》く階段《かいだん》とよく似《に》ている。

「この上《うえ》には何《なに》があるの？」

「えっ、ああ、別《べつ》にたいしたものはありませんよ」ルミエールがあわてて言《い》った。「お嬢《じょう》さまのご興味《きょうみ》を引《ひ》きそうなものは何《なに》も……あるのは、その……階段《かいだん》ばかりで」

あやしい。

「階段《かいだん》ですって？　たしかに、わたしみたいな好奇心旺盛《こうきしんおうせい》な娘《むすめ》には退屈《たいくつ》すぎるわね。でも……何《なに》もないなら、別《べつ》に見《み》にいってもかまわないでしょ？」

ベルはそう言《い》って階段《かいだん》をのぼりはじめた。

「いけません！」コグスワースが前《まえ》に走《はし》り出《で》た。「西《にし》の塔《とう》は退屈《たいくつ》きわまりないところです。おもしろいものなんて何《なに》もありませんよ！」

ルミエールが、腕《うで》の先《さき》についた真鍮《しんちゅう》の皿《さら》でコグスワースをひっぱたく。

「ふうん」ベルは、おもしろそうにゆっくりと言《い》った。「ここが、立《た》ち入《い》り禁止《きんし》の西《にし》の塔《とう》ってわけね」

「そうじゃなくて……見《み》どころがほかにたくさんあるってことですよ。たとえば、庭《にわ》とか」ルミエールがすかさず言《い》った。

「寒《さむ》すぎるわ」

ベルは足《あし》も止《と》めない。

「武器庫《ぶきこ》はいかがです？」コグスワースがすがるように言《い》った。「温室《おんしつ》は？」

「気味《きみ》が悪《わる》いわ。もう夜《よる》も遅《おそ》いし」

ベルはコグスワースのほうを見《み》もせずに答《こた》えた。

「じゃあ……図書館《としょかん》は？」

その言葉《ことば》に、ベルはぱっと振《ふ》り返《かえ》った。ルミエールは自分《じぶん》の炎《ほのお》に満足《まんぞく》げな色《いろ》が浮《う》かぶのをようやくこらえた。

「図書館《としょかん》……？」ベルが確《たし》かめるように聞《き》く。

「ええ、ご主人《しゅじん》さまは大変《たいへん》な蔵書家《ぞうしょか》なんですよ」

ルミエールは気《き》どった口調《くちょう》で答《こた》えた。

「そう、そうなんですよ！」コグスワースが飛《と》び出《だ》してきて、ルミエールと肩《かた》を並《なら》べる。それをぼんやり視界《しかい》におさめながらベルは思《おも》った。あんなに近《ちか》づいてよく火《ひ》がつかないものね。「本《ほん》でいっぱいの部屋《へや》がいくつもあるんです！」

「ほんとに？」

ベルは思《おも》わず聞《き》き返《かえ》した。

本《ほん》でいっぱいの部屋《へや》。

ほかの子《こ》どもたちが、噴水《ふんすい》や大《おお》きなふかふかのベッドがあって、言《い》いつけを聞《き》いてくれる召《め》し使《つか》いたちがいるような豪邸《ごうてい》に住《す》みたいと夢見《ゆめみ》ているとき、ベルが夢見《ゆめみ》ていたのはまさにそれだった。世界《せかい》じゅうの本《ほん》を買《か》い集《あつ》めるだけのお金《かね》と、それを保管《ほかん》しておける場所《ばしょ》。

「ええ、ほんとうですとも。さあ、行《い》きましょう」コグスワースが言《い》った。「お望《のぞ》みなら、そこでひと晩《ばん》じゅう本《ほん》をお読《よ》みになっていたっていいんですよ。なんでもあります。伝記《でんき》、歴史書《れきししょ》、聖書《せいしょ》なんて十二種類《じゅうにしゅるい》に翻訳《ほんやく》されていますし、伝奇冒険小説《でんきぼうけんしょうせつ》も……」

なんともぐっとくる提案《ていあん》だった。

でも、図書館《としょかん》は明日《あした》になっても消《き》えたりしないだろう。時間《じかん》はいくらでもある。

この二人《ふたり》は何《なに》かを隠《かく》そうとしている。十年前《じゅうねんまえ》、何《なに》があったのかも……。上《うえ》に行《い》けば知《し》りたかった答《こた》えがすべて見《み》つかるはずだ。

どうしてわたしはこのお城《しろ》やこの王国《おうこく》のことをいままで知《し》らなかったのだろう？　あのビーストは何者《なにもの》なの？　どうしてここにいる物《もの》たちを支配《しはい》するようになったのか？　ここに住《す》んでいるはずの生身《なまみ》の人間《にんげん》たちはみんな、どこに行《い》ってしまったの？　どうして、罪《つみ》のない老人《ろうじん》やその娘《むすめ》をここに閉《と》じこめておけるなんて思《おも》っているのか？

……そして、どうして、わたしを西《にし》の塔《とう》に行《い》かせたくないのか。

ベルはふたたび階段《かいだん》をのぼりはじめた。

ルミエールはおろおろしだした。

「ダ、ダメですったら……ご主人《しゅじん》さまと約束《やくそく》したじゃありませんか……」

「わたしはここにいるって言《い》っただけ。ほかには何《なに》も約束《やくそく》してないわ」

ベルはきっぱりと言《い》った。

こんなにおもしろそうなことに出《で》くわしたのだ。もはや、ベルが好奇心《こうきしん》を満《み》たすのを止《と》めることはできなかった。

14　きみを忘《わす》れない

　のんびりした小《ちい》さな村《むら》で、モーリスは発明品《はつめいひん》の改良《かいりょう》に、ロザリンドは魔法《まほう》のバラの改良《かいりょう》に精《せい》を出《だ》しながら、ニワトリに餌《えさ》をやったり、ヤギの乳《ちち》しぼりをしたり、ハチの世話《せわ》をしたりといった、田舎暮《いなかぐ》らしにつきもののなれない仕事《しごと》を覚《おぼ》えていった。

　ベルは成長《せいちょう》し、むさぼるように本《ほん》を読《よ》み、はだしで駆《か》けまわって、雲《くも》を見上《みあ》げては畑《はたけ》の向《む》こうの世界《せかい》にあこがれるようになった。毎日《まいにち》が判《はん》で押《お》したように同《おな》じではない世界《せかい》に。

　一方《いっぽう》、かつて三人《さんにん》が暮《く》らしていた王国《おうこく》では、遠《とお》い昔《むかし》に疫病《えきびょう》が蔓延《まんえん》していたときと同《おな》じように熱《ねっ》病《びょう》が猛威《もうい》をふるい、すさまじい勢《いきお》いで広《ひろ》まりつつあった。被害《ひがい》は壊滅的《かいめつてき》で、若者《わかもの》も老人《ろうじん》も金持《かねも》ちも貧乏人《びんぼうにん》も、男《おとこ》も女《おんな》も関係《かんけい》なく、次々《つぎつぎ》と病《やまい》に倒《たお》れていった。町《まち》の人《ひと》たちがネズミのように死《し》んでいくなか、国王《こくおう》と王妃《おうひ》は城《しろ》にこもり、感染《かんせん》を防《ふせ》ぐために扉《とびら》を固《かた》く閉《と》ざした。だれも、召《め》し使《つか》いたちでさえ出入《でい》りは許《ゆる》されなかった。……もちろん、アラリックも。

　だがなぜか、三人《さんにん》が住《す》む村《むら》には、熱病《ねつびょう》の魔《ま》の手《て》は及《およ》んでいないようだった。王国《おうこく》の国境《こっきょう》が封鎖《ふうさ》され、人々《ひとびと》の出入《でい》りが禁《きん》じられていたせいかもしれない。

あるいは、ロザリンドが用心《ようじん》していたためかもしれないし、ベルの誕生祝《たんじょういわ》いにもらった成長《せいちょう》の速《はや》いオークの木《き》のおかげかもしれない。同《おな》じようにこの村《むら》に移《うつ》ってきた、別《べつ》の魔女《まじょ》の特製《とくせい》スープがきいていたのかもしれない。

理由《りゆう》はなんであれ、実際《じっさい》、川《かわ》の西側《にしがわ》の住民《じゅうみん》はだれ一人《ひとり》として熱病《ねつびょう》にかからなかった。逃《に》げてきたシャルマントゥたちを受《う》け入《い》れたほかの村《むら》の住民《じゅうみん》たちも同様《どうよう》だった。

そして、ある不吉《ふきつ》な雨《あめ》の晩《ばん》、両親《りょうしん》がいくら寝《ね》かしつけようとしても寝《ね》ようとせず、布団《ふとん》のなかにホタルの入《はい》った瓶《びん》を持《も》ちこんで本《ほん》を読《よ》んでいたベルがやっと寝入《ねい》ったころ、玄関《げんかん》のドアを叩《たた》く音《おと》がした。

ロザリンドとモーリスは顔《かお》を見合《みあ》わせ、玄関《げんかん》に飛《と》んでいった。二人《ふたり》の大事《だいじ》な友人《ゆうじん》がまたやって来《き》たのかと思《おも》ったのだ。

だが、寒空《さむぞら》の下《した》、背中《せなか》を丸《まる》めて立《た》っていたのは見知《みし》らぬ男《おとこ》だった。雨雲《あまぐも》のすきまからのぞいた青白《あおじろ》い月《つき》の光《ひかり》に照《て》らされて、疲《つか》れた目《め》がいっそう落《お》ちくぼんで見《み》えた。

「すぐに城《しろ》に来《き》てください。国王《こくおう》と王妃《おうひ》がお会《あ》いしたいとおおせです」

「わたしたちはもう、あの王国《おうこく》の民《たみ》ではありません」ロザリンドは表情《ひょうじょう》も変《か》えずに言《い》った。「あちらの支配者《しはいしゃ》の命令《めいれい》や要求《ようきゅう》にしたがういわれはないはずです。もう忠誠《ちゅうせい》をささげるつもりもありませんし」

モーリスは、ロザリンドの肩《かた》にそっと手《て》を置《お》いた。例《れい》によって好奇心《こうきしん》が怒《いか》りに勝《か》ったのだ。

「何《なん》のご用《よう》です？」

男《おとこ》はため息《いき》をついた。

「各地《かくち》で猛威《もうい》をふるっていた病《やまい》がついに城壁《じょうへき》を越《こ》えて、王族《おうぞく》だろうが召《め》し使《つか》いだろうが、次々《つぎつぎ》と命《いのち》を奪《うば》っています」

「わたしには……」

ロザリンドの声《こえ》は尻《しり》すぼみになって消《き》えた。大勢《おおぜい》が命《いのち》を落《お》としていると聞《き》いて、怒《いか》りが冷《さ》めてきたからだ。使者《ししゃ》の目《め》にも不安《ふあん》げな色《いろ》が浮《う》かんでいる。おそらく、この男《おとこ》にとって大切《たいせつ》な人間《にんげん》も病《やまい》に伏《ふ》せっているのだろう。

ロザリンドはモーリスのほうを振《ふ》り返《かえ》った。

「行《い》ったほうがいい。みんなが困《こま》ってるんだ。それに、城《しろ》に行《い》けばアラリックにも会《あ》える！　好《こう》都合《つごう》じゃないか……」

「わかったわ。夫《おっと》はわたしよりずっと人間《にんげん》ができてるの」そう言《い》って、ロザリンドは、暖《あたた》かい灰《はい》色《いろ》のマントをふわりとまとった。

「でも、お城《しろ》に行《い》ってもわたしのやり方《かた》を通《とお》させてもらうわよ。あなたたちがどこに行《い》ってもそうするのと同《おな》じようにね」

ロザリンドは暗《くら》い夜空《よぞら》の下《した》へ消《き》えていった。モーリスは、疲《つか》れはてた使者《ししゃ》とぎこちなくその場《ば》に立《た》っていた。

「なかで休《やす》んでいってもらいたいんですが」モーリスはもうしわけなさそうに言《い》った。「疫病《えきびょう》のこともありますからね。お茶《ちゃ》でもお持《も》ちしましょうか。よかったら持《も》っていってください。……みやげがわりに」

城《しろ》は、ロザリンドが最後《さいご》に行《い》ったときとはだいぶ様変《さまが》わりしていた。召《め》し使《つか》いは薄暗《うすぐら》い明《あ》かりの下《もと》を歩《ある》きまわり、廊下《ろうか》には司祭《しさい》たちの唱《とな》える低《ひく》い祈《いの》りの声《こえ》がこだましている。香《こう》のにおいがむせかえるようだった。

国王《こくおう》と王妃《おうひ》は疲《つか》れきった顔《かお》で王座《おうざ》に座《すわ》っていた。幼《おさな》い王子《おうじ》の姿《すがた》はどこにも見当《みあ》たらない。

「魔女《まじょ》よ」王妃《おうひ》は、少《すこ》し声《こえ》はかすれているものの、あいかわらずきつい口調《くちょう》で言《い》った。「国境《こっきょう》やぶりの大罪《たいざい》には目《め》をつぶります。かわりに、王家《おうけ》とこの城《しろ》の安全《あんぜん》と健康《けんこう》を守《まも》るためにあなたの力《ちから》をささげなさい」

ロザリンドは目《め》をしばたたいた。

「え？」

言葉《ことば》を失《うしな》い、聞《き》き返《かえ》す。

「王妃《おうひ》の言《い》った言葉《ことば》が聞《き》こえなかったのか」国王《こくおう》がかみつくように言《い》った。「寛大《かんだい》にも、おまえが法《ほう》を犯《おか》して国境《こっきょう》をやぶり、しっぽを巻《ま》いてこの王国《おうこく》から逃《に》げていったことを水《みず》に流《なが》してやろうというのだ。感謝《かんしゃ》の印《しるし》を見《み》せてもよかろう。どうにかしてくれ……これを……」国王《こくおう》は、いまや香水《こうすい》や花《はな》の香《かお》りではなく、疫病《えきびょう》をふせぐための塩《しお》や苦《にが》い薬《くすり》のにおいしかしないハンカチを振《ふ》って、あたりを示《しめ》した。

「わたしは罪人《ざいにん》ではありません」ロザリンドはできるだけ冷静《れいせい》な声《こえ》で言《い》った。「避難《ひなん》しただけです……この悪夢《あくむ》のような場所《ばしょ》から。いま住《す》んでいるところでは、だれもうちの玄関《げんかん》にひどいことを書《か》いたりしませんし、隣人《りんじん》が突然姿《とつぜんすがた》を消《け》しても、何《なん》の調査《ちょうさ》もされないなどというおかしな話《はなし》もありません。あなたがたが頭《あたま》のなかで勝手《かって》につくった、ありもしないわたしの罪《つみ》を許《ゆる》したいというなら、どうぞご自由《じゆう》に。わたしにはここに戻《もど》りたいという気持《きも》ちなどまったくありませんから、そんな言葉《ことば》は無意味《むいみ》ですけど。ご自分《じぶん》で医者《いしゃ》でも呼《よ》んで、なんとかされたらどうですか？」

「医者《いしゃ》どもでは……ここに残《のこ》っている連中《れんちゅう》では……治療《ちりょう》の足《た》しにもならんのだ」国王《こくおう》は、慎重《しんちょう》に言葉《ことば》を選《えら》びながら続《つづ》けた。「フレデリックは、医者《いしゃ》としては間違《まちが》いなく天才《てんさい》だが、癒《ヒ》し手《ーラー》としてはまるでダメだからな」

「あなたがたを救《すく》えたかもしれない人《ひと》たちは、みんな姿《すがた》を消《け》したか、あるいは国外《こくがい》に追放《ついほう》されたのよ」ロザリンドは言《い》った。「信心深《しんじんぶか》い人《ひと》なら、この流行病《はやりやまい》は神《かみ》が下《くだ》された罰《ばつ》だと思《おも》うでしょうね。あなたたちの犯《おか》した罪《つみ》を罰《ばっ》するために」

「わたしは国王《こくおう》だぞ。わたしを裁《さば》くことができるのは神《かみ》だけだ」

国王《こくおう》は傲慢《ごうまん》な態度《たいど》に戻《もど》って言《い》った。

王妃《おうひ》が手《て》を振《ふ》って国王《こくおう》を制《せい》する。「わたしたちを責《せ》めたければ、そうすればいいわ。でも、助《たす》けてほしいのです。お願《ねが》い。残《のこ》った者《もの》たちを……この城《しろ》を救《すく》ってください」

「お断《ことわ》りです」ロザリンドは吐《は》き捨《す》てるように言《い》った。「シャルマントゥの最後《さいご》の居場所《いばしょ》が卑劣《ひれつ》な行為《こうい》によって失《うしな》われるまで、あなたがたは指一本動《ゆびいっぽんうご》かさずにただ見《み》ていただけだったじゃないですか。わたしは絶対《ぜったい》に力《ちから》を貸《か》しません」

みんな唖然《あぜん》として口《くち》もきけないのか、ぐったりして話《はな》す気力《きりょく》もないのか、部屋《へや》はしんと静《しず》まりかえっていた。

「おまえを呼《よ》んだのは魔法《まほう》を使《つか》わせるためだ。説教《せっきょう》をさせるためではない」しばらくして国王《こくおう》がばかにしたように言《い》った。「われわれに道徳《どうとく》など説《と》くな、みじめな化《ば》け物《もの》めが」

それを聞《き》いたロザリンドは、きびすを返《かえ》して歩《ある》き出《だ》した。

「待《ま》って！」王妃《おうひ》がはじかれたように立《た》ちあがった。「王子《おうじ》を助《たす》けて。わたしには……息子《むすこ》がいるの。あなたにも娘《むすめ》がいるでしょう？　王国《おうこく》がどうなろうと、わたしたちがどうなろうとかまわない。でも、お願《ねが》い……あの子《こ》にはなんの罪《つみ》もないのよ……わたしたちがしてきたこととはなんのかかわりも……」

ロザリンドはくるりと振《ふ》り返《かえ》った。

「なんの罪《つみ》もない？　わたしの娘《むすめ》が、母親《ははおや》がシャルマントゥだというだけの理由《りゆう》であなたの王国《おうこく》で危険《きけん》にさらされていたというのに……あなたの息子《むすこ》を守《まも》れと言《い》うの？　母親《ははおや》が王妃《おうひ》だからというだけの理由《りゆう》で？」

「お願《ねが》い」

王妃《おうひ》は声《こえ》を絞《しぼ》りだすように言《い》うと、目《め》をふせた。国王《こくおう》は顔《かお》をそむけて黙《だま》りこんでいる。

「考《かんが》えてみるわ」ロザリンドは冷《ひ》ややかに言《い》った。「考《かんが》えておくから、そのあいだに、厩舎長《きゅうしゃちょう》に会《あ》わせてもらえるかしら。夫《おっと》の古《ふる》い友人《ゆうじん》なの」

「だれにだと？」

国王《こくおう》は、まるで興味《きょうみ》もなさそうに言《い》った。

「ここの厩舎長《きゅうしゃちょう》のアラリック・ポットよ。あなたが門《もん》を固《かた》く閉《と》ざし、お気《き》に入《い》りの召《め》し使《つか》いたちと城《しろ》にこもって、みんなに外出《がいしゅつ》を禁《きん》じてしまってから、ずっと会《あ》っていないの」

「ああ、あの馬番《うまばん》か。あの男《おとこ》ならもうここにはいない」国王《こくおう》は、あきれたように天《てん》をあおいだ。「失踪《しっそう》したのだ。状況《じょうきょう》が厳《きび》しくなってきたのを見《み》て、出《で》ていったんだろう。自分《じぶん》の家族《かぞく》を捨《す》てて、国境《こっきょう》をやぶって逃《に》げたんだ」

「死《し》んでいたとしても、原因《げんいん》は疫病《えきびょう》ではありませんよ。死体《したい》は見《み》つかっていませんから」王妃《おうひ》が口《くち》をはさんだ。「いっそ、死《し》んでいればいいのに。おかげで王子《おうじ》は毎日《まいにち》の乗馬《じょうば》ができなくなって、見《み》ていられないくらいがっかりしているんですよ。馬《うま》を恋《こい》しがって泣《な》いてばかり。まったく召《め》し使《つか》いどもときたら、自分《じぶん》のとった行動《こうどう》でまわりの人間《にんげん》にどんな迷惑《めいわく》がかかるか、考《かんが》えもしないんですから」

「アラリック・ポットは逃《に》げたりしないわ。絶対《ぜったい》に」

ロザリンドは、胸《むね》のなかで荒《あ》れくるうすさまじい怒《いか》りが、自分《じぶん》の体《からだ》とこの部屋《へや》のすべてをばらばらにしてしまうのではないかと思《おも》った。

だからそうならないように、怒《いか》りをしずめながら家《いえ》に帰《かえ》った。

ロザリンドは疲《つか》れはて、モーリスの腕《うで》のなかで泣《な》きながら、城《しろ》であったことをすべて話《はな》した。話《はな》し終《お》えると顔《かお》を上《あ》げ、家《いえ》のなかから疫病《えきびょう》を追《お》いはらうために、すばやく何度《なんど》か手《て》を振《ふ》った。それから、ベルの部屋《へや》の前《まえ》に行《い》き、そこでも同《おな》じ動作《どうさ》をくりかえした。すると、緑色《みどりいろ》の光《ひかり》が宙《ちゅう》に現《あらわ》れ、ツタのように床《ゆか》に垂《た》れ落《お》ちた。これでもう大丈夫《だいじょうぶ》だ。

モーリスは、なぐさめるようにロザリンドの肩《かた》を叩《たた》いた。

「きみが断《ことわ》った気持《きも》ちはよくわかるよ。アラリックのことを聞《き》いたらなおさらだ。それでも、親《しん》切《せつ》だったとは言《い》えないかもな」

「あの人《ひと》たちは、わたしの仲間《なかま》を守《まも》らなかった。自分《じぶん》の国《くに》の民《たみ》なのに。すべての行動《こうどう》には結果《けっか》がともなう。それと同《おな》じで、魔法《まほう》を使《つか》えば報《むく》いが戻《もど》ってくるものなの。重要《じゅうよう》な人間《にんげん》であればあるほど、その人《ひと》のとった行動《こうどう》が及《およ》ぼす影響《えいきょう》は大《おお》きいのよ。生《い》きのびられたら、あの人《ひと》たちもいずれ身《み》をもって知《し》るでしょうけど」

「でも、死《し》んでしまったら知《し》りようがない」

モーリスはやさしくさとすように言《い》った。ロザリンドは何《なに》も答《こた》えなかったが、その指《ゆび》は小刻《こきざ》みに動《うご》き、仕事《しごと》にとりかかっていた。

森《もり》に囲《かこ》まれた城《しろ》の奥《おく》で、魔女《まじょ》と発明家《はつめいか》のしていることなど知《し》るよしもない人々《ひとびと》の上《うえ》に、きらきらと輝《かがや》く銀色《ぎんいろ》の光《ひかり》が降《ふ》りそそいだ。

「王子《おうじ》は……助《たす》かったのか？」

モーリスが尋《たず》ねた。ロザリンドはうなずいた。

「ええ。召《め》し使《つか》いとその子《こ》どもたちもね」

二人《ふたり》はしばらく黙《だま》りこんでいた。

「もし、わたしの身《み》に何《なに》かあったら……」

ロザリンドがおもむろに口《くち》を開《ひら》く。

「何《なに》もあるはずがないだろう！」モーリスは妻《つま》にキスをした。「きみは熱病《ねつびょう》にはかからないよ」

「でも、……もしかしたら……ほかのことが起《お》こるかもしれないわ。別《べつ》の何《なに》かが」ロザリンドは考《かんが》えこむように言《い》った。「わたしは……ベルを守《まも》りたいの。仲間《なかま》たちもみんな……無事《ぶじ》でいてほしい」

「どうすればいいのか、ぼくには見当《けんとう》もつかない。たしかにきみはこの世《よ》で最強《さいきょう》の魔女《まじょ》だ……それでも全員《ぜんいん》を守《まも》るのは無理《むり》だ」

モーリスはため息《いき》をついた。

「みんなの……記憶《きおく》を消《け》すのよ」ロザリンドが考《かんが》えながら答《こた》えた。「わたしやほかのシャルマントゥのことを忘《わす》れさせるの。そうすれば、わたしたちはただのおとぎ話《ばなし》になって、永遠《えいえん》にみんなの目《め》には映《うつ》らない」

「悲《かな》しいが、いい手《て》かもしれないな」モーリスは、妻《つま》の腰《こし》に手《て》を回《まわ》しながら言《い》った。「でも、ぼくには呪《のろ》いをかけないでくれよ。ぼくはどんな目《め》に遭《あ》おうとかまわないけど、何《なに》があってもきみを忘《わす》れたくないんだ」

ロザリンドは、にっこりすると夫《おっと》にキスをした。だが、返事《へんじ》はしなかった。

15 月光《げっこう》にきらめく真紅《しんく》のバラ

コグスワースとルミエールは、階段《かいだん》の下《した》でぐずぐずとベルのあとを追《お》ったほうがいいだろうかと話《はな》し合《あ》っていた。

ベルは、二人《ふたり》をおいて階段《かいだん》をのぼっていってしまったのだ。

そこは……城《しろ》のほかの場所《ばしょ》とはようすが違《ちが》っていた。城《しろ》のなかはどこも少《すこ》しカビ臭《くさ》く、ひんやりとして薄暗《うすぐら》かったが、西《にし》の塔《とう》はほとんど洞穴《ほらあな》といってもいいくらいだった。湿《しめ》っぽいのは変《か》わりがないが、冬《ふゆ》の初《はじ》めだというのに窓《まど》を開《あ》けっぱなしにしておいたかのようだ。変《か》わった――とはいえ、悪臭《あくしゅう》とまではいかないが――家畜小屋《かちくごや》のようなにおいが鼻《はな》をつく。動物《どうぶつ》っぽいにおいだ。

ベルは自分《じぶん》が緊張《きんちょう》のあまり息《いき》を止《と》めていたことに気《き》づいた。

階段《かいだん》の上《うえ》の壁《かべ》には、縁《ふち》が金色《きんいろ》の大《おお》きな鏡《かがみ》がかかっていた。かつてはさぞ立派《りっぱ》な鏡《かがみ》だったに違《ちが》いない。いまでは金《きん》の縁《ふち》に鋭《するど》いガラスの破片《はへん》が歯《は》のように並《なら》ぶばかりで、残《のこ》りは全部床《ぜんぶゆか》に散《ち》らばっている。手《て》のひらより大《おお》きなものは一《ひと》つもない。そのすべての破片《はへん》が――縁《ふち》に残《のこ》った指《ゆび》ぐらいの大《おお》きさのものから、床《ゆか》に落《お》ちた小《ち》さな小《ち》さなかけらまで、すべてが、青白《あおじろ》くて不安《ふあん》げなベルの顔《かお》を映《うつ》しだしていた。

頭《あたま》の奥《おく》で何《なに》かがガンガンと鳴《な》り、脈打《みゃくう》っていた。それは、大事《だいじ》なことを知《し》ろうとしているときに感《かん》じる、不安《ふあん》や恐《おそ》れや興奮《こうふん》だった。正《ただ》しい方向《ほうこう》に向《む》かっているのは間違《まちが》いない。

鏡《かがみ》のかたわらには、両開《りょうびら》きの巨大《きょだい》な木《き》の扉《とびら》があった。ブロンズの取《と》っ手《て》には、なぜだか見《み》なれた感《かん》じのする悪魔《あくま》がかたどられている。ベルはそのごつごつとした不気味《ぶきみ》な像《ぞう》に手《て》を触《ふ》れるのは気《き》が進《すす》まなかったが、思《おも》い切《き》ってつかんだ。

そのとき、突風《とっぷう》が巻《ま》き起《お》こり、扉《とびら》が叩《たた》きつけられるように大《おお》きく開《ひら》いた。ベルは、引《ひ》っ張《ぱ》られるように部屋《へや》のなかに転《ころ》がりこんだ。

一瞬《いっしゅん》、散《ち》らかった屋根裏部屋《やねうらべや》にでも入《はい》ってしまったのかと思《おも》った。酔《よ》っぱらった巨人《きょじん》が通《とお》り抜《ぬ》けたように、入《い》り口《ぐち》から窓辺《まどべ》まで家具《かぐ》が散乱《さんらん》していたのだ。

硬《かた》い椅子《いす》はなぎ倒《たお》されてばらばらだ。やわらかい椅子《いす》は無傷《むきず》だったが、みんなわきに押《お》し寄《よ》せられている。じゅうたんは、その下《した》を掘《ほ》ろうとでもしたかのようにめくりあげられている。下《した》からのぞく床《ゆか》には、巨大《きょだい》なかぎ爪《づめ》で引《ひ》っかいたような銀色《ぎんいろ》の傷《きず》が四本並《よんほんなら》んでいた。折《お》れた軸《じく》にだらりとかけられたぼろぼろのタペストリーには、ほこりの筋《すじ》がついている。そして、いたるところに不気味《ぶきみ》な白《しろ》い物体《ぶったい》が落《お》ちていた。きれいにしゃぶりつくされた骨《ほね》だ。

間違《まちが》いない。ここはビーストのねぐらだ。

豪華《ごうか》な四柱式《しちゅうしき》のベッドだけは、もうずっと触《ふ》れられたことも、使《つか》われたこともないように見《み》える。大《おお》きさからすると、小《ちい》さな子《こ》どものベッドらしい。ビーストが使《つか》ったら、ローズウッドの柱《はしら》のせいで檻《おり》に閉《と》じこめられているようにしか見《み》えないだろう。寝《ね》ていたのは、たぶん十歳《じっさい》くらいの子《こ》どもだ。

十年《じゅうねん》。

すべては十年前《じゅうねんまえ》に始《はじ》まった。

ベルの胸《むね》が高鳴《たかな》りはじめた。

ビーストがこの城《しろ》に押《お》し入《い》り、ここに住《す》んでいた人《ひと》たちを食《た》べつくして、この王子《おうじ》の部屋《へや》を乗《の》っとったってこと？

そのとき、また突風《とっぷう》が吹《ふ》いて、ぼろぼろのカーテンがたけりくるった亡霊《ぼうれい》のようにひるがえったので、ベルはびくりととびあがった。月《つき》にかかった雲《くも》が風《かぜ》で散《ち》り、部屋《へや》じゅうが青白《あおじろ》い月明《つきあ》かりに照《て》らし出《だ》された。すると、部屋《へや》のなかは散《ち》らかっているだけではないとわかった。もっと暴《ぼう》力的《りょくてき》な破壊《はかい》の跡《あと》がはっきりと見《み》えたのだ。叩《たた》き壊《こわ》されたと思《おも》われる椅子《いす》もある。サイドテーブルもばらばらにされ、大理石《だいりせき》の天板《てんばん》が氷《こおり》のように砕《くだ》かれていた。

ベルは思《おも》わず息《いき》を呑《の》んだ。

ここにある物《もの》たちも、あのティーポットや時計《とけい》のように生《い》きていたのかしら？　あんなふうに生《い》き生《い》きとおしゃべりして、かわいらしく動《うご》きまわっていたのに、動《うご》かなくなってしまったのかしら？　死《し》んでしまったみたいに。

いったい何《なに》があったのだろう？

城《しろ》を守《まも》って、戦争《せんそう》でもしたの？

みんな、その戦争《せんそう》で戦《たたか》って死《し》んだということ？

それとも、ビーストの怒《いか》りに触《ふ》れて殺《ころ》された？

ベルは唇《くちびる》をかみしめて進《すす》んだ。本能《ほんのう》は「逃《に》げろ」と叫《さけ》んでいるが、隅《すみ》っこでじっとしていたところで、答《こた》えは見《み》つからないだろう。窓《まど》からさしこむ月《つき》の光《ひかり》が励《はげ》ましてくれているような気《き》がした。ベルは、新鮮《しんせん》な空気《くうき》を求《もと》めて部屋《へや》の奥《おく》へ向《む》かった。

つま先立《さきだ》ちになって、ネズミにかじられずに残《のこ》っている、朽《く》ちかけた服《ふく》の山《やま》をよけて歩《ある》く。ぼろぼろの洋服《ようふく》ダンスが目《め》に入《はい》り、ふるえをこらえた。ついさっき話《はな》しかけてきたタンスよりも小《ちい》さいけれど、よく似《に》ている。クモの巣《す》におおわれて、静《しず》かに横《よこ》たわっている。扉《とびら》の蝶番《ちょうつがい》ははずれ、引《ひ》き出《だ》しは飛《と》びだしたままだった。

その向《む》こうには、廊下《ろうか》にあった鏡《かがみ》と同《おな》じぐらい大《おお》きくて同《おな》じぐらいぼろぼろの肖像画《しょうぞうが》があった。びりびりに引《ひ》き裂《さ》かれたキャンバスと、はぎとられた絵《え》の具《ぐ》が、凝《こ》った額《がく》からぶらさがっている。絵《え》は四本《よんほん》の爪《つめ》で執拗《しつよう》にやぶられていた。ベルは思《おも》わず手《て》を伸《の》ばし、何《なに》が描《えが》かれていたのか確《たし》かめようと、引《ひ》き裂《さ》かれずに残《のこ》っていた二枚《にまい》の大《おお》きな断片《だんぺん》をパズルのように並《なら》べなおした。射《い》ぬくような青《あお》い瞳《ひとみ》の若《わか》い男《おとこ》の人《ひと》が、王族《おうぞく》の着《き》るような立派《りっぱ》な服《ふく》に身《み》を包《つつ》んでいる……。

ベルは眉《まゆ》を寄《よ》せた。子《こ》ども用《よう》のベッドを使《つか》っていたこの部屋《へや》の前《まえ》の住人《じゅうにん》にしては、成長《せいちょう》しすぎている。でも、その子《こ》の父親《ちちおや》にしては若《わか》すぎる。いったいだれなんだろう？　わからないことだらけだ……。

そのとき、視界《しかい》のはしで何《なに》かがきらりと光《ひか》った。

ベルが向《む》かっていた部屋《へや》の奥《おく》の窓辺《まどべ》には、白《しろ》い石《いし》の天板《てんばん》がついた小《ちい》さなテーブルがあった。めちゃくちゃに破壊《はかい》されたほかの物《もの》とは違《ちが》い、傷一《きずひと》つない。その上《うえ》には、月《つき》の光《ひかり》にきらめくものが、二《ふた》つあった。

一《ひと》つは美《うつく》しい銀《ぎん》の手鏡《てかがみ》。

そしてもう一《ひと》つは、ガラスのおおいがかけられた真紅《しんく》のバラだった。

16 運命《うんめい》のいたずら

壁《かべ》も医者《いしゃ》も司祭《しさい》も、お香《こう》も富《とみ》でさえも役《やく》には立《た》たなかった。国王《こくおう》と王妃《おうひ》が病《やまい》にかかって死《し》んだのだ。

けれど運命《うんめい》のいたずらか、彼《かれ》らの息子《むすこ》は生《い》き残《のこ》った。城《しろ》にいたほかの子《こ》どもたちと同《おな》じように。

奇跡《きせき》だという者《もの》もいた。

それから一年《いちねん》が過《す》ぎた。熱病《ねつびょう》は自然《しぜん》におさまったが、それまでには膨大《ぼうだい》な数《かず》の住民《じゅうみん》の命《いのち》が失《うしな》われていた。

ようやく喪《も》が明《あ》け、戴冠式《たいかんしき》の日《ひ》が決《き》まった。苦《くる》しみにさいなまれた小《ちい》さな王国《おうこく》は、新《あたら》しい国王《こくおう》のもとで新《あら》たな始《はじ》まりを迎《むか》えようとしていた。

小《ちい》さな村《むら》で暮《く》らすロザリンドは、ベルのためにドレスをつくろうとしていた。縫《ぬ》いものは得意《とくい》ではなかったので、指《ゆび》はたちまち小《ちい》さな刺《さ》し傷《きず》だらけになった。ロザリンドは悪態《あくたい》をついてばかりいた。でも、もうすぐやって来《く》るベルの誕生日《たんじょうび》に、どうしても何《なに》か〝ふつうの〟母親《ははおや》らしいことをしてやりたかったのだ。

モーリスは、仕立屋《したてや》に頼《たの》むよう何度《なんど》も勧《すす》めた。発明《はつめい》コンクールに出品《しゅっぴん》した自動脱穀機《じどうだっこくき》でちょっとした賞金《しょうきん》を受《う》けとったので、一度《いちど》くらいなら、ささやかな贅沢《ぜいたく》をすることができそうだったからだ。でも、ロザリンドは頑《がん》として首《くび》を縦《たて》に振《ふ》ろうとはしなかった。

そういうわけで、ロザリンドは、ランタンの明《あ》かり（鏡《かがみ》とレンズの装置《そうち》で明《あ》かりを増幅《ぞうふく》させてある）の下《した》で、悪態《あくたい》をつきながらも縫《ぬ》いものを続《つづ》けていた。外《そと》はひどい嵐《あらし》だ。ロザリンドは心《こころ》の奥《おく》の不安《ふあん》と戦《たたか》っていた。

モーリスは、ロザリンドが何度《なんど》も窓《まど》に目《め》をやるのに気《き》がついた。外《そと》の嵐《あらし》を見《み》ているのではなく、東《ひがし》のほうを見ているのはわかっている。

「どうして戴冠式《たいかんしき》なんか気《き》にするんだい？」しばらくしてモーリスは、ため息《いき》をつきながら言《い》った。「あの国《くに》での生活《せいかつ》はもう終《お》わったんだ――あの人《ひと》たちにも、もう戻《もど》る気《き》はないと言《い》ったんだろう」

「そうじゃなくて……わたしはただ……」ロザリンドは唇《くちびる》をかんだ。「もし、あの王国《おうこく》を救《すく》えるとしたら、昔《むかし》のような国《くに》に戻《もど》せるチャンスがあるとしたら、すべてはあの王子《おうじ》にかかってると思《おも》ったの」

「王子《おうじ》の前途《ぜんと》は多難《たなん》だな」モーリスは気《き》の毒《どく》そうに言《い》った。「支《ささ》えてくれる人間《にんげん》もほとんどいない。正直《しょうじき》なところ、彼《かれ》が何《なに》もかも放《ほう》り出《だ》して大学《だいがく》に入《はい》ったとしても、まったく驚《おどろ》かないよ。ドイツの王子《おうじ》なんか、そういうことをよくやってるしな」

ロザリンドは縫《ぬ》いものを放《ほう》り出《だ》した。

「いますぐ彼《かれ》に会《あ》いに行《い》かなきゃ。国王《こくおう》になる前《まえ》に」

「ロザリンド……」

「両親《りょうしん》みたいにならないようにってちゃんと言《い》っておかないと」ロザリンドはきっぱり言《い》った。

「あの国《くに》が存続《そんぞく》するためには、親切《しんせつ》で、寛大《かんだい》で、前向《まえむ》きで、精力的《せいりょくてき》で、親切《しんせつ》な支配者《しはいしゃ》が必要《ひつよう》なのよ」

「〝親切《しんせつ》〟はもう言《い》ったよ」

「行《い》かなくちゃ」

ロザリンドは、緑色《みどりいろ》のマントを手《て》にとった。

モーリスは、嵐《あらし》を理由《りゆう》に引《ひ》き留《と》めたりはしなかった。魔女《まじょ》は、そういった類《たぐい》のことにも、うまく対処《たいしょ》できるものなのだ。

「もう二度《にど》もあの王国《おうこく》から逃《に》げてきたのに」モーリスは言《い》った。「フレデリックが言《い》ったことを忘《わす》れたのか？」

「変装《へんそう》していくわよ」

ロザリンドはそう言《い》って、夫《おっと》に軽《かる》くキスをした。

モーリスはロザリンドの手《て》をつかんで、自分《じぶん》の胸《むね》に押《お》し当《あ》てた。

「大丈夫《だいじょうぶ》」ロザリンドは、力強《ちからづよ》い笑《え》みを浮《う》かべて言《い》った。「ベルが起《お》きる前《まえ》に帰《かえ》ってくるわ。あの子《こ》はわたしがいなかったことにさえ気《き》がつかないはずよ。帰《かえ》ったら、みんなでベルの誕生日《たんじょうび》のお祝《いわ》いをしましょう」

それからロザリンドは、テーブルの上《うえ》にあるバラの入《はい》った水差《みずさ》しの前《まえ》でしばらく考《かんが》えこむと、輝《かがや》くような赤《あか》いバラを一本手《いっぽんて》にとった。この世《よ》のものとは思《おも》えないほど美《うつく》しいバラ。でも、この家《いえ》ではごくふつうのバラに過《す》ぎなかった。

モーリスは意味《いみ》ありげな顔《かお》で妻《つま》を見《み》た。「魔法《まほう》は……はねかえる」

「それがどうしたの？　そのくらい知《し》ってるわ。どうしてそんなことを言《い》いだすの？」

ロザリンドは出《で》かけていった。

だが、いつもの道《みち》は通《とお》らなかったので、同《おな》じように城《しろ》へと向《む》かう、ぶあつい窓《まど》の黒《くろ》い馬車《ばしゃ》に気《き》づくことはなかった。

17　そのバラに触《さわ》るな！

ガラスのおおいのなかのバラは、水《みず》に生《い》けられているわけでもないのに、枯《か》れてはいなかった。宙《ちゅう》に浮《う》き、月《つき》の光《ひかり》を浴《あ》びてきらきらと輝《かがや》いている。

ベルは、引《ひ》き寄《よ》せられるようにバラに近《ちか》づいた。いまだかつてこんなものを見《み》たことがない。

磁石《じしゃく》でもついてるのだろうか？　天然磁石《てんねんじしゃく》？　いったいどういう仕組《しく》みになってるんだろう？

しかも、不思議《ふしぎ》なことに、ベルはそのバラになつかしさのようなものを感《かん》じた。花《はな》びらの色《いろ》のせいだろうか。なんだか前《まえ》にどこかで見《み》たような気《き》がする。

ベルは、鏡《かがみ》には目《め》もくれず、そうっとガラスのおおいを持《も》ちあげた。

思《おも》ったとおり、バラは落《お》ちなかった。見《み》えない糸《いと》や針金《はりがね》のようなもので、ガラスに吊《つ》られているわけではない。バラは宙《ちゅう》に浮《う》かんだまま、きらめきながら、散《ち》り積《つ》もった花《はな》びらの上《うえ》をゆっくりと回《まわ》っている。

ベルはバラに手《て》を伸《の》ばした。

「触《さわ》るな！」

静《しず》まりかえっていた部屋《へや》に、突然恐《とつぜんおそ》ろしいうなり声《ごえ》が響《ひび》きわたったかと思《おも》うと、ビーストが四《よん》本足《ほんあし》で猛然《もうぜん》と駆《か》けこんできた。

だが、ベルの頭《あたま》はほかのことでいっぱいだった。これがどういう仕組《しく》みになっているのか、どうしても知《し》りたい。

ベルはバラを手《て》にとった。

18　復讐《ふくしゅう》の天使《てんし》

昔《むかし》むかし、森《もり》の奥深《おくふか》くに滅《ほろ》びかけた魔法《まほう》の王国《おうこく》がありました。かつてはきらびやかだった城《しろ》には、若《わか》い王子《おうじ》が住《す》んでいました。世界《せかい》じゅうのだれもが欲《ほ》しがるものをなんでも持《も》っていたのに、身勝手《みがって》でわがままで、思《おも》いやりのかけらもない人《ひと》でした。

彼《かれ》が国王《こくおう》になる前《まえ》の晩《ばん》のこと、物乞《ものご》いの老婆《ろうば》が城《しろ》に来《き》て、血《ち》のように赤《あか》い一輪《いちりん》のバラを差《さ》しだし、これをあげるから一夜泊《いちやと》めてほしいと頼《たの》んできました。

王子《おうじ》は老婆《ろうば》のみすぼらしい姿《すがた》を見《み》て顔《かお》をしかめ、差《さ》しだされたバラをあざ笑《わら》いました。老婆《ろうば》は、外見《がいけん》にまどわされてはいけない、ほんとうの美《うつく》しさは内《うち》に宿《やど》るものなのだからと忠告《ちゅうこく》したのですが、王子《おうじ》は聞《き》き入《い》れずに老婆《ろうば》を追《お》いはらおうとしました。

王子《おうじ》が出《で》ていけとくりかえすと、雷鳴《らいめい》がとどろき、老婆《ろうば》は姿《すがた》を消《け》しました。

そして、老婆《ろうば》がいた場所《ばしょ》には、美《うつく》しい女《おんな》が立《た》っていました。髪《かみ》は、王子《おうじ》の母親《ははおや》の首飾《くびかざ》りのように金色《きんいろ》に輝《かがや》き、あらゆる海《うみ》の色《いろ》を映《うつ》しとったような美《うつく》しいドレスを身《み》につけています。片方《かたほう》の手《て》にはまだバラを持《も》っていましたが、杖《つえ》をついていたほうの手《て》には、白《しろ》い榛《はん》の木《き》の杖《つえ》が握《にぎ》られていました。

女《おんな》は、太陽《たいよう》のように光《ひか》り輝《かがや》き、復讐《ふくしゅう》の天使《てんし》のような表情《ひょうじょう》をたたえていました。

「ど、どうか」王子《おうじ》は口《くち》ごもり、膝《ひざ》をつきました。「お許《ゆる》しください……」

けれど、もう手遅《ておく》れでした。魔女《まじょ》は王子《おうじ》の魂《たましい》をのぞき、その人《ひと》となりを見抜《みぬ》いていたのです。罰《ばつ》として、王子《おうじ》をみにくい野獣《ビースト》に変《か》え、城《しろ》と召《め》し使《つか》いたちにも強力《きょうりょく》な呪《のろ》いをかけました。

「王子《おうじ》よ、おまえの心《こころ》には愛《あい》がない。この王国《おうこく》を滅亡《めつぼう》へと追《お》いこんだ、身勝手《みがって》で無慈悲《むじひ》な、おまえの両親《りょうしん》と同《おな》じように。おまえは二十一歳《にじゅういっさい》の誕生日《たんじょうび》の前夜《ぜんや》までに、身《み》も心《こころ》も美《うつく》しくならなければならない。そして、このバラの最後《さいご》の花《はな》びらが散《ち》ってしまうまでに、だれかを心《こころ》から愛《あい》し、相手《あいて》にも愛《あい》されなければ、おまえも、おまえの城《しろ》も召《め》し使《つか》いたちも、すべて永遠《えいえん》に呪《のろ》われ、忘《わす》れ去《さ》られることになるだろう」

自分《じぶん》が怪物《かいぶつ》のような姿《すがた》であることを恥《は》じて、王子《おうじ》は城《しろ》に引《ひ》きこもりました。外《そと》の世界《せかい》と王子《おうじ》をつなぐただ一《ひと》つの窓《まど》である、魔法《まほう》の鏡《かがみ》をかたわらに置《お》いて。

一年《いちねん》、また一年《いちねん》と時《とき》が流《なが》れていくうちに、王子《おうじ》は絶望《ぜつぼう》にしずみ、希望《きぼう》を失《うしな》っていきました。野《や》獣《じゅう》を愛《あい》してくれる者《もの》など、どこにいるというのでしょう？

19　絶望《ぜつぼう》の咆哮《ほうこう》

ベルは、よろめいた。まるですぐそこで――実際《じっさい》に起《お》こっているみたいに、はっきりと見《み》えた。

これが真相《しんそう》だったのだ。野獣《ビースト》になった王子《おうじ》、呪《のろ》い、バラ、そして魔女《まじょ》。

ママ。

このバラは、家《いえ》の庭《にわ》で咲《さ》いていたものだ。だからなつかしい感《かん》じがしたのだ。

ベルは、ぼうぜんとバラを目《め》の前《まえ》にかかげた。ママも、十年前《じゅうねんまえ》にこうしてバラをかかげていた。

バラは、月《つき》の光《ひかり》のなかで見《み》る間《ま》に崩《くず》れ落《お》ちていった。花《はな》びらは、散《ち》りながらきらきらと光《ひか》る赤《あか》い砂《すな》に変《か》わり、床《ゆか》に落《お》ちる前《まえ》に消《き》えた。茎《くき》もだんだんとけていき、ついには何《なに》もなくなった。

そのとき、ビーストが絶望《ぜつぼう》の咆哮《ほうこう》をあげた。

20　命《いのち》がけの救出《きゅうしゅつ》

城《しろ》が大《おお》きくゆれた。史上最大《しじょうさいだい》の雷《かみなり》が塔《とう》を直撃《ちょくげき》したような、すさまじい衝撃《しょうげき》だ。あちこちでいっせいに異様《いよう》な音《おと》が鳴《な》りひびく。パリパリとバリバリのあいだぐらいの大《おお》きな音《おと》。その音《おと》は、魂《たましい》に触《ふ》れるような、どこかなつかしい感《かん》じもする。

そうか、氷《こおり》の音《おと》だ。

池《いけ》に張《は》った氷《こおり》が割《わ》れるときの恐《おそ》ろしい音《おと》に似《に》ているのだ。踏《ふ》みおろした足《あし》の下《した》からはるか彼方《かなた》にまでひびが走《はし》り、いてついた空気《くうき》のなかで死《し》の恐怖《きょうふ》に包《つつ》まれる、あの瞬間《しゅんかん》の音《おと》に。

いま、足《あし》もとから城《しろ》が崩壊《ほうかい》していたとしても、ベルは驚《おどろ》きはしなかっただろう。だが、そうではなかった。

「唯一《ゆいいつ》のチャンスだったのに！」ビーストが叫《さけ》んだ。「呪《のろ》いを解《と》く唯一《ゆいいつ》の希望《きぼう》が消《き》えてしまったではないか。おまえが台無《だいな》しにしたんだ！」

けれどベルは、立《た》ちつくしてわめくばかりのビーストのことを気《き》にしている場合《ばあい》ではなかった。

外《そと》で、差《さ》し迫《せま》った何《なに》かが起《お》こっているのだ。ベルは窓《まど》に駆《か》けよった。

城壁《じょうへき》の少《すこ》し先《さき》の地面《じめん》から、乳白色《にゅうはくしょく》の奇妙《きみょう》なものが突《つ》き出《だ》していた。ツタにしてはごつごつしていて太《ふと》すぎ、氷《こおり》にしてはやけに硬《かた》そうだ。はじめは、土《つち》の下《した》に埋《う》まっていた鹿《しか》の角《つの》か骨《ほね》が、不思《ふし》議《ぎ》な力《ちから》によって押《お》し出《だ》されてきたのかと思《おも》った。ところが、それはどこまでも不気味《ぶきみ》に伸《の》びつづけている。くねくねしながらもぐんぐんと伸《の》び、硬《かた》い物《もの》に触《ふ》れると、ぐるりとそれにからみついた。やがて城壁《じょうへき》までたどり着《つ》くと、スピードを落《お》として壁《かべ》をはいあがり、窓《まど》につく霜《しも》のように、交差《こうさ》しながら不気味《ぶきみ》に広《ひろ》がった。

クモの巣《す》だ。

茂《しげ》みや花《はな》の上《うえ》にきれいな円《えん》や多角形《たかくけい》を描《えが》いている。小《ちい》さなクモを真《ま》ん中《なか》にちょこんと乗《の》せているような巣《す》ではない。もっとやっかいな巣《す》だ。それは、寒《さむ》い朝《あさ》、山《やま》も谷《たに》も手当《てあ》たりしだいに埋《う》めつくす雪《ゆき》のように、地面《じめん》や草《くさ》をおおいつくしてしまうクモの巣《す》だった。クモがどこにひそんでいるかもわからない、立体的《りったいてき》で入《い》り組《く》んだ巣《す》だ。ママは……バラや……自然《しぜん》が好《す》きだった。ぼんやりとだけど、覚《おぼ》えている。ママは魔女《まじょ》だった。

ママなら、クモの巣《す》で城《しろ》に呪《のろ》いをかけてもおかしくない。

ベルは、振《ふ》り返《かえ》ってビーストを見《み》た。

その目《め》に宿《やど》っているのは、獣《けもの》じみた怒《いか》りだけだった。知性《ちせい》の光《ひかり》や人間《にんげん》らしさはもうどこにも見《み》当《あ》たらない。ビーストは四《よ》つんばいになり、獰猛《どうもう》なうなり声《ごえ》をあげた。

ベルは一瞬《いっしゅん》ひるんだものの、すぐにわれに返《かえ》り、ビーストを押《お》しのけて部屋《へや》を飛《と》び出《だ》した。

振《ふ》りむきもせず、階段《かいだん》を二《に》、三段《さんだん》ずつ駆《か》けおりると、大広間《おおひろま》を駆《か》けぬける。

ここを出《で》なくちゃ。

「お嬢《じょう》さま！　どちらへ行《い》かれるんです？　何《なに》があったんですか？」

ルミエールが暗《くら》がりからころがり出《で》てきて、ベルのあとを追《お》ってきた。

「いったい何《なに》をなさったんです？」

コグスワースが叫《さけ》ぶ。

「ごめんなさい」ベルは涙声《なみだごえ》で言《い》った。「わたし……」

自分《じぶん》でも、どうしてこんなにもうしわけない気持《きも》ちなのか、わからなかった。このかわいらしいものたちをあんな怪物《かいぶつ》といっしょにこの城《しろ》に閉《と》じこめてしまうからかもしれない。わたしがいなくなったら、きっとあの召《め》し使《つか》いたちはビーストの怒《いか》りをまともに食《く》らうことになるだろう。

初《はじ》めての冒険《ぼうけん》だったのに、始《はじ》まったばかりですべてめちゃくちゃにしてしまった。

ベルは、勢《いきお》いよく玄関《げんかん》の扉《とびら》を開《あ》けて中庭《なかにわ》を抜《ぬ》け、噴水《ふんすい》の前《まえ》を通《とお》って、門《もん》へと駆《か》けていった。手《て》首《くび》ほどもありそうな太《ふと》い糸《いと》がからみついた門《もん》は、ほとんど閉《し》まりかけていた。ベルは、おそるおそる手《て》を伸《の》ばしてその糸《いと》に触《ふ》れてみた。

なんだか、ねばねばしてるわ。

それに冷《つめ》たい。

ベルは、気味《きみ》が悪《わる》いのをこらえてそれを押《お》しやろうとしたが、クモの糸《いと》のくせにびくともしなかった。硬《かた》くて曲《ま》がりもしない。しかたなく、その下《した》をくぐることにした。鉄《てつ》の格子《こうし》を足《あし》で押《お》して、小《ちい》さなすきまに体《からだ》を押《お》しこむ。しかし、ベルの服《ふく》がクモの糸《いと》に触《ふ》れた瞬間《しゅんかん》、糸《いと》が生《い》き物《もの》のようにからみついてきた。

ベルは、悲鳴《ひめい》をあげながら糸《いと》を蹴《け》りつけ、どうにか振《ふ》りほどいた。世界《せかい》が裂《さ》けたのかと思《おも》うほど大《おお》きな音《おと》を立《た》てて服《ふく》がやぶける。立《た》ちあがってほこりをはたきながら顔《かお》を上《あ》げると、クモの巣《す》にできた穴《あな》はもうすっかりふさがり、むしろ前《まえ》よりもぶあつくなっていた。まるでクモの巣《す》がほつれに気《き》づき、自分《じぶん》でせっせと繕《つくろ》ったみたいに。

背筋《せすじ》がぞくっとした。

ありがたいことに、忠実《ちゅうじつ》な馬《うま》のフィリップはまだそこにいた。この異常事態《いじょうじたい》に、耳《みみ》をそば立《だ》て、目《め》をきょろきょろさせて、いまにも走《はし》りだしそうだ。

ベルは、手綱《たづな》をつかんでフィリップの背中《せなか》に飛《と》び乗《の》った。

フィリップは鮮《あざ》やかに身《み》をひるがえし、全速力《ぜんそくりょく》で森《もり》に向《む》かって駆《か》けだした。軍馬《ぐんば》だったご先祖《せんぞ》さまが見《み》たら、きっと誇《ほこ》りに思《おも》っただろう。長《なが》い脚《あし》が力強《ちからづよ》く地面《じめん》を蹴《け》り、ひづめがすべてを踏《ふ》みくだき、ちりに変《か》える。どうにか逃《に》げきれそうだった。ベルは雪景色《ゆきげしき》のなかを駆《か》けぬけ、少《すこ》しずつ家《いえ》に近《ちか》づいていった。

そのとき、フィリップが、前足《まえあし》を高《たか》く上《あ》げて止《と》まった。ベルは、背中《せなか》から振《ふ》り落《お》とされそうになりながら気《き》づいた。

オオカミだ。

もちろん、ベルの村《むら》の近《ちか》くにも、まだオオカミはいる。ごくたまに、お腹《なか》をすかせて山《やま》や森《もり》からやって来《き》て、羊飼《ひつじか》いの目《め》を盗《ぬす》んで羊《ひつじ》をおそうことがある。だが、よほど弱《よわ》っているか、切羽詰《せっぱつ》まってでもいないかぎり、真《ま》っ昼間《ぴるま》に馬《うま》に乗《の》った人間《にんげん》――銃《じゅう》を持《も》っているかもしれない人間《にんげん》の前《まえ》に現《あらわ》れることはまずない。オオカミが悪者《わるもの》として登場《とうじょう》するのは、夜中《よなか》に小《ちい》さな子《こ》どもたちを怖《こわ》がらせるためにつくられた、おとぎ話《ばなし》や伝説《でんせつ》のなかだけだ。

だが、目《め》の前《まえ》にいるのは、以前《いぜん》パパと遠《とお》くから見《み》かけた灰色《はいいろ》のオオカミとは違《ちが》っていた。すごく大《おお》きい。それに白《しろ》い。目《め》は赤《あか》く光《ひか》っているようにも見《み》える。

見《み》えるだけ？

ベルはたったいま、魔法《まほう》の城《しろ》から逃《に》げてきたばかりだ。しゃべる家具《かぐ》たちと、城《しろ》に君臨《くんりん》する野《や》獣《じゅう》の王子《おうじ》……。呪《のろ》いをかけたのは、ベルの母親《ははおや》だ。

これはふつうのオオカミじゃない。城《しろ》から逃《に》がさないようにするための魔法《まほう》に違《ちが》いない。

ベルは手綱《たづな》をつかんで強《つよ》く引《ひ》き、フィリップの向《む》きを変《か》えた。オオカミたちはぞっとするようなうなり声《ごえ》をあげて追《お》いかけてくる。

ベルはフィリップの背中《せなか》にしがみついているのがやっとで、手綱《たづな》をさばくどころではなかった。フィリップは足《あし》のおもむくままに逃《に》げた。そして、ベルが止《と》める間《ま》もなく、雪《ゆき》におおわれた池《いけ》に突《つ》っこんでいった。足《あし》もとの氷《こおり》が割《わ》れ、城《しろ》で起《お》こっている異変《いへん》に共鳴《きょうめい》するかのように、すさまじい音《おと》が対岸《たいがん》へと打《う》ち寄《よ》せた。

オオカミたちは、危険《きけん》に気《き》づくこともないままベルのあとを追《お》ってくる。

フィリップのひづめが、氷《こおり》の薄《うす》いところを打《う》った。次《つぎ》の瞬間《しゅんかん》、馬《うま》はいてつくような水《みず》のなかで前足《まえあし》を必死《ひっし》に動《うご》かし、氷《こおり》の上《うえ》にはいあがろうともがいていた。

オオカミたちも、水面《すいめん》に浮《う》かぶ氷《こおり》のすきまにはまっている。そして少《すく》なくとも二頭《にとう》は、暗《くら》い水《みず》のなかへと消《き》えていった。

フィリップは、どうにか池《いけ》のほとりにたどり着《つ》き、固《かた》い地面《じめん》にはいあがった。ベルは靴《くつ》のなかまでずぶぬれだった。足《あし》の感覚《かんかく》はなく、歯《は》がガチガチ鳴《な》っている。

フィリップは飛《と》ぶように走《はし》ると、ふたたび森《もり》に駆《か》けこんだ。ベルは、枝《えだ》にはじきとばされたりツタに首《くび》をひっかけたりしないように、身《み》をかがめた。

森《もり》のなかの空《あ》き地《ち》に出《で》ると、三頭《さんとう》のオオカミが待《ま》ちぶせていた。

四方《しほう》をオオカミに囲《かこ》まれてパニックになったフィリップは、目《め》をむいて、鋭《するど》いいなきをあげた。乗《の》り手《て》のことなどすっかり忘《わす》れて、激《はげ》しくはねあがり、ひづめで敵《てき》を威嚇《いかく》する。

ベルは、フィリップの背中《せなか》から振《ふ》り落《お》とされた。

オオカミたちがじりじりと近《ちか》づいてきて、フィリップの腿《もも》やすねにかみついた。

ベルは頭《あたま》を振《ふ》った。落《お》ちた衝撃《しょうげき》で頭《あたま》がガンガンする。でも、それ以外《いがい》にはたいしたけがはしていないようだ。

ベルはふらふらと立《た》ちあがり、武器《ぶき》になりそうな物《もの》はないかとあたりを見《み》まわした。すぐそばに、二股《ふたまた》に分《わ》かれた大《おお》きな枝《えだ》がころがっている。ベルはそれをつかんで、オオカミたちを追《お》いはらおうとした。

「近《ちか》づかないで！　わたしは魔女《まじょ》の娘《むすめ》よ！」

オオカミたちは、そんな言葉《ことば》など気《き》にする気配《けはい》がなかった。

一頭《いっとう》がおどりかかってきて、ベルが握《にぎ》っていた枝《えだ》をくわえて奪《うば》いとる。同時《どうじ》に、別《べつ》の一頭《いっとう》が突《とっ》進《しん》してきてベルを打《う》ち倒《たお》した。

ベルはフィリップのひづめに蹴《け》りとばされないように、ころがりながら逃《に》げた。

すると、別《べつ》のオオカミが立《た》ちはだかり、ベルを見下《みお》ろした。すぐそこに、よだれを垂《た》らすオオカミの口《くち》がある。黄色《きいろ》い牙《きば》が月明《つきあ》かりを受《う》けて、ぎらりと光《ひか》った。オオカミはうなり声《ごえ》をあげ、ベルをずたずたに引《ひ》き裂《さ》こうと口《くち》を大《おお》きく開《あ》けた。

ベルは顔《かお》をそむけ、頭《あたま》を抱《かか》えて、牙《きば》が食《く》いこむ瞬間《しゅんかん》を待《ま》った。

そのとき、不意《ふい》にベルの体《からだ》にのしかかっていた重《おも》みが消《き》えた。

指《ゆび》のあいだから、そうっとすかして見《み》る。

すると、ビーストが、オオカミをつかみあげて放《ほう》り投《な》げていた。オオカミの群《む》れよりもずっと大《おお》きな咆哮《ほうこう》をあげている。残《のこ》りのオオカミがいっせいにビーストにおどりかかった。一頭《いっとう》は足《あし》に、別《べつ》の一頭《いっとう》は肩《かた》に。

ビーストは目《め》にもとまらぬ速《はや》さで飛《と》びのき、水滴《すいてき》でも払《はら》うようにやすやすとオオカミたちを振《ふ》りはらった。

だが、その体《からだ》にはみにくいかみあとがつき、そこから血《ち》があふれ出《だ》した。

ベルは、大《おお》きな木《き》のほうにはっていくと、巨大《きょだい》な幹《みき》のうしろに隠《かく》れた。

どうしてビーストが助《たす》けてくれるの？

ビーストが足《あし》を止《と》めると、爪《つめ》を出《だ》した姿《すがた》が月明《つきあ》かりに浮《う》かびあがった。

クマの爪《つめ》よりも長《なが》い、つややかな象牙《ぞうげ》のようなかぎ爪《づめ》は、オオカミの腹《はら》を切《き》り裂《さ》いて深紅《しんく》に染《そ》まっている。

次《つぎ》の瞬間《しゅんかん》、その姿《すがた》が影《かげ》のようにかすんだかと思《おも》うと、ビーストは残《のこ》りのオオカミたちのなかにとびこんでいた。

次々《つぎつぎ》と悲鳴《ひめい》があがる。オオカミたちは旗色《はたいろ》が悪《わる》くなったことに気《き》づきはじめたようだ。

ビーストが最後《さいご》の一頭《いっとう》につかみかかり、リンゴの袋《ふくろ》のように木《き》に叩《たた》きつけた。オオカミの体《からだ》が、ぐちゃりと気味《きみ》の悪《わる》い音《おと》を立《た》てて目《め》の前《まえ》に転《ころ》がってくる。

ベルは思《おも》わず身《み》をすくめた。

なんの合図《あいず》も音《おと》もなかったが、オオカミたちは敗北《はいぼく》を認《みと》め、暗《くら》がりへと消《き》えていった。

ベルはビーストを見上《みあ》げた。

二本足《にほんあし》で立《た》ち、オオカミに最後《さいご》の警告《けいこく》を与《あた》えるうなり声《ごえ》をあげている。毛皮《けがわ》はずたずたで片方《かたほう》の耳《みみ》はひどいけがをしていた。もともとふつうではない体《からだ》つきが、さらにみにくく不格好《ぶかっこう》に見《み》える。右《みぎ》の足《あし》の下《した》には、小《ちい》さな血《ち》だまりができていた。

ビーストは口《くち》を開《ひら》き、何《なに》かを言《い》いかけたが、倒《たお》れる木《き》のようにゆっくりとベルの足《あし》もとに崩《くず》れ落《お》ちた。

21　閉《と》ざされたふたりだけの空間《くうかん》

ベルはその光景《こうけい》をじっと見《み》つめながら、たったいま起《お》こったことを思《おも》い返《かえ》していた。

ビーストは――目《め》の前《まえ》で、自分《じぶん》の血《ち》にまみれて倒《たお》れている、大《おお》きくて不格好《ぶかっこう》な怪物《かいぶつ》は、ただ自《じ》分《ぶん》の領地《りょうち》に足《あし》を踏《ふ》み入《い》れたというだけの理由《りゆう》でパパを牢《ろう》に放《ほう》りこみ、中世《ちゅうせい》の専制君主《せんせいくんしゅ》みたいに、わたしの人生《じんせい》を奪《うば》った。どう考《かんが》えても善良《ぜんりょう》であるはずがない。

それなのに……わたしをオオカミから守《まも》ってくれた。

そのとき、雪《ゆき》が降《ふ》りはじめた。

ベルは、はっとわれに返《かえ》った。どれくらいそこに座《すわ》っていたのだろう。体《からだ》がこごえるように冷《つめ》たくなっている。

フィリップは、空《あ》き地《ち》の向《む》こうでツタに手綱《たづな》をからめとられて、うろうろと行《い》ったり来《き》たりしている。まだあたりにただよっている、オオカミと死《し》のにおいにおびえているようだ。

ベルはまばたきをしてまつげから雪《ゆき》を落《お》とした。戦《たたか》いの衝撃《しょうげき》から覚《さ》め、少《すこ》しずつ感覚《かんかく》が戻《もど》ってきた。ぬれた足《あし》がしびれ、ズキズキと痛《いた》い。ぐずぐずしていたら、こごえて歩《ある》けなくなりそうだ。

ベルはゆっくりと立《た》ちあがり、足踏《あしぶ》みをして足《あし》の感覚《かんかく》をとりもどした。それから、フィリップに歩《あゆ》みより、かじかむ指《ゆび》で、もつれた手綱《たづな》をほどきはじめた。やさしい言葉《ことば》をかけて落《お》ちつかせながら、ようやくフィリップを解放《かいほう》してやると、ベルはそうっとうしろを振《ふ》り返《かえ》った。

地面《じめん》にはオオカミたちと野獣《やじゅう》の体《からだ》が横《よこ》たわっている。その上《うえ》に、急《きゅう》に勢《いきお》いを増《ま》しはじめた雪《ゆき》がうっすらと積《つ》もっている。ベルはビーストに背《せ》を向《む》けて歩《ある》きだそうとした。

このまま放《ほう》っておけばこごえ死《し》ぬだろう。

でも、ビーストは命《いのち》を助《たす》けてくれた。

ベルは、毒《どく》づきながら、おびえるフィリップを引《ひ》っ張《ぱ》って、オオカミの死骸《しがい》や血《ち》まみれの内臓《ないぞう》が散《ち》らばるなかを歩《ある》いていった。意外《いがい》にも、フィリップはビーストをいやがらなかった。オオカミほどビーストを怖《こわ》がっていないようだ。

それでも、フィリップは雪《ゆき》と血《ち》にまみれたぬかるみに膝《ひざ》をつこうとはしなかったので、ベルは体《からだ》の痛《いた》みをこらえながら、どうにかビーストを馬《うま》の背《せ》の上《うえ》に引《ひ》っ張《ぱ》りあげた。ビーストに触《ふ》れるのは気《き》が進《すす》まなかったが、その毛皮《けがわ》のにおいは――もっと獣臭《けものくさ》いのかと思《おも》っていたが――思《おも》ったほどひどくはなかった。家畜小屋《かちくごや》のような野生的《やせいてき》なにおいがかすかにしたが、脂《あぶら》ぎっても汚《よご》れてもいなかった。ベルはぼんやりと思《おも》った。猫《ねこ》みたいに体《からだ》をなめてきれいにしているんだろうか？　それとも、犬《いぬ》みたいに池《いけ》で泳《およ》いでいるとか？

ところで、どっちに行《い》けばいい？

ベルは、雪《ゆき》が舞《ま》い散《ち》る森《もり》のなかをぐるりと見《み》わたした。フィリップにまかせて行《い》き当《あ》たりばったりに走《はし》ってきたので、自分《じぶん》がどこにいるのか見当《けんとう》もつかない。ベルは眉《まゆ》を寄《よ》せて、じっと空《そら》を見《み》つめたが、もちろん星《ほし》は出《で》ていない。見《み》えるのは暗闇《くらやみ》と雪《ゆき》ばかりで、目印《めじるし》になりそうなものは何一つ《なにひと》見当《みあ》たらなかった。

ベルの体《からだ》はガタガタふるえて止《と》まらなかった。足先《あしさき》はこおりつき、城《しろ》の壁《かべ》をはいあがっていったあのクモの巣《す》のように、霜《しも》がびっしりと張《は》りついていた。なんだか自分《じぶん》が幸薄《さちうす》い田舎娘《いなかむすめ》にでもなったような気《き》がした。ロシアの聖人伝《せいじんでん》に出《で》てくる、家族《かぞく》を養《やしな》うために雪深《ゆきぶか》いシベリアに残《のこ》った娘《むすめ》みたいに。

つねに論理的《ろんりてき》に考《かんが》えたがるベルには、受《う》け入《い》れがたい事実《じじつ》だったが、すべてはあることを示《しめ》していた。

どうやら、わたしは魔女《まじょ》の娘《むすめ》らしい、ということだ。だとしたら……わたしにも魔法《まほう》が使《つか》えるはずじゃないの？

ベルは目《め》をつぶり、暖《あたた》かい日《ひ》を思《おも》い浮《う》かべた。晴《は》れた空《そら》。穏《おだ》やかな雲《くも》。雪《ゆき》よ、消《き》えされ！

でも、何《なに》も起《お》こらなかった。

こぶしをぐっと握《にぎ》りしめて、今度《こんど》は火《ひ》を思《おも》い浮《う》かべる。目《め》の前《まえ》の木《き》が丸焦《まるこ》げになってもかまわない。燃《も》えあがれ！

ベルは目《め》を開《あ》けた。

何《なに》も起《お》こらない。

「風《かぜ》よ！」ベルは偉《えら》そうな口調《くちょう》で叫《さけ》んだ。「わたしを家《いえ》に連《つ》れて帰《かえ》りなさい！」「……お願《ねが》い」すぐに付《つ》けくわえる。

やっぱり何《なに》も起《お》こらない。

ベルは、重《おも》い積《つ》み荷《に》を背《せ》にのせたフィリップの向《む》きをのろのろと変《か》え、城《しろ》へ引《ひ》き返《かえ》しはじめた。つらい道《みち》のりだった。足《あし》の感覚《かんかく》はもうすっかりなくなっていたが、焦《あせ》りそうになる気持《きも》ちをぐっとこらえた。その昔《むかし》にどこかで読《よ》んだ、少女《しょうじょ》たちが荒野《こうや》で凍死《とうし》する恐《おそ》ろしい話《はなし》もなるべく思《おも》い出《だ》さないようにした。

わたしは魔女《まじょ》の娘《むすめ》よ。勇気《ゆうき》をふるいおこすために、そう自分《じぶん》に言《い》い聞《き》かせる。それがどんな感《かん》じなのかを味《あじ》わいたかっただけかもしれない。あの幻《まぼろし》で見《み》た魔女《まじょ》は、間違《まちが》いなくママだった。でも、薄《うす》れかけた記憶《きおく》のなかのママは、きれいで笑顔《えがお》がやさしくて、膝《ひざ》の上《うえ》がやわらかい、ふつうの母親《ははおや》だった。なつかしさと会《あ》いたい気持《きも》ちが強《つよ》すぎて、思《おも》い出《で》がより美《うつく》しく感《かん》じられるのかもしれない。それでも、ママには魔女《まじょ》らしいところなんて、どこにもなかったはずだ。

ようやく城《しろ》にたどり着《つ》いたとき、ベルは思《おも》わず息《いき》を呑《の》んだ。城《しろ》の外壁《がいへき》が不気味《ぶきみ》な白《しろ》い物体《ぶったい》で厚《あつ》くおおいつくされている。だいぶゆっくりにはなったものの、クモの糸《いと》はまだ容赦《ようしゃ》なく地面《じめん》から伸《の》びつづけていた。

ベルがさっき抜《ぬ》け出《だ》した門《もん》のすきまには、ロープのようなクモの糸《いと》がびっしりとかかっていた。だが、押《お》しのけようとして手《て》を触《ふ》れたとたん、糸《いと》はぼろぼろと崩《くず》れ落《お》ちた。ぎょっとしたが、そういうものなのだろう。クモの巣《す》の役目《やくめ》はビーストを城《しろ》に閉《と》じこめておくことであって、閉《し》め出《だ》すことではないのだから。

一《いち》、二度《にど》軽《かる》く払《はら》っただけで糸《いと》は消《き》えた。門《もん》を大《おお》きく開《あ》けて、フィリップをなかに通《とお》す。ベルのうしろで門《もん》が音《おと》を立《た》てて閉《し》まると、すぐにまたクモの巣《す》が門《もん》をおおいはじめた。

城《しろ》の玄関《げんかん》でベルを待《ま》ちかまえていたのは、おかしくて悲《かな》しい光景《こうけい》だった。コグスワースとルミエールと、モップ（だろうか？）が、がっくりと肩《かた》を落《お》として、空《そら》を見《み》つめていたのだ。ルミエールは、いたわるように、コグスワースの背中《せなか》にそっとろうそくの手《て》をそえている。

みんなはベルを見《み》るなり、あんぐりと口《くち》を開《あ》けてとびあがった。

「彼《かれ》をなかに入《い》れてちょうだい。温《あたた》めて手当《てあ》てをしてあげて」ベルは言《い》った。「いますぐに」

「かしこまりました」《セルテヌマン》

ルミエールはきびきびと答《こた》えると、勢《いきお》いよく出《で》て行《い》った。

「ええ、すぐに応急処置《おうきゅうしょち》をいたしましょう！」

コグスワースも顔《かお》をこわばらせて言《い》った。

ふとあたりを見《み》ると、骨《こっ》とう品《ひん》をはじめとするさまざまな物《もの》たちが、ちょこまかと駆《か》けまわっていた。ポット夫人《ふじん》も、張《は》りきって湯気《ゆげ》を立《た》てながら、下《した》っぱの台所用品《だいどころようひん》たちに、熱湯《ねっとう》と蒸《む》しタオルを用意《ようい》するよう指示《しじ》を出《だ》している。

ビーストがなかに運《はこ》びこまれて手当《てあ》てを受《う》けはじめると、ベルは重《おも》い足《あし》どりで中庭《なかにわ》に戻《もど》った。

「ありがとう、いい子《こ》ね。もう家《いえ》に帰《かえ》りなさい。パパのところに」

フィリップのやわらかい鼻面《はなづら》をなでて言《い》う。

フィリップを門《もん》まで連《つ》れていくと、じわじわと広《ひろ》がりつづけるクモの巣《す》が目《め》に入《はい》り、背筋《せすじ》が寒《さむ》くなった。それでも慎重《しんちょう》に門《もん》をくぐり抜《ぬ》けると、フィリップのわき腹《ばら》を親《した》しみを込《こ》めてぴしゃりと叩《たた》いた。

フィリップは一声《ひとこえ》いないて、森《もり》へと――家《いえ》へと、駆《か》けていった。

胸《むね》がずきんと痛《いた》んだ。けれど、もう気持《きも》ちは固《かた》まっている。

「ロープが欲《ほ》しいんだけど」

ベルは書斎《しょさい》に入《はい》るとコグスワースに言《い》った。行動開始《こうどうかいし》だ。

「ございますよ。すぐにお持《も》ちします」小《ちい》さな時計《とけい》は答《こた》えた。「なんにお使《つか》いになるんです？」

「わたしの質問《しつもん》に答《こた》えるまで、ビーストをしばっておくのよ。しばるのを手伝《てつだ》って」

「し、しばる？　ご、ご主人《しゅじん》さまを？」

「だって、冷《つめ》たい牢獄《ろうごく》にパパを放《ほう》りこみ、その身代《みが》わりとしてわたしも閉《と》じこめたのよ。それを考《かんが》えたら、暖《あたた》かい暖炉《だんろ》の前《まえ》でしばりあげるなんて、親切《しんせつ》すぎるぐらいよ」

コグスワースは反論《はんろん》しようと口《くち》を開《ひら》きかけたが、ベルにぎろりとにらみつけられた。

「ええ、まあ……あなたのおっしゃることも、ごもっともで……」もごもごと言《い》う。「わかりました……食料貯蔵庫《しょくりょうちょぞうこ》がいいですか？　それとも倉庫《そうこ》？　あなたもいらしてくださいよ……」

コグスワースは、とんでもないことになったと思《おも》いながら、よろよろと去《さ》っていった。

ベルは、せわしない城内《じょうない》のようすを眺《なが》めながら、自分《じぶん》があまりにも早《はや》くこの状況《じょうきょう》になじんでいることを意外《いがい》に思《おも》っていた。魔法《まほう》にかかった城《しろ》を見《み》つけてから丸一日《まるいちにち》もたたないうちに、まるでずっとそうしていたかのように、ここの住人《じゅうにん》たちに命令《めいれい》しているなんて。もし、立《た》ち入《い》り禁止《きんし》の西《にし》の塔《とう》に行《い》かなかったら、どうなっていただろう。いまもビーストのとらわれ人《びと》だったんだろうか？　それともここの女主人《おんなしゅじん》にでもなっていただろうか？

図書館《としょかん》なんて見《み》ることもないままに……。

銀食器《ぎんしょっき》たちがビーストにロープをかけはじめたが、ベルは食器《しょっき》たちを信用《しんよう》せず、結《むす》び目《め》がしっかり結《むす》ばれているかどうか、そばでずっと監視《かんし》していた。金属《きんぞく》を買《か》うお金《かね》がないときには、発明《はつめい》品《ひん》を仕上《しあ》げるのに革《かわ》ひもやロープを使《つか》っていたので、ものをしっかりしばるのは得意《とくい》だ。

ポット夫人《ふじん》が、熱《あつ》いお茶《ちゃ》とブランデーがのったワゴンを押《お》して入《はい》ってきた。スープの皿《さら》とふたがついた深皿《ふかざら》もある。においからすると、ビーストはいつも、あまり火《ひ》を通《とお》していない肉《にく》を食《た》べているらしい。

ベルは、ビーストの傷《きず》を洗《あら》う役目《やくめ》を引《ひ》き受《う》けた。大《おお》きいものといえばモップとほうきくらいしかいない。それに、そっと傷《きず》をふき、呼《よ》び鈴《りん》を鳴《な》らして蒸《む》しタオルを持《も》ってくるよう指示《しじ》を出《だ》すには、物《もの》をつかめる指《ゆび》がなければいけなかった。

ママだったら、指《ゆび》を鳴《な》らすだけで傷《きず》を治《なお》せるのかしら？

子《こ》どものころ、けがをしたときのことを思《おも》い返《かえ》してみたが、包帯《ほうたい》を巻《ま》いたり、軟膏《なんこう》をぬったり、安心《あんしん》させるようにキスをしてくれたのは、いつもパパだった。ママが何《なに》かしてくれたという記憶《きおく》はない。そこにいた覚《おぼ》えさえなかった。

ベルは、仕事《しごと》の合間《あいま》に紅茶《こうちゃ》をいれた。砂糖《さとう》をたっぷり入《い》れて。うちではあまり入《い》れられなかったけれど、ここにはキラキラ光《ひか》る茶色《ちゃいろ》の角砂糖《かくざとう》が山《やま》ほどある。

魔女《まじょ》も紅茶《こうちゃ》を飲《の》むのだろうか？　それともママは、薬草《やくそう》のお茶《ちゃ》や、森《もり》でとれたものを調合《ちょうごう》してつくったお茶《ちゃ》しか飲《の》まなかったのだろうか？　幻《まぼろし》のなかで見《み》たママの姿《すがた》は、なんだか自然派《しぜんは》には見《み》えなかった。普段着《ふだんぎ》も少《すこ》し派手《はで》で、かなりおしゃれだった。お高《たか》くとまった王子《おうじ》の気《き》をひこうとする、現代的《げんだいてき》で裕福《ゆうふく》な女性《じょせい》といった印象《いんしょう》だ。

腰当《バッスル》をつけた女魔法使《おんなまほうつか》い、ふわふわの白《しろ》いウィッグをかぶった魔女《まじょ》……ベルはうとうとしながら、現代的《げんだいてき》な魔女《まじょ》とはいったいどんな感《かん》じか、思《おも》い浮《う》かべようとした。

そんなことをしているあいだに、いつの間《ま》にかベルは、床《ゆか》に膝《ひざ》をついたまま、ビーストをしばりつけた大《おお》きな椅子《いす》にもたれて寝入《ねい》ってしまったらしい。ベルが目《め》を覚《さ》ましたとたん、ビーストのまぶたがふるえてぱちりと開《ひら》いた。

ふうん、ビーストにもまつげがあるんだ……。

だが、夢《ゆめ》うつつの穏《おだ》やかな時間《じかん》は長《なが》くは続《つづ》かなかった。

ビーストはうなり声《ごえ》をあげて体《からだ》を起《お》こそうとしたが、それができないことに気《き》づき、またうなった。

「静《しず》かにして！　お城《しろ》じゅうに聞《き》こえるわよ」

「どうしてわたしがしばられているんだ？　いったい何《なに》を――うっ！」

ビーストは悲鳴《ひめい》をあげて椅子《いす》に倒《たお》れこんだ。もがいたせいでロープが傷口《きずぐち》に食《く》いこんだらしい。

唇《くちびる》をかんで、犬《いぬ》のように鼻《はな》を鳴《な》らしている。

「オオカミから助《たす》けてくれてありがとう」

ベルは穏《おだ》やかな口調《くちょう》で言《い》った。だが、内心《ないしん》はあまり穏《おだ》やかではなかった。ビーストがあとほんの数回暴《すうかいあば》れたらロープがほどけてしまいそうだ。

「お礼《れい》を言《い》うなら、なんでしばりあげるんだ？」

ビーストが不満《ふまん》げに言《い》った。

どうやらいまのビーストには話《はなし》が通《つう》じるらしい。気《き》むずかしいけれど、人間《にんげん》らしさはあるようだ。

「それはね」ベルは指《ゆび》を折《お》りながら理由《りゆう》をあげはじめた。「あなたがパパをここに監禁《かんきん》したから。そしてわたしのことも監禁《かんきん》したから。それに、あなたには呪《のろ》いがかかっていて、たぶんそれには理由《りゆう》があるから。それと、聞《き》きたいことがあるからよ」

「しばられていようがいまいがどうでもいい。どっちみち、ここに永遠《えいえん》に閉《と》じこめられているんだから」

ビーストはそうつぶやくと、憂鬱《ゆううつ》そうに傷《きず》をなめはじめた。

「そんなこと言《い》わないの」

ベルは、ビーストの腕《うで》をぴしゃりと叩《たた》いた。

ビーストがとびあがる。「わっ！」

「おおげさね」ベルは天井《てんじょう》をあおいだ。「オオカミと戦《たたか》うぐらい強《つよ》いなら、いまのが痛《いた》いわけないじゃない」

ビーストはむっつりと黙《だま》りこんだ。ちらちらとゆらめく炎《ほのお》の明《あ》かりの下《もと》では、怪物《かいぶつ》らしくも、また人間《にんげん》らしくも見《み》えた。頭《あたま》は巨大《きょだい》で、オオカミ男《おとこ》とは違《ちが》って犬《いぬ》っぽさやオオカミっぽさはない。むしろ、毛足《けあし》の長《なが》い雄牛《おうし》といった感《かん》じだ。角《つの》があるせいでそう見《み》えるのだろう。だが、眉《まゆ》は大《おお》きく表情豊《ひょうじょうゆた》かだった。少《すこ》し離《はな》れて見《み》たら、たてがみの下《した》のほうはあごひげに見《み》えるかもしれない。

橙色《だいだいいろ》の明《あ》かりにきらめく瞳《ひとみ》には知性《ちせい》が宿《やど》っていたが、感情《かんじょう》は読《よ》みとれなかった。

「ちょっと待《ま》て」ビーストは、はっとしたように言《い》った。「わたしが呪《のろ》われているのをどうして知《し》ってるんだ？」

「あのバラに触《ふ》れたとき……ごめんなさい！」

ビーストは、みるみるうちにしょげかえり、巨大《きょだい》な椅子《いす》の上《うえ》で縮《ちぢ》こまった。苦《くる》しげに眉根《まゆね》が寄《よ》り、恐《おそ》ろしい牙《きば》のあいだから、泣《な》き声《ごえ》が漏《も》れたような気《き》がした。

いまは、ビーストがなぜあんなに怒《おこ》ったのか、よくわかる。

もちろん、何《なに》もかもがわかったわけではないが、自分《じぶん》は、彼《かれ》がこの怪物《かいぶつ》のような姿《すがた》から解放《かいほう》される唯一《ゆいいつ》の手段《しゅだん》をぶち壊《こわ》しにしてしまったのだ。

「あのバラに触《ふ》れたとき、何《なに》があったのか見《み》えたのよ。子《こ》どものころのあなたを見《み》たわ。魔女《まじょ》に呪《のろ》いをかけられて、お城《しろ》に閉《と》じこめられていた。あんなことをして……ほんとうにごめんなさい」ベルは声《こえ》をやわらげて言《い》った。「……でも、呪《のろ》いを解《と》くのは無理《むり》だったんじゃない？　花《はな》びらはもうほとんど落《お》ちてたでしょう？　もうすぐ二十一歳《にじゅういっさい》の誕生日《たんじょうび》なのね。だから、どうにかしてわたしをあなたのとりこにでもしないかぎり、そうね、たぶん……一《いっ》か月《げつ》もしないうちにダメになっていたのよ、どっちみち」

ビーストは目《め》をそらした。ばつが悪《わる》いのだろう。

「それに」ベルは皮肉《ひにく》な口調《くちょう》で言《い》った。「今日《きょう》もわたしは、まったく気《き》が進《すす》まない結婚《けっこん》をさせられそうになったばかりなの。だから、はっきりと言《い》えるわ。わたしはそんなに簡単《かんたん》な女《おんな》じゃないのよ」

ビーストは一瞬《いっしゅん》、驚《おどろ》いた顔《かお》になり、興味深《きょうみぶか》げにベルを見《み》たが、また床《ゆか》に目《め》を落《お》とした。

「魔女《まじょ》はどうしてあなたに呪《のろ》いをかけたの？」ベルが問《と》いつめるが、ビーストは答《こた》えなかった。

「ねえ……どうして？」

「頭《あたま》のおかしい魔女《まじょ》のすることなんて、知《し》るものか」

ビーストは腹立《はらだ》たしげに肩《かた》をすくめた。

「お願《ねが》い、教《おし》えて」

「わたしはまだ十一歳《じゅういっさい》だったんだ！」ビーストはわめいた。「どんな落《お》ち度《ど》があるというんだ？」

ベルはしばらく黙《だま》りこんでいた。そのとおりだ。あの幻《まぼろし》のなかの少年《しょうねん》は、たしかに性格《せいかく》が悪《わる》そうだったとはいえ、まだほんの子《こ》どもだった。

そして、どう見《み》ても王子《おうじ》だった。

魔女《まじょ》は――ママはなんて言《い》ってたっけ？

〝王子《おうじ》よ、おまえの心《こころ》には愛《あい》がない――おまえの両親《りょうしん》と同《おな》じように〟

「あなたに呪《のろ》いをかけた女性《じょせい》は、あなたのご両親《りょうしん》のことを知《し》ってたの？」

ビーストはむっつりと黙《だま》った。どうやら考《かんが》えこんでいるようだ。そんなこと、考《かんが》えてもみなかったのかもしれない。

「わたしの両親《りょうしん》は王国《おうこく》をおさめていた。当然《とうぜん》、あの魔女《まじょ》も両親《りょうしん》のことは知《し》ってただろう」

ベルはイライラとこめかみをこすった。

「その魔女《まじょ》は有名《ゆうめい》だったの？　何《なに》か理由《りゆう》があって、あなたのご両親《りょうしん》にうらみでも抱《いだ》いてたの？」

ベルは母親《ははおや》についていろいろなことをたずねた。ママが、うらみを晴《は》らすためだけに人々《ひとびと》やその子《こ》どもたちを呪《のろ》ってまわる魔女《まじょ》の一人《ひとり》だとは思《おも》いたくなかった。

「どうして……そんなことを気《き》にするんだ？」

ビーストが尋《たず》ねた。

「わたしも、あなたといっしょにここに閉《と》じこめられたからよ。十年前《じゅうねんまえ》に起《お》こったことのせいでね。それとまだあるわ。その魔女《まじょ》がわたしの母親《ははおや》だってわかったからよ！」

ビーストは、こっけいなほど驚《おどろ》いた顔《かお》をした。

「な、なんだって？」

「あの魔女《まじょ》は、わたしの母親《ははおや》なの」

ベルは、ゆっくりとくりかえした。

実際《じっさい》に声《こえ》に出《だ》して言《い》ってみると、なんだか妙《みょう》な感《かん》じだった。

ベルの頭《あたま》のなかに、母親《ははおや》がいまの自分《じぶん》よりも十歳《じっさい》ぐらい年上《としうえ》のときの姿《すがた》が浮《う》かんだ。天使《てんし》のように強《つよ》い意志《いし》と燃《も》えあがるような怒《いか》りで、まだ少年《しょうねん》に過《す》ぎなかった王子《おうじ》のことを試《ため》して、呪《のろ》いをかけたのだろうか。

〝向《む》こう見《み》ず〟――そんなことをするなんて、向《む》こう見《み》ずとしか思《おも》えない。

そのとき、頭《あたま》のなかで小《ちい》さな声《こえ》が言《い》った。〝でも、呪《のろ》いをかけられたお城《しろ》に自分《じぶん》から飛《と》びこんで、父親《ちちおや》のかわりに自分《じぶん》の人生《じんせい》を差《さ》しだすようなまねをすることだって、十分《じゅうぶん》向《む》こう見《み》ずなんじゃないの。先《さき》のことはまったく考《かんが》えてないわけだし〟

ベルは、その考《かんが》えを払《はら》いのけるように手《て》を振《ふ》った。

「母親《ははおや》？」ビーストは、まだあぜんとしたようすで言《い》った。椅子《いす》の上《うえ》で落《お》ちつきのない犬《いぬ》のように体《からだ》をかきむしっている。「じゃあ、きみも魔女《まじょ》なのか？　この呪《のろ》いを解《と》けるのか？」

「わたしは魔女《まじょ》じゃないわ」ベルはやんわりと言《い》った。ビーストががっかりする顔《かお》を見《み》るのは、なんだかつらかった。「今日《きょう》の今日《きょう》まで、魔女《まじょ》の存在《そんざい》なんて信《しん》じていなかったもの。呪《のろ》いや魔法《まほう》をかけられたお城《しろ》もね」

そのとき、銀《ぎん》のデミタス用《よう》スプーンが現《あらわ》れて、たたんだ布《ぬの》のナプキンでこぼれていた紅茶《こうちゃ》をていねいにふきとり、去《さ》っていった。

「だったら、母親《ははおや》はどこだ？　家《いえ》にいるのか？　会《あ》いに行《い》けるのか？」

ビーストは身《み》を乗《の》りだして言《い》った。

「物心《ものごころ》ついたころから母親《ははおや》はいなかったわ。どこにいるのかもわからない。何年《なんねん》も前《まえ》に家《いえ》を出《で》ていったきり。会《あ》いたくてたまらないけど。母《はは》が魔女《まじょ》だとわかったらなおさらね。聞《き》きたいことが山《やま》ほどあるもの」

「じゃあ、きみはどうしてここにいるんだ？」ビーストはうなった。「わたしに呪《のろ》いをかけたのがきみの母親《ははおや》だとしたら、その娘《むすめ》がわたしの城《しろ》を訪《たず》ねてくるなんて、どう考《かんが》えてもおかしいだろう？　しかも十年《じゅうねん》もたって」

「たしかにそうね。でも、わたしがここにいるのはパパのためよ。フィリップが——馬《うま》がパパを乗《の》せないで帰《かえ》ってきたから、探《さが》しにきたの」

「嘘《うそ》だ。すべてが呪《のろ》いどおりになっているか、確《たし》かめにきたんだろう」

ベルは眉《まゆ》をつりあげた。

「嘘《うそ》なんかじゃない。わたしがどうしてそんなことしなくちゃいけないのよ？　あなたが凍死《とうし》しないようにお城《しろ》に連《つ》れて帰《かえ》ってきてあげたっていうのに」

ビーストは苦《にが》い顔《かお》をしたが、何《なに》も言《い》わなかった。

「これから……どうすればいい？」

しばらくして、ビーストはぽつりと言《い》った。

ベルは、はっとしてその顔《かお》を見《み》つめた。

ビーストは手《て》を大《おお》きく振《ふ》って、部屋《へや》を、城《しろ》を、そして世界《せかい》を指《さ》した。

「わたしたちは……ここに閉《と》じこめられた。永遠《えいえん》に。クモの巣《す》は、じきに城《しろ》をおおいつくすだろう。すべては呪《のろ》いどおりになるんだ」

ベルは、何《なに》か答《こた》えやヒントが浮《う》かびあがってこないかと、天井《てんじょう》や壁《かべ》を見上《みあ》げた。だが、部屋《へや》の隅《すみ》では、自分《じぶん》たちの影《かげ》が気味《きみ》の悪《わる》い光《ひかり》を投《な》げかける炎《ほのお》にあわせてちらちらと踊《おど》っているだけだった。ベルはゆっくりとまばたきをしながら思《おも》った。押《お》しつぶされそうなこの感《かん》じは恐怖《きょうふ》じゃない。疲《つか》れだ。わたしはとてつもなく疲《つか》れているんだ。

パパはいつも、わたしは頭《あたま》がいいとほめてくれるけど、その頭《あたま》を使《つか》いすぎて限界《げんかい》に達《たっ》していた。とにかく、座《すわ》って静《しず》かに考《かんが》えたかった。記《き》憶《おく》の片隅《かたすみ》に残《のこ》っているママのことを。

そういえば、ママの髪《かみ》はとび色《いろ》だとずっと思《おも》っていた。自分《じぶん》の髪《かみ》より少《すこ》し赤《あか》みがかったとび色《いろ》。金髪《きんぱつ》だとは思《おも》っていなかった。どうしてそんな思《おも》い違《ちが》いをしていたのだろう？　子《こ》どもが親《おや》の話《はなし》をするとき、最初《さいしょ》に口《くち》にするのが髪《かみ》の色《いろ》じゃないだろうか？　それなのに、ママの髪《かみ》がどんな香《かお》りだったのかもわからない。ママに抱《だ》きしめられた感《かん》触《しょく》すら思《おも》い出《だ》せない。だから、童謡《どうよう》やおとぎ話《ばなし》から悪漢小説《あっかんしょうせつ》にいたるまで、いままで読《よ》んできたすべてのものから、愛情深《あいじょうぶか》い場面《ばめん》を見《み》つけてくるしかなかった。

いま頭《あたま》のなかにある、復讐《ふくしゅう》の天使《てんし》のような姿《すがた》は、ベルの抱《いだ》いていた母親像《ははおやぞう》にはまるでそぐわなかった。あれは〝母親《ははおや》〟ではない。自分《じぶん》とはまったく関係《かんけい》のない女《おんな》の人《ひと》、見《み》ず知《し》らずの人《ひと》だった。わたしには関係《かんけい》のない人《ひと》。関係《かんけい》があったことなんて一度《いちど》もない。

ベルは、こめかみをもんで、ビーストに目《め》をやった。

ほんとうなら怖《こわ》がるべきなのだろう。自分《じぶん》のことなんて、ひとひねりで殺《ころ》せるくらい、巨大《きょだい》で凶暴《きょうぼう》なビーストなのだから。でも、この人《ひと》はオオカミから助《たす》けてくれた。わたしを傷《きず》つける気《き》などないのかもしれない。話《はな》し方《かた》もほとんどふつうの人間《にんげん》と変《か》わらない。少《すく》なくとも話《はなし》が通《つう》じる。

ベルは、もう一人《ひとり》のしゃべれる大《おお》きな野獣《やじゅう》ともいうべき、ガストンを思《おも》い出《だ》した。ガストンだったらもっと飲《の》みこみが悪《わる》いだろう。話《はなし》はだらだらと長《なが》くなり、イライラさせられていたに違《ちが》いない。しかも、すきあらば口説《くど》こうとしてきただろう。ガストンは人間《にんげん》だけど、気《き》持《も》ちも通《つう》じなければ、話《はな》し合《あ》いができる相手《あいて》でもない。

ベルは、ため息《いき》をついて立《た》ちあがり、ビーストのロープをほどきはじめた。ほどき終《お》わるまで、ビーストはじっとしたまま疑《うたぐ》りぶかい目《め》でベルの手元《てもと》を見《み》つめていた。

「何《なに》をしている……どうして、ほどいてくれるんだ？」

ベルは肩《かた》をすくめた。

「あなたが言《い》うように、どうでもいいからよ。わたしたちは、ここに……少《すく》なくともしばらくはいなくちゃいけない。だったら、お互《たが》いを信用《しんよう》したほうがいいでしょ？」

自由《じゆう》になったビーストは、確《たし》かめるように、手《て》を曲《ま》げたり伸《の》ばしたりした。だが椅子《いす》から立《た》ちあがろうとした瞬間《しゅんかん》、傷《きず》の痛《いた》みに顔《かお》をしかめ歯《は》を食《く》いしばった。

「ママを見《み》つけることができたら」ベルは、ゆっくりと考《かんが》えこむように言《い》った。「もし、ママが死《し》んでなければ、呪《のろ》いを解《と》くことができるかもしれない」

「どうやって見《み》つけるんだ？」

ビーストは、片方《かたほう》の手《て》でもう一方《いっぽう》の手《て》をもみながら言《い》った。

「まだあの鏡《かがみ》を持《も》ってる？　――魔女《まじょ》にもらった鏡《かがみ》」ベルは、あのバラの隣《となり》にあったものを思《おも》い出《だ》して言《い》った。テーブルの上《うえ》にさりげなく置《お》かれていた、美《うつく》しい銀《ぎん》の手鏡《てかがみ》。「あれがあれば、どこでも見《み》ることができるんでしょう？」

「魔法《まほう》の鏡《かがみ》のことか」

ビーストは眉《まゆ》をつりあげた。

「そうか！　あれに尋《たず》ねてみればいいのか！」

「そうよ、さっそく魔法《まほう》の鏡《かがみ》に聞《き》きにいきましょう」ベルは、自分《じぶん》が〝魔法《まほう》の鏡《かがみ》〟などという言《こと》葉《ば》を口《くち》にしているなんて信《しん》じられない、と思《おも》いながら言《い》った。「それしかないわ。そのあとで森《もり》の魔女《まじょ》の家《いえ》に行《い》って、お菓子《かし》の家《いえ》をひとかけらもらっておやつにしましょうよ」

ビーストは、とまどった表情《ひょうじょう》でベルを見《み》た。眉《まゆ》がさらにつりあがり、まるで青《あお》い瞳《ひとみ》の上《うえ》にかかった黒雲《こくうん》のように見《み》える。

「気《き》にしないで」ベルはため息《いき》をついて言《い》った。「ただの冗談《じょうだん》だから」


ベルはふたたび階段《かいだん》をのぼり、立《た》ち入《い》り禁止《きんし》の西《にし》の塔《とう》へ向《む》かった。前《まえ》とはまるで違《ちが》う気分《きぶん》だった。疲《つか》れ果《は》てているためか、今度《こんど》は恐《おそ》ろしくはない。頭《あたま》のなかにはさまざまな光景《こうけい》や思《おも》いが渦巻《うずま》いていて、影《かげ》たちのささやきも、甲冑《かっちゅう》たちのきしむ音《おと》も、まるで怖《こわ》くなかった。金《きん》と緑《みどり》と稲妻色《いなずまいろ》をまとって、母親《ははおや》の顔《かお》がくりかえし現《あらわ》れる。けれど、母親《ははおや》の悲嘆《ひたん》にくれた顔《かお》も、勝《か》ち誇《ほこ》った顔《かお》も、あまり見《み》ていたくはなかった。

ビーストは、悪魔《あくま》をかたどった取《と》っ手《て》がついた、あの扉《とびら》の前《まえ》で、しばらくためらっていた。そのときベルは、ある本《ほん》の一場面《いちばめん》を思《おも》い出《だ》した。少年《しょうねん》が、自分《じぶん》の家《いえ》だか部屋《へや》だかを好《す》きな女《おんな》の子《こ》に見《み》せるのをためらう場面《ばめん》だ。彼女《かのじょ》をがっかりさせてしまうんじゃないか、何《なに》かまずい物《もの》を発見《はっけん》されてしまうんじゃないかと心配《しんぱい》して。

ばらばらになった家具《かぐ》や骨《ほね》が散乱《さんらん》したねぐらというだけではないのかも……。ベルはなんとなくそう思《おも》った。

ビーストは、まるで紳士《しんし》のように、ベルを先《さき》になかへ通《とお》した。部屋《へや》は冷《ひ》え冷《び》えとしていて、前《まえ》と同《おな》じようにカーテンがはためいている。居心地《いごこち》のよさを感《かん》じさせるものは何一《なにひと》つない。

「これはだれを描《か》いた絵《え》？」

ベルは、執拗《しつよう》に引《ひ》き裂《さ》かれた青《あお》い瞳《ひとみ》の青年《せいねん》の肖像画《しょうぞうが》を指《さ》して尋《たず》ねた。

ビーストはがっくりとうなだれた。

「わたしだ」

ビーストは、そろそろとかぎ爪《づめ》を伸《の》ばして破《やぶ》れたキャンバスを集《あつ》め、もとの位置《いち》に戻《もど》した。するとふたたび王子《おうじ》の姿《すがた》が現《あらわ》れた。背《せ》が高《たか》くてハンサムで、少《すこ》し偉《えら》そうにこちらを見《み》すえている。

「この絵《え》にも魔女《まじょ》の呪《のろ》いがかかっていて、わたしといっしょに年《とし》をとるんだ――わたしがまだ人《にん》間《げん》だったらどんな姿《すがた》になっているかを映《うつ》しだしているんだ。魔女《まじょ》のテストにパスしていたら、どうなっていたかをね。わたしは……いつも、自分《じぶん》がそうなっていたはずの姿《すがた》を見《み》せつけられているんだ」

ベルは、首《くび》をかしげてその絵《え》をまじまじと見《み》つめた。よほど腕《うで》のいい画家《がか》が描《か》いたのだろう。王子《おうじ》が身《み》に着《つ》けているビロードの上着《うわぎ》は毛足《けあし》もなめらかで、ほんとうに触《さわ》ることができそうだった。でも、この人《ひと》の目《め》は……。

「こんなこと言《い》ったら気《き》を悪《わる》くするかもしれないけど」しばらくして、ベルは言《い》った。「この絵《え》の人《ひと》って、なんだか傲慢《ごうまん》そう。お高《たか》くとまってるっていうか」

ビーストは、驚《おどろ》いたようにベルを見《み》た。

「そう、ほんとにそんな感《かん》じだわ」ベルは王子《おうじ》の顔《かお》を指《さ》した。「この絵《え》は、あなたが人間《にんげん》だったら、いまごろどんな外見《がいけん》になっているかを映《うつ》しだしているのね。でも、あなたの中身《なかみ》がいまどうなっているかは？」

ビーストは、やぶれたキャンバスから忌々《いまいま》しげに手《て》をはなして背《せ》を向《む》け、「くだらない」とつぶやいた。ベルは思《おも》わず笑《わら》いそうになった。

気《き》がつくと、ベルはビーストと話《はな》したり、軽《かる》く小突《こづ》いたりするのを楽《たの》しんでいた。

ビーストのあとについて、テーブルに歩《あゆ》みよる。風《かぜ》はおさまり、あたりは気味《きみ》が悪《わる》いぐらい静《しず》まりかえっていた。バラの花《はな》びら一枚《いちまい》動《うご》かない。ビーストは、落《お》ちた花《はな》びらを見《み》ると、はっとして目《め》をそむけた。

ベルの心《こころ》がずんとしずんだ。全部《ぜんぶ》自分《じぶん》のせいだ。すべてが呪《のろ》いどおりになるまでにあと数週間《すうしゅうかん》しかなかったにしても、そのあいだはまだ望《のぞ》みがあった。もしかしたら、魔法《まほう》にかかったどこかのかわいい田舎娘《いなかむすめ》が、呪《のろ》いを解《と》きに来《く》ることになっていたかもしれない。ママには、そういう計《けい》画《かく》があったのでは。ビーストをこんな姿《すがた》のまま永遠《えいえん》に放《ほう》っておくつもりなんてなかったのではないだろうか。

ビーストは、巨大《きょだい》な手《て》でそんなことができるのかと驚《おどろ》くくらい、やさしい手《て》つきで鏡《かがみ》を持《も》ち、愛《いと》おしそうに両手《りょうて》で包《つつ》みこんだ。バラと獣《けもの》の顔《かお》のような装飾《そうしょく》をほどこされた、いかにもお姫《ひめ》さまが使《つか》いそうな美《うつく》しい鏡《かがみ》だ。けれど、それ以上《いじょう》のものには見《み》えなかった。

「それで何《なに》ができるの？」とりあえず聞《き》いてみる。

「なんでも見《み》ることができる」ビーストは得意《とくい》げに言《い》った。「文字《もじ》どおり、なんでも。極東《きょくとう》の万《まん》年雪《ねんゆき》におおわれた山《やま》も見《み》たし、きらびやかに明《あ》かりが灯《とも》され、祭《まつ》りや市場《いちば》でにぎわう、クリスマスのパリも見《み》た」

ベルは、ほつれた髪《かみ》を耳《みみ》にかけた。

「世界《せかい》じゅうどこでも見《み》られるの？」

「そうだ。ほら！」

そう言《い》うと、ビーストは鏡《かがみ》をベルの前《まえ》にかかげた。

はじめは、銀色《ぎんいろ》に光《ひか》る鏡面《きょうめん》と自分《じぶん》の顔《かお》しか見《み》えなかった。ベルはほつれ毛《げ》を見《み》つけて、思《おも》わず耳《みみ》のうしろに押《お》しこんだ。こんな鏡《かがみ》で自分《じぶん》の顔《かお》をじっくり見《み》ることなんて、めったにない。毛穴《けあな》がいくつか詰《つ》まっているのまで見《み》えてしまうのはありがたくなかったが。ところで、目《め》の横《よこ》にあるのは小《ちい》さな傷《きず》？　いままで気《き》づかなかったけれど……。

「鏡《かがみ》よ、パリを映《うつ》しだせ」

ビーストが命《めい》じた。

息《いき》を吹《ふ》きかけたように鏡《かがみ》が曇《くも》っていく。そのかすみが晴《は》れたとき、ベルは息《いき》を呑《の》んだ。鏡《かがみ》を持《も》っているのが自分《じぶん》じゃなくてよかった。持《も》っていたら落《お》としていたかもしれない。

まるで目《め》の前《まえ》で起《お》こっていることを、窓《まど》からのぞいているようだった。丸石《まるいし》が敷《し》かれた道《みち》を走《はし》るきらびやかな馬車《ばしゃ》、本《ほん》のなかでしかお目《め》にかからないような、着飾《きかざ》った貴婦人《きふじん》や紳士《しんし》たち、ひしめく建物《たてもの》やお店《みせ》。数《かぞ》えきれないくらいの噴水《ふんすい》、網目《あみめ》のように走《はし》る通《とお》り。人《ひと》がたくさんいる！

制服《せいふく》を着《き》たメイドをずらりと引《ひ》き連《つ》れた貴族《きぞく》の婦人《ふじん》や、おしゃれだけど継《つ》ぎの当《あ》たった帽子《ぼうし》をかぶった商人《しょうにん》、浮浪者《ふろうしゃ》や物乞《ものご》い、獣《けもの》のような目《め》つきの、お腹《なか》をすかせた子《こ》どもたち。小銭《こぜに》を拾《ひろ》おうと……あるいはくすねようとして、人々《ひとびと》のあいだをすり抜《ぬ》けていく……。

ベルは言葉《ことば》をなくしていた。こんな鏡《かがみ》を持《も》っていたら、読書《どくしょ》なんてしていなかったかもしれない。物語《ものがたり》にあふれた、あらゆる世界《せかい》が目《め》の前《まえ》にあるのだ。

気《き》がつくとベルは身《み》を乗《の》りだしていた。人々《ひとびと》の言葉《ことば》を聞《き》きとり、香水《こうすい》の香《かお》りをかいで、街《まち》の空《くう》気《き》を肌《はだ》で感《かん》じようとして。

でも、何《なに》も感《かん》じなかった。

絵《え》のように美《うつく》しい光景《こうけい》なのに、なんだか背筋《せすじ》が寒《さむ》くなる。

「これはわたしの宝《たから》だ」ビーストは悲《かな》しげに言《い》った。「わたしにはこれしか残《のこ》されていない。これがあれば、わたしが失《うしな》った世界《せかい》を――わたしが生《い》きるはずだった人生《じんせい》を見《み》ることができる」

ビーストが鏡《かがみ》を持《も》ち直《なお》し、自分《じぶん》のほうに向《む》けると、ベルは表情《ひょうじょう》を曇《くも》らせた。

「でも……この鏡《かがみ》を持《も》っていて、呪《のろ》いを解《と》くにはどうすればいいのか知《し》ってるのに、どうして利《り》用《よう》しなかったの？　これで女《おんな》の子《こ》を見《み》つければよかったじゃない、呪《のろ》いを解《と》いてくれそうな……それか……」

ビーストは不機嫌《ふきげん》そうにうなり、鏡《かがみ》をまたベルのほうに向《む》けてきた。

「鏡《かがみ》よ、赤毛《あかげ》の少年《しょうねん》を映《うつ》しだせ！」

別《べつ》の光景《こうけい》が浮《う》かびあがった。怪《あや》しい姿《すがた》をした子《こ》ども。檻《おり》に入《い》れられ、水《みず》の入《はい》った桶《おけ》のなかに立《た》ち、不自由《ふじゆう》そうに鉄格子《てつごうし》をつかんでいる。人々《ひとびと》が檻《おり》の前《まえ》で少年《しょうねん》をあざ笑《わら》い、一人《ひとり》の〝紳士《しんし》〟にいたっては、杖《つえ》で指《ゆび》を突《つ》いていた。

陰湿《いんしつ》な暴力以上《ぼうりょくいじょう》にベルの胸《むね》を締《し》めつけたのは、少年《しょうねん》のあきらめきった表情《ひょうじょう》だった。はっとするほどうつろな目《め》。永遠《えいえん》にそこから抜《ぬ》け出《だ》せないと悟《さと》ってしまったような。

「子《こ》どもにこんなことをする連中《れんちゅう》だぞ。野獣《やじゅう》が相手《あいて》だったら何《なに》をすると思《おも》う？」

ベルは唇《くちびる》をかんだ。返《かえ》す言葉《ことば》が見《み》つからない。町《まち》の人《ひと》たちの意地悪《いじわる》や偏見《へんけん》に悩《なや》まされることはあったけれど、ほんとうに残酷《ざんこく》な行為《こうい》は目《め》にしたことがなかった。

少年《しょうねん》の頬《ほお》をなでてあげたかった。吐《は》き気《け》がこみあげてくる。こんなの……。

ビーストは鏡《かがみ》を手《て》もとに戻《もど》してつぶやいた。

「川《かわ》の向《む》こうの村《むら》に住《す》むふざけた猟師《りょうし》など、わたしの毛皮《けがわ》をじゅうたんがわりに床《ゆか》に敷《し》こうとするだろうな」

「それって、ガストンのこと？」はっとして聞《き》き返《かえ》す。「ガストンのことを言《い》ってるの？」

「名前《なまえ》は知《し》らないい。音《おと》は何《なに》も聞《き》こえないんだ」ビーストは鏡《かがみ》をゆすって言《い》った。「あいつは、いつも森《もり》にやって来《き》て、大《おお》きな獲物《えもの》、美《うつく》しい獲物《えもの》、珍《めずら》しい獲物《えもの》を端《はし》から撃《う》っていく。あるいは、ただ動《うご》いているだけでいいのかもしれない。ほかの猟師《りょうし》たちも、鹿《しか》や鳥《とり》を撃《う》ちにくる……肉《にく》を手《て》に入《い》れるために……それは別《べつ》にかまわない。だが、あの男《おとこ》は、ただ殺《ころ》して剥製《はくせい》にしたいだけだ。肉《にく》が欲《ほ》しいわけじゃない」

ベルはビーストの〝肉《にく》〟という言葉《ことば》の言《い》い方《かた》に何《なに》かを感《かん》じた。それがなんなのか、あとでよく考《かんが》えてみようと心《こころ》に決《き》めた。数百《すうひゃく》ポンドはありそうなビーストが、トーストを食《た》べてこの体《からだ》を維《い》持《じ》しているとは思《おも》えない。

「この城《しろ》を出《で》ようとすればそういう目《め》に遭《あ》うだろう。とらえられ、サーカスで見世物《みせもの》にされる……それも運《うん》がよければの話《はなし》だ。だから、ここから外《そと》の世界《せかい》を見《み》ることにしたんだ。そのほうがずっと安全《あんぜん》だから」

「安全《あんぜん》かもしれないけど、それじゃあ呪《のろ》いを解《と》くことはできないわ」

ビーストはいらだたしげに肩《かた》をすくめた。「母親《ははおや》を探《さが》すんじゃなかったのか？」

「そう、そうだった。見《み》てみましょう」

「鏡《かがみ》よ、わたしに呪《のろ》いをかけた魔女《まじょ》を映《うつ》しだせ！」

そこに映《うつ》っていたものがすうっと消《き》え、鏡《かがみ》は霧《きり》がかかったような不気味《ぶきみ》な灰色《はいいろ》になった。何《なに》も反射《はんしゃ》しない、輝《かがや》きを失《うしな》った銀《ぎん》のような色《いろ》だ。

「いままでこんなことなかったのに」

ビーストはあぜんとして、また鏡《かがみ》をゆすった。

「わたしもやってみていい？　鏡《かがみ》よ、父《ちち》を映《うつ》しだして」

ビーストが返事《へんじ》をするより先《さき》に、ベルは鏡《かがみ》に命《めい》じた。

するとそこには、打《う》ちひしがれたモーリスの姿《すがた》が現《あらわ》れた。車輪《しゃりん》のない馬車《ばしゃ》のなかではねあがりながら、どうにかして窓《まど》から城《しろ》を見《み》ようとしている。

ベルの胸《むね》ははちきれそうになった。

「パパ！」

「彼《かれ》は、おまえの母親《ははおや》がどこにいるのか知《し》っているのか？」

ビーストは身《み》を乗《の》り出《だ》すようにして言《い》った。

「え？　いいえ」ベルは上《うわ》の空《そら》で言《い》った。「父《ちち》は……母《はは》のことを何《なに》も話《はな》さないの。母《はは》が出《で》ていくことになった事情《じじょう》を思《おも》い出《だ》すのがつらいからだと思《おも》っていたけど……いま考《かんが》えると、もしかしたら……単《たん》に……思《おも》い出《だ》せないのかもしれない。わたしみたいに」

「ふん。魔女《まじょ》を映《うつ》しだせ」

ビーストは、ベルから鏡《かがみ》を奪《うば》いとって言《い》った。

ふたたび、映《うつ》っていたものが消《き》え、鏡《かがみ》はさっきと同《おな》じ不気味《ぶきみ》な灰色《はいいろ》になった。

「でも、パパは……」

ベルはまた口《くち》を開《ひら》いた。

「父親《ちちおや》がどうした？」

「わたしがいないと、パパは……」

「一人《ひとり》できみを育《そだ》てたんだろう？　申《もう》し分《ぶん》なく立派《りっぱ》に育《そだ》てあげたじゃないか。数日間《すうじつかん》ぐらい、一人《ひとり》で大丈夫《だいじょうぶ》だろう」

ベルはビーストをにらみつけた。

パパには無理《むり》よ……やってこなかったもの……。

……二人分《ふたりぶん》の食事《しょくじ》をつくって、庭《にわ》の世話《せわ》をして、食料《しょくりょう》を買《か》うためのお金《かね》を稼《かせ》いで、一日《いちにち》じゅう発明《はつめい》に没頭《ぼっとう》して……何《なに》もかも、わたしが手伝《てつだ》っていたのだから。でも、わたしがパパを手伝《てつだ》えるぐらい大《おお》きくなるまでは、きっと一人《ひとり》で……。

唇《くちびる》がふるえる。ええ、そうね、大丈夫《だいじょうぶ》かも。

ちょっと待《ま》って……。

「ねえ、〝申《もう》し分《ぶん》なく立派《りっぱ》に育《そだ》てあげた〟ってほんとうに思《おも》う?」

ベルは思《おも》わず尋《たず》ねた。

ビーストは、急《きゅう》に照《て》れくさくなったように肩《かた》をすくめた。

気《き》がつくとベルはほほえんでいた。

もしかして、ビーストも笑《わら》っているんじゃない?　ほら、あの目《め》もと。

だが、すぐに厳《きび》しい現実《げんじつ》に引《ひ》き戻《もど》された。

「次《つぎ》はどうする?」ビーストが、役《やく》に立《た》たなかった鏡《かがみ》を指《さ》して言《い》った。

疲《つか》れ切《き》っていて何《なに》も考《かんが》えられそうにない。

「わからないわ。長《なが》い一日《いちにち》だったから、もうくたくた」

弱々《よわよわ》しい笑《え》みだったが、ビーストは、今度《こんど》こそたしかに笑《え》みを浮《う》かべていた。「わたしもだ。もう寝《ね》たほうがよさそうだな……」ビーストはそう言《い》って、肩《かた》をすくめた。

「考《かんが》える時間《じかん》なら、それこそ永遠《えいえん》にあるわ」

ベルは力《ちから》なく言《い》った。

まだ話《はな》し足《た》りない気《き》もしたが、二人《ふたり》は部屋《へや》を出《で》て、心地《ここち》よい沈黙《ちんもく》を保《たも》ちながら並《なら》んで歩《ある》いた。

ビーストがベルを寝室《しんしつ》に送《おく》り届《とど》けるまで、どちらも口《くち》を開《ひら》かなかった。

ベルは、ドアを開《あ》けようとして手《て》を止《と》めた。いままで真剣《しんけん》に言葉《ことば》を探《さが》したことはなかった。ずっと、村人《むらびと》たちに何《なに》か言《い》われても、こましゃくれた返事《へんじ》や、軽《かる》い嫌《いや》み、冗談《じょうだん》の応酬《おうしゅう》であしらってきたからだ。頭《あたま》ではなく、心《こころ》から言葉《ことば》を引《ひ》っ張《ぱ》り出《だ》すのは、何《なに》かごつごつとしたものを井戸《いど》の底《そこ》から引《ひ》きあげるのに似《に》ていた。

「ごめん……なさい」ベルは小《ちい》さな声《こえ》で言《い》った。「ほんとうにごめんなさい。わたし、あのバラに触《さわ》ったりするんじゃなかった」

勇気《ゆうき》を出《だ》してビーストの目《め》をまっすぐに見《み》つめる。野獣《やじゅう》には似《に》つかわしくないその瞳《ひとみ》を。

ビーストは悲《かな》しげにほほえんだ。

「きみはわたしに監禁《かんきん》されているんだ。そんなことをされているのに、わたしの言《い》うことを聞《き》く必要《ひつよう》はないだろう？　それに……あれが無事《ぶじ》でもどうにもならなかった……どっちみち……きみの言《い》うとおりだ。わたし一人《ひとり》では、呪《のろ》いは解《と》けなかっただろう」

ビーストは足《あし》もとに目《め》を落《お》とした。沈黙《ちんもく》が雪《ゆき》のように二人《ふたり》の上《うえ》に舞《ま》い降《お》りる。

「おやすみなさい」ベルは沈黙《ちんもく》をやぶり、ドアを開《あ》けて部屋《へや》に入《はい》った。

だが影《かげ》のように黒《くろ》く、影《かげ》よりも静《しず》かなビーストは、もう暗《くら》がりに消《き》えていた。

22　行《い》かないで！

なかに入《はい》ってドアを閉《し》めたとたんに、部屋《へや》は静《しず》けさに包《つつ》まれた。ベルは、硬《かた》い木《き》のドアにもたれて目《め》を閉《と》じた。ドアの前《まえ》に椅子《いす》を置《お》いてバリケードにしようかとも思《おも》ったが、ビーストは朝《あさ》まで戻《もど》ってこない気《き》もする。そもそも、そんなことをする必要《ひつよう》があるのだろうか。

両手《りょうて》でごしごしと顔《かお》をこする。肌《はだ》が乾《かわ》いてカサカサだった。化粧《けしょう》ダンスの上《うえ》に、かわいらしい洗面器《せんめんき》と水差《みずさ》しがあったのを思《おも》い出《だ》し、水差《みずさ》しから手《て》のひらに水《みず》を垂《た》らして顔《かお》にぬった。

「よろしかったら、そこにタオルもありますよ」

うしろから、洋服《ようふく》ダンスが気《き》をきかせて声《こえ》をかけてきた。

突然《とつぜん》の声《こえ》に、ベルの体《からだ》がびくっとした。

そこにかかっていたのは、かわいらしい、ふかふかの洗面《せんめん》タオル。

「ありがとう」

「お湯《ゆ》が必要《ひつよう》なら、すぐに持《も》ってこさせますよ」

親切《しんせつ》な洋服《ようふく》ダンスは言《い》った。

「いいえ、大丈夫《だいじょうぶ》よ。ありがとう」

蒸《む》しタオル。想像《そうぞう》しただけでも喉《のど》から手《て》が出《で》そうだった。うちで用意《ようい》しようと思《おも》ったら、夕食《ゆうしょく》か朝食《ちょうしょく》に合《あ》わせて自分《じぶん》でつくるしかない。しかも、二《ふた》つしかない鍋《なべ》のうち一《ひと》つには食《た》べものが入《はい》っている。父親《ちちおや》がつくった自動水《じどうみず》まき機《き》のおかげで、冷《つめ》たくてきれいな井戸水《いどみず》をいつでも好《す》きな時間《じかん》に簡単《かんたん》に汲《く》みあげられるようになったが、それを温《あたた》めるとなると、そう簡単《かんたん》にはいかなかった。だから、炉《ろ》に火《ひ》が入《はい》っているときにはその上《うえ》に鍋《なべ》を置《お》いてお湯《ゆ》を沸《わ》かすようにしていた。

でもいまはもう、これ以上《いじょう》、動《うご》きまわるおかしな〝無生物《むせいぶつ》〟たちにかかわるのはごめんだった。洋服《ようふく》ダンスがいるだけでも十分《じゅうぶん》すぎるくらいなのに。

ベルがそんなことを考《かんが》えていると、ドアを叩《たた》く音《おと》がした。

「どうぞ」

気《き》がつくと、心《こころ》とは裏腹《うらはら》に礼儀正《れいぎただ》しくそう口《くち》にしていた。

「お邪魔《じゃま》してもうしわけありません」

何《なに》に使《つか》うのかよくわからないおかしな物体《ぶったい》が、よろよろと入《はい》ってきた。革《かわ》と鉄《てつ》でできているその物体《ぶったい》は、太《ふと》い薪《まき》を何本《なんぼん》も、落《お》とさないように慎重《しんちょう》に……背中《せなか》にのせている。そのうしろからルミエールが、ぴょんぴょんとはねながら入《はい》ってきた。

「いまのうちに……暖炉《だんろ》に薪《まき》をくべておこうと思《おも》いまして。夜中《よなか》、おやすみのところをお邪魔《じゃま》しないように」

小《ちい》さなろうそく台《だい》は言《い》った。おかしな物体《ぶったい》は炉床《ろしょう》に薪《まき》をていねいに積《つ》み、暖炉《だんろ》のなかにあった小枝《こえだ》を並《なら》べなおした。ルミエールは優雅《ゆうが》に——芝居《しばい》がかったしぐさでお辞儀《じぎ》をすると、炎《ほのお》のついた手《て》で軽《かる》く薪《まき》に触《ふ》れて火《ひ》をつけた。たちまち火《ひ》が回《まわ》り、暖《あたた》かそうな橙色《だいだいいろ》の炎《ほのお》があがった。

「ありがとう、ルミエール」

ベルは心《こころ》から言《い》った。もちろん暖炉《だんろ》の火《ひ》ぐらい自分《じぶん》でおこせるし、火《ひ》の世話《せわ》をすることもできる。遠《とお》い昔《むかし》この部屋《へや》に住《す》んでいたお姫《ひめ》さまとは違《ちが》うのだ。でも、〝おやすみのところをお邪魔《じゃま》しないように〟という心《こころ》づかいがうれしかった。

ルミエールは、いつものようにおしゃべりはせず、ふたたびお辞儀《じぎ》をすると、ぴょんぴょんと部屋《へや》を出《で》ていった。おかしな物体《ぶったい》（たぶん、もとは召《め》し使《つか》いだったのだろう）もすぐあとに続《つづ》いた。

パチパチとはぜる炎《ほのお》の音《おと》が、静《しず》けさをいっそう際立《きわだ》たせた。ベルは、あくびをしながら伸《の》びをすると、背中《せなか》に手《て》を回《まわ》してベストのひもをゆるめはじめた。

「よろしかったら、すてきなナイトガウンもありますよ」洋服《ようふく》ダンスが熱心《ねっしん》に勧《すす》める。

「ああ……でも……いいわ、今夜《こんや》は。ありがとう。気《き》を悪《わる》くしないでね」

「もちろん、気《き》を悪《わる》くなんてしてません」洋服《ようふく》ダンスはすかさず答《こた》えた。

「不思議《ふしぎ》なことばかりで……ほんとうに長《なが》い……一日《いちにち》だったから」ベルはできるだけ穏《おだ》やかに言《い》った。「とにかく……眠《ねむ》りたいの。今夜《こんや》は自分《じぶん》の服《ふく》でね」

すると、洋服《ようふく》ダンスの雰囲気《ふんいき》が変《か》わった。何《なん》と言《い》ったらいいのだろう。角《かど》がゴムにでも変《か》わって丸《まる》くなったかのようだ。

「お気持《きも》ち、わかります」洋服《ようふく》ダンスは同情《どうじょう》したように言《い》った。「おやすみになってくださいな。ほんとうに長《なが》い一日《いちにち》でした。わたしたちにとっても」

「ありがとう」

ベルはため息《いき》をついた。エプロンドレスを脱《ぬ》いで、ていねいにたたみ、椅子《いす》の上《うえ》に置《お》く。洋服《ようふく》ダンスは自分《じぶん》の引《ひ》き出《だ》しにしまってほしいと思《おも》っていたかもしれないが、賢明《けんめい》にも何《なに》も言《い》わなかった。

ベルはスリップと下着《したぎ》だけになると、信《しん》じられないぐらいふかふかの羽布団《はねぶとん》をめくって、なかにもぐりこんだ。体《からだ》と絹《きぬ》のシーツのあいだにできたすきまはひどく冷《つめ》たく、ベルは胎児《たいじ》のように体《からだ》を丸《まる》めた。すぐに温《あたた》かくなって、体《からだ》を伸《の》ばせるだろう。

ベルは母親《ははおや》のことを考《かんが》えた。

バラに触《ふ》れたときに脳裏《のうり》を駆《か》けめぐったあの幻《まぼろし》は頭《あたま》から振《ふ》りはらい、覚《おぼ》えていることだけに集中《しゅう》してみる。でも、覚《おぼ》えていることなんてほんの少《すこ》ししかない。記憶《きおく》のなかのママは、幻《まぼろし》の女性《じょせい》よりにこやかで、温《あたた》かく控《ひか》えめな笑《え》みを浮《う》かべていたような気《き》がする。ベルは、バラの香《かお》りと、お日《ひ》さまのぬくもりを思《おも》い出《だ》した。記憶《きおく》のなかでは、バラとお日《ひ》さまとママが一体《いったい》となって混《ま》じり合《あ》っている。どれも、ほかの二《ふた》つがなければ存在《そんざい》できないかのように。

どっちがほんとうのママなんだろう？　あまり覚《おぼ》えていない記憶《きおく》のなかのママと、あの幻《まぼろし》のママ。

だが、その答《こた》えにたどり着《つ》かないうちに、別《べつ》の疑問《ぎもん》が浮《う》かんできた。

どっちのほうが、まだ赤《あか》ん坊《ぼう》の娘《むすめ》と夫《おっと》を置《お》いて出《で》ていきそうだろう？

母親《ははおや》がいなくなったのがいつなのか、はっきりと思《おも》い出《だ》すことはできなかった。自分《じぶん》の人生《じんせい》で、母親《ははおや》が存在《そんざい》していたのはほんの短《みじか》い時期《じき》だけで、あとはほとんどいなかった。そのかわりずっと存在《そんざい》していたのが、パパとフィリップとバラの咲《さ》き誇《ほこ》る庭《にわ》だ。

村《むら》の人《ひと》たちも、親切《しんせつ》な気分《きぶん》のときには、母親《ははおや》がいないなんてかわいそうにと声《こえ》をかけてきた。

自分《じぶん》たちが引《ひ》きとって、〝まともな〟女《おんな》の子《こ》らしい教育《きょういく》をしてあげると言《い》う人《ひと》までいた。父親《ちちおや》の手《て》で男《おとこ》の子《こ》のように育《そだ》てられたおかげで、たしかにわたしは、ちょっと……変《か》わっているかもしれない。でもそれは、わたしのせいじゃない。

あの人《ひと》たちが言《い》っていたことが正《ただ》しいのだろうか？

もしママがいたら、どんな暮《く》らしだったろう？

わたしが、今日《きょう》あったことや村《むら》の意地悪《いじわる》な女《おんな》の子《こ》たちの話《はなし》をしているあいだ、この長《なが》い髪《かみ》をとかしてくれたのかしら？　お菓子《かし》の焼《や》き方《かた》や爪《つめ》の手入《てい》れの仕方《しかた》や、ヤギの乳《ちち》をもっと効率《こうりつ》よくしぼる方法《ほうほう》を教《おし》えてくれたのかしら？

それとも、想像《そうぞう》したくはないけど、魔法《まほう》のバラの育《そだ》て方《かた》や、人《ひと》に呪《のろ》いをかける方法《ほうほう》や、手《て》のひらから稲妻《いなずま》を出《だ》す方法《ほうほう》を教《おし》えてくれたのかもしれない

なんだかすごい母親《ははおや》だ。

ベッドは温《あたた》かいのに、ベルは次第《しだい》に寝心地《ねごこち》の悪《わる》さを感《かん》じ、寝返《ねがえ》りばかり打《う》っていた。ざらざらした考《かんが》えが心《こころ》のなかに穴《あな》を開《あ》け、その穴《あな》からまた別《べつ》のいやな考《かんが》えがしのびこんでくる。

それでも、眠《ねむ》りはようやくベルを探《さぐ》りあて、その巻《ま》きひげを伸《の》ばして目《め》や鼻《はな》に入《はい》りこみ、やがてベルを飲《の》みこんでいった。

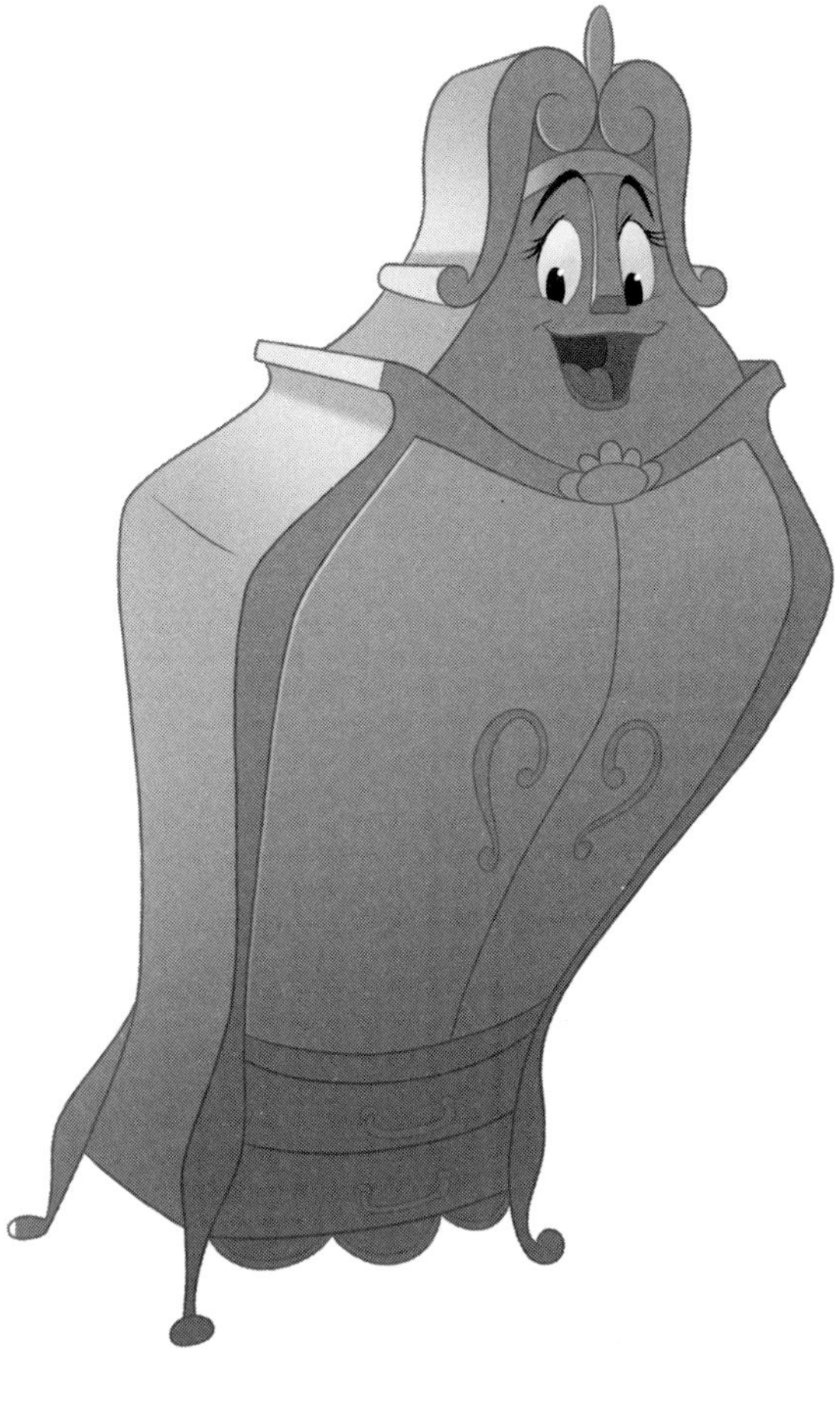

真夜中《まよなか》、ベルはぱちりと目《め》を覚《さ》ました。

何時《なんじ》ごろだかまるでわからなかった。家《いえ》だったら時計《とけい》がいくつかある。ニワトリや動物《どうぶつ》たちの気配《けはい》や鳴《な》き声《ごえ》、それに家《いえ》のなかの雰囲気《ふんいき》でも時間《じかん》がわかる。

でも、ここでは見当《けんとう》もつかない。寝入《ねい》ってからまだ五分《ごふん》ぐらいでも、もう五時間《ごじかん》ぐらいたっていてもおかしくなかった。

〝ベル……〟

それは音《おと》でも、思考《しこう》でもなく、記憶《きおく》の断片《だんぺん》のようなものだった。何《なに》かを思《おも》い出《だ》すためのわずかな手《て》がかりをつかんだような感《かん》じ。でも、その手《て》がかりが何《なに》かと聞《き》かれると、説明《せつめい》できなかった。

ベルは体《からだ》を起《お》こした。

洋服《ようふく》ダンスはぴくりとも動《うご》かない。熟睡《じゆくすい》しているのか、うたた寝《ね》をしているのか、それとも、夢《ゆめ》を見《み》ているのだろうか。

ベルはベッドからそろそろと立《た》ちあがった。しばらく考《かんが》えてから燭台《しょくだい》の太《ふと》いろうそくをとってかがみこみ、暖炉《だんろ》で火《ひ》をつけ、火《ひ》が消《き》えないように手《て》でおおいながら、ふたたび体《からだ》を起《お》こした。最後《さいご》に部屋《へや》を見《み》まわすと、できるだけ静《しず》かにドアを開《あ》けて外《そと》に出《で》た。

廊下《ろうか》は真《ま》っ暗《くら》で、ベルはしばらくぼんやりと立《た》ちつくしていた。

ようやく目《め》が慣《な》れてくると、暗《くら》がりに物《もの》の輪郭《りんかく》がうっすらと浮《う》かびあがってきた。頼《たよ》りないろうそくの明《あ》かりのなかで、〝何《なに》か〟が、ちらちらと目《め》の端《はし》をかすめて動《うご》く。闇《やみ》が奇妙《きみょう》な細《ほそ》い触覚《しょっかく》のようなものを伸《の》ばして、壁《かべ》や天井《てんじょう》の隅《すみ》に巣《す》を張《は》りはじめていた。

〝ベル……〟

ベルは、自分《じぶん》を呼《よ》ぶ何《なに》かに誘《さそ》われるように──あるいは、その何《なに》かから逃《に》げるように、広《ひろ》い廊《ろう》下《か》へとさまよい出《で》た。黒《くろ》くてぶあついじゅうたんは足音《あしおと》を吸《す》いこみ、不気味《ぶきみ》な雰囲気《ふんいき》をさらに高《たか》めている。

ベルはふと、それまでギリシャ・ローマ風《ふう》の彫像《ちょうぞう》のレプリカだと思《おも》っていたものが、神《かみ》や英雄《えいゆう》たちをかたどった彫像《ちょうぞう》ではないことに気《き》がついた。あれは、歯《は》をむき出《だ》して絶叫《ぜっきょう》する悪霊《あくりょう》たちだ。

ベルは、足《あし》を止《と》めて彫像《ちょうぞう》をじっと見《み》つめた。ずっとああだったのだろうか？　最初《さいしょ》にこの城《しろ》に来《き》たときから？　気《き》がつかなかっただけで？

よくあるタイプの天使《てんし》の彫像《ちょうぞう》でさえ、うなるように口《くち》を開《あ》け、怪物《かいぶつ》のような鋭《するど》い歯《は》をむき出《だ》しにしている。

ベルはあとずさりし、うしろにあったテーブルにぶつかった。

花瓶《かびん》の縁《ふち》が背中《せなか》に当《あ》たるのを感《かん》じて、押《お》さえようとあわてて振《ふ》り返《かえ》った。そのとたん、思《おも》わず息《いき》を呑《の》んだ。花瓶《かびん》が置《お》かれていたテーブルの脚《あし》が、よだれを垂《た》らす怪物《かいぶつ》になっていたのだ。支《ささ》えているものの重《おも》さに顔《かお》をゆがめて怒《おこ》っている。

〝ベル……〟

立《た》ち入《い》り禁止《きんし》だったあの西《にし》の塔《とう》に、何《なに》かがあるに違《ちが》いない。まだ何《なに》か見落《みお》としているものが。西《にし》の塔《とう》は、もはや立《た》ち入《い》り禁止《きんし》ではなかったが、だからといって真夜中《まよなか》に一人《ひとり》で行《い》きたいと思《おも》う場所《ばしょ》ではなかった。でも、あそこにはビーストがいる。ビーストでもいてくれるだけましだった。たとえ寝《ね》ているだけだとしても。

そう考《かんが》えると、少《すこ》し勇気《ゆうき》が出《で》た。

ベルは気力《きりょく》をふるいたたせようと、力強《ちからづよ》い足《あし》どりで前《まえ》に進《すす》んだ。

だが、階段《かいだん》を勢《いきお》いよくのぼりはじめたとき、ふと思《おも》った。

待《ま》って。自分《じぶん》の頭《あたま》が勝手《かって》につくりだしたもののために突《つ》き進《すす》むなんて、愚《おろ》かな娘《むすめ》以外《いがい》の何者《なにもの》でもないんじゃない？

急《きゅう》に、この城《しろ》のすべてがベルに重《おも》くのしかかってきた。あちこちから伸《の》びる影《かげ》のせいで、だんだんと巨大《きょだい》な檻《おり》のなかに入《はい》っていくような感《かん》じがする。ベルは、この城《しろ》の壁《かべ》が、象牙色《ぞうげいろ》のクモの巣《す》におおわれていることを思《おも》い出《だ》した。階段《かいだん》はまるでネズミを罠《わな》へと誘《さそ》う傾斜路《けいしゃろ》のようだ。パパがつくった、あのネズミ捕《と》りの傾斜《けいしゃ》だ。

ベッドに戻《もど》るか、あるいはまだ起《お》きている召《め》し使《つか》いを探《さが》したほうがいいのかもしれない……ベルはくるりときびすを返《かえ》した。

すると、階段《かいだん》の途中《とちゅう》に、全身《ぜんしん》ツタでできた像《ぞう》が立《た》っていた。まるで、はじめからそこにあったかのように。

ベルは恐怖《きょうふ》のあまり、悲鳴《ひめい》も出《で》なかった。思《おも》わずこぶしを口《くち》にあててかんだ。

ベルは像《ぞう》から目《め》を離《はな》さず、うしろ向《む》きに階段《かいだん》をのぼった。像《ぞう》はぴくりとも動《うご》かない。

ベルは喉《のど》の奥《おく》をふるわせて小《ちい》さな泣《な》き声《ごえ》のような音《おと》を出《だ》しながら、そのまま階段《かいだん》のてっぺんまであとずさり、もう段《だん》がないのにそこに足《あし》をかけようとしてよろめいた。なんとかバランスをとろうと勢《いきお》いよく着地《ちゃくち》すると、足首《あしくび》から背骨《せぼね》へと衝撃《しょうげき》が走《はし》りぬけた。思《おも》わず悲鳴《ひめい》をあげ、階段《かいだん》の上《うえ》に倒《たお》れこむ。ろうそくはしっかり握《にぎ》っていたので、どうにか落《お》とさずにすんだ。

ベルは像《ぞう》から目《め》を離《はな》したことに気《き》づいて、あわてて立《た》ちあがると、うしろを振《ふ》り返《かえ》った。

すると、像《ぞう》がすぐそこに迫《せま》っていた。

涙《なみだ》が出《で》てくる。

像《ぞう》は、すでに両腕《りょううで》をおろしている。ベルが引《ひ》き返《かえ》さないように、そこに立《た》ちふさがっているのだろう。

ベルは深呼吸《しんこきゅう》をして、ビーストのねぐらまでの三十《さんじっ》フィートを一気《いっき》に走《はし》りぬけた。ドアの奇怪《きかい》なブロンズの取《と》っ手《て》をつかんで開《あ》けようとしたとき、足《あし》の裏《うら》に鋭《するど》い痛《いた》みを感《かん》じた。大《おお》きなガラスの破片《はへん》が足《あし》に刺《さ》さっていた。破片《はへん》の縁《へり》に沿《そ》って血《ち》がゆっくりと流《なが》れ、したたり落《お》ちている。ベルは顔《かお》をしかめて手《て》を伸《の》ばし、足《あし》の裏《うら》から破片《はへん》を引《ひ》き抜《ぬ》いた。壁《かべ》にかかっている大《おお》きな鏡《かがみ》の破片《はへん》だろう。ビーストが割《わ》った鏡《かがみ》だ。きっと、そこに映《うつ》った自分《じぶん》の姿《すがた》を見《み》て割《わ》ったのだ。

ベルはろうそくをかかげてあたりを照《て》らしながら、鏡《かがみ》の残骸《ざんがい》を調《しら》べた。ベルは顔《かお》をしかめながら、近《ちか》くに寄《よ》ってじっと目《め》をこらした。

一枚《いちまい》の破片《はへん》には、金髪《きんぱつ》の女性《じょせい》が小《ちい》さな女《おんな》の子《こ》の手《て》を地面《じめん》の穴《あな》の上《うえ》に導《みちび》いて、種《たね》を落《お》とさせているところが映《うつ》っていた。

もう一枚《いちまい》の破片《はへん》には、同《おな》じ女性《じょせい》が、女《おんな》の子《こ》の頭《あたま》の上《うえ》に雪《ゆき》のように葉《は》っぱを降《ふ》らせているところが映《うつ》っている。

三枚目《さんまいめ》では、女性《じょせい》と女《おんな》の子《こ》が、おそろいの服《ふく》を着《き》てくるくる回《まわ》りながら笑《わら》っている……。

ベルの全身《ぜんしん》に衝撃《しょうげき》が走《はし》った。これは、ママとわたしだ。子《こ》どものころのわたしをぎゅっと抱《だ》きしめるママ。泣《な》きながら逃《に》げるわたしを追《お》いかけるママ。小《ちい》さなベッドの上《うえ》で、パパとママに抱《だ》きしめられているわたし……。

赤《あか》ん坊《ぼう》のころの光景《こうけい》もあった。家族《かぞく》でわたしの知《し》らない小《ちい》さなアパートで暮《く》らしている。バラの庭《にわ》はなく、背景《はいけい》には見覚《みおぼ》えのある不気味《ぶきみ》な城《しろ》がそびえていた。

もしかして、わたしはここに住《す》んでいたの？　この王国《おうこく》に？　パパとわたしは、この王国《おうこく》からいまの村《むら》に引《ひ》っ越《こ》したってわけ？　わたしが赤《あか》ん坊《ぼう》のときに？

何《なに》も覚《おぼ》えていない。自分《じぶん》とはまったく関係《かんけい》のないものを見《み》ているような――ビーストの魔法《まほう》の鏡《かがみ》で他人《たにん》の人生《じんせい》をのぞき見《み》ているような気分《きぶん》だった。ここに映《うつ》っているのは知《し》らない家族《かぞく》で、すべては別《べつ》の時代《じだい》にほかのだれかに起《お》こった出来事《できごと》のような気《き》がする。

「思《おも》い出《だ》せない」ベルはつぶやいた。「どうしてわたしは覚《おぼ》えていないの、ママ。これはいったいなんなの？」

その問《と》いに応《こた》えるかのように、突然《とつぜん》、すべての破片《はへん》が暗《くら》くなった。

そして、その暗闇《くらやみ》に一《ひと》つの顔《かお》が浮《う》かびあがった。傷《きず》だらけでやせこけた、ビーストよりもずっと恐《おそ》ろしい顔《かお》。でも少《すく》なくとも人間《にんげん》の顔《かお》ではあった。ずたずたに切《き》り裂《さ》かれ、血《ち》まみれの顔《かお》。傷《きず》をまぬがれた部分《ぶぶん》は、暗《くら》い影《かげ》にしずんでよく見《み》えない。

〝ベル……〟

その顔《かお》はしわがれた声《こえ》でそう言《い》うと、いきなりベルにとびかかってきた。

〝裏切《うらぎ》りものがいる……闇《ダーク》に近《ちか》づくな……闇《ダーク》から身《み》を守《まも》れ……〟

ベルはあとずさりして、悲鳴《ひめい》をあげた。

そのとき、大《おお》きなドアが開《あ》き、ビーストが現《あらわ》れた。毛《け》むくじゃらの腕《うで》に抱《かか》えあげられたベルは、ますます大《おお》きな悲鳴《ひめい》をあげ、足《あし》をめちゃくちゃに蹴《け》りだした。ビーストは蹴《け》られないように腕《うで》を伸《の》ばし、ベルを自分《じぶん》の体《からだ》から離《はな》して持《も》ちあげたまま、ベルの寝室《しんしつ》に向《む》かって歩《ある》きはじめた。

「いや！」ベルは叫《さけ》んだ。「あの部屋《へや》には帰《かえ》らないわ！　影《かげ》がいるの！　真《ま》っ暗《くら》なんだもの！」

暖炉《だんろ》の明《あ》かりも届《とど》かないあんな暗《くら》がりに、しゃべる洋服《ようふく》ダンスや影《かげ》といっしょに閉《と》じこめられて逃《に》げ出《だ》すこともできないなんて、あんまりだ。

ビーストはしばらく考《かんが》えてから、ついさっき自分《じぶん》がしばりあげられた書斎《しょさい》に、ベルを運《はこ》んだ。眠《ねむ》たげな召《め》し使《つか》いたちがあちこちから顔《かお》を出《だ》し、暖炉《だんろ》の火《ひ》をかきたてると、ビーストがベルを寝《ね》椅子《いす》に横《よこ》たえるのを興味津々《きょうみしんしん》で見守《みまも》った。

「さあ、これを飲《の》んでくださいな」

ポット夫人《ふじん》が言《い》った。あら、毛糸《けいと》のカバーなんかつけちゃって。ベルはぼんやりと思《おも》った。まるでナイトガウンを着《き》てるみたい……。差《さ》し出《だ》されたカップはチップではなく、なかの液体《えきたい》は紅《こう》茶《ちゃ》ではなかった。

「いやよ、飲《の》まないわ」

「マ・シェリ」ルミエールがやさしく言《い》った。「飲《の》まないのですか？　毒《どく》を盛《も》る気《き》なら、もっと早《はや》くにそうしていますよ」

泥《どろ》が詰《つ》まったような頭《あたま》で考《かんが》えてみても、その言葉《ことば》はまったくそのとおりだ。そしてベルは、自《じ》分《ぶん》のしていることがいかにばかげているかに気《き》がついた。いまの自分《じぶん》は、あの意地悪《いじわる》な〝友《とも》だち〟の一人《ひとり》みたいにヒステリックだ。

ベルはカップを手《て》にとって、一息《ひといき》に飲《の》み干《ほ》した。

「あわてないで。かわいいひと《モン・プティ・シュー》」ろうそく台《だい》はクスクス笑《わら》っている。ベルは咳《せき》こむこともなければ、むせることもなかった。熱《あつ》い炎《ほのお》のような液体《えきたい》が胃《い》に流《なが》れこみ、全身《ぜんしん》にぬくもりが広《ひろ》がった。ようやく気持《きも》ちが落《お》ちついてきた。コグスワースの顔《かお》が刻《きざ》むチクタクという音《おと》も、気分《きぶん》をなだめてくれた。ベルはふたたび、拒《こば》んでいた眠《ねむ》りへといざなわれていった。

「行《い》かないで！」眠《ねむ》りに落《お》ちる寸前《すんぜん》、ベルはささやくように言《い》った。だれかにそばにいてほしかった。たとえ、それがビーストでも。

23　圧巻《あっかん》の図書館《としょかん》にて

書斎《しょさい》には窓《まど》がなかったので朝日《あさひ》が入《はい》らなかった。城《しろ》の外壁《がいへき》をおおいつくす、気味《きみ》の悪《わる》いごつごつとしたクモの巣《す》が見《み》えることもなかった。

暖炉《だんろ》の火《ひ》は穏《おだ》やかな橙色《だいだいいろ》に輝《かがや》いている。影《かげ》も息《いき》をひそめていた。だれかがかけてくれたのだろうか、ベルの体《からだ》は羽布団《はねぶとん》に包《つつ》まれ、頭《あたま》の下《した》にはきちんと枕《まくら》が敷《し》かれていた。あんなことがあったとは思《おも》えないくらい心地《ここち》よく、ベルは布団《ふとん》のなかでまどろんでいた。安《やす》らかな気持《きも》ちだった。

ベルは足《あし》を引《ひ》き寄《よ》せて傷《きず》を確《たし》かめた。

あった。

全部現実《ぜんぶげんじつ》だったんだ。

ベルはごしごし顔《かお》をこすった。ママは死《し》んでいるの？　死《し》んでこのお城《しろ》にとりついているとか？　それで、思《おも》いや記憶《きおく》がここに残《のこ》っているということ？

鏡《かがみ》の破片《はへん》に映《うつ》っていたのは、幸《しあわ》せな母娘《おやこ》のお手本《てほん》のような光景《こうけい》ばかりではなかった。けんかをしている場面《ばめん》もあれば、とりたてて何《なに》もしていないような場面《ばめん》もあった。破片《はへん》が小《ちい》さすぎて細《こま》かいところまでは見《み》えなかったが、それでも、顔《かお》をしかめていたり、髪《かみ》が乱《みだ》れていたりするママのようすはわかった。

それに、あの家《いえ》はいったいなんだったの？　わたしの知《し》らない小《ちい》さなアパート。この城《しろ》の近《ちか》くのどこかにあるのだろうか？　破片《はへん》に映《うつ》っていた光景《こうけい》が、ベルが失《うしな》った記憶《きおく》の断片《だんぺん》であるのは間《ま》違《ちが》いない。

いったい何《なに》が起《お》こったのだろう？

ベルは立《た》ちあがり、暖炉《だんろ》に歩《あゆ》みよると、火掻《ひか》き棒《ぼう》を手《て》にした。そして、嘆願《たんがん》するようにひざまずき、軽《かる》く炭《すみ》を突《つ》いた。部屋《へや》を暖《あたた》めたいというより、とにかく何《なに》かをしていたかったのだ。

不意《ふい》に、ある思《おも》いが意識《いしき》に浮《う》かびあがってくるのを感《かん》じた。もどかしい、遠《とお》い昔《むかし》に捨《す》てたはずの思《おも》いだ。

どうしてわたしにはママがいないの？　ママはどこに行《い》ってしまったの？

もしかして、もしかしたらだけど、ほんとうはわたしも母親《ははおや》が欲《ほ》しかったのかもしれない。ほんの少《すこ》しだけ。

髪《かみ》をとかしてもらうのは、パパでもママでもたいした違《ちが》いはないはずだ。それでもやっぱり、まったく同《おな》じではないのだ。

「おはよう、お嬢《じょう》さん」

ポット夫人《ふじん》が、ふつふつと湯気《ゆげ》を立《た》てながら踊《おど》るように入《はい》ってきた。うしろからコグスワースが、朝食《ちょうしょく》をのせたワゴンを押《お》して入《はい》ってくる。ホットチョコレートに焼《や》き菓子《がし》、おいしそうな香《かお》りのベーコン、深皿《ふかざら》に入《はい》った温《あたた》かいコンポートなど。

「まあ、そんなところで何《なに》をしているんです？ 灰《はい》だらけになって」ポット夫人《ふじん》がクスクス笑った。「それはジェイムズの仕事《しごと》よ！ さあ、立《た》って。すてきなスリップが台無《だいな》しだわ！」

ベルは不思議《ふしぎ》に思《おも》った。わたしが目《め》を覚《さ》ましたのが、どうしてわかったんだろう？ 部屋《へや》に何《なに》かがひそんでいて、テレパシーみたいに家《いえ》じゅうにメッセージを伝《つた》えるとか？ それとも、優秀《ゆうしゅう》な召《め》し使《つか》いにはそういう本能《ほんのう》がそなわっているのかしら。

どちらにしても、もう少《すこ》し一人《ひとり》でいたかった。

でも、ベーコンの香《かお》りは食欲《しょくよく》をそそる。

「お召《め》しものをお持《も》ちしました」羽《はね》ばたきのメイドが、羽《はね》のスカートを軽《かろ》やかにひるがえして入《はい》ってくると、洗濯《せんたく》ずみでアイロンまでかかったエプロンドレスを差《さ》しだした。「洋服《ようふく》ダンスが……きっとそれをお召《め》しになりたいだろうと」

「ありがとう」ベルは礼儀《れいぎ》正《ただ》しく言《い》った。「昨夜《さくや》はごめんなさい……」

「何《なに》言《い》ってるの」ポット夫人《ふじん》がくるりと振《ふ》り返《かえ》った。「呪《のろ》われた城《しろ》の最初《さいしょ》の晩《ばん》だったのよ！　だれもあなたを責《せ》めたりはできないわ」

三《みっ》つの小《ちい》さな物《もの》たちが、期待《きたい》に満《み》ちた目《め》で見上《みあ》げてくる。まだだめだ。みんなの相手《あいて》ができるほど目《め》が覚《さ》めてもいないし、元気《げんき》でもない。

「ちょっと……着替《きが》えたいんだけど」

ベルはやんわりと言《い》った。

「どうぞ、どうぞ！」

コグスワースがあわてて答《こた》えた。そして、つんのめるようにお辞儀《じぎ》をすると、じりじりとあとずさっていく。

「何《なに》かご用《よう》があったら言《い》ってくださいね」ポット夫人《ふじん》は、行《い》くわよ、というように注《つ》ぎ口《くち》でメイドに合図《あいず》をした。

みんなが書斎《しょさい》を出《で》ていくと、ベルはため息《いき》をついた。ずっとこんな調子《ちょうし》なのかしら。ベーコンを持《も》ってくるだけで、この騒《さわ》ぎ？　これじゃ、前《まえ》に読《よ》んだフランス王妃《おうひ》のお話《はなし》みたい。召《め》し使《つか》いと側近《そっきん》たちが、毎朝《まいあさ》、王妃《おうひ》に下着《したぎ》をお持《も》ちする栄《は》えある権利《けんり》を奪《うば》い合《あ》っているあいだ、王妃《おうひ》はベッドでふるえていたというお話《はなし》だ。

ベルはすばやく服《ふく》を着替《きが》えた。またいつ邪魔《じゃま》が入《はい》るかわからない。

ホットチョコレートを注《そそ》いで、クロワッサンをかじりかけたとき、獣《けもの》の肉厚《にくあつ》な手《て》で叩《たた》くようなノックの音《おと》がした。それからドアが少《すこ》しだけ開《ひら》いた。

「入《はい》っても……いいかな？」

ビーストが遠慮《えんりょ》がちに言《い》った。

「どうぞ」

ベルは、それがビーストであることにほっとしている自分《じぶん》に驚《おどろ》いていた。ビーストもこの状況《じょうきょう》もまったくふつうじゃないのに……それに、部屋《へや》に監禁《かんきん》されて、好感《こうかん》なんて抱《いだ》きようがないはずなのに。皮肉《ひにく》にも、ビーストには召《め》し使《つか》いたちよりも人間《にんげん》らしいところがあった。

「もう……大丈夫《だいじょうぶ》か？」

ビーストはぶっきらぼうに言《い》うとあたりを見《み》まわした。

「ええ、ありがとう。毎晩《まいばん》こんなことにならないといいけど。ここにずっといなくちゃいけないのに。ホットチョコレートはいかが？」

「いや、けっこう」

ビーストはあまり長《なが》いあいだじっとしていられないようだった。椅子《いす》のほうに歩《ある》いて行《い》って腰《こし》をおろしたが、もぞもぞと落《お》ちつきがなく、暖炉《だんろ》の火《ひ》を見《み》つめていたかと思《おも》うと、また立《た》ちあがった。

「外《そと》に出《で》て、獲物《えもの》を狩《か》りたい」ビーストは白状《はくじょう》した。「でも、できないんだ」

ビーストの獣《けもの》じみた習性《しゅうせい》に気《き》づかされ、ベルは胃《い》がせりあがるのを感《かん》じた。だが、その感覚《かんかく》も次《つぎ》の言葉《ことば》でどこかに吹《ふ》き飛《と》んだ。

「とうとうすべての門《もん》がふさがれてしまった。もう外《そと》には出《で》られない」

閉《と》じこめられた！

ベルは、鼓動《こどう》が乱《みだ》れ、ドクドクと高鳴《たかな》りはじめるのを感《かん》じた。ビーストをお城《しろ》に連《つ》れて帰《かえ》ることにしたために、自分《じぶん》の運命《うんめい》まで閉《と》ざしてしまったのだ。永遠《えいえん》に。

つばを呑《の》んで自分《じぶん》に言《い》い聞《き》かせる。落《お》ちついて。パニックになっても何《なに》も解決《かいけつ》しない。ベルはゆっくりと寝椅子《ねいす》に戻《もど》り、きちんとたたまれた羽布団《はねぶとん》の隣《となり》に腰《こし》をおろした。

「昨夜《さくや》、不思議《ふしぎ》なものを見《み》たの」

ビーストは何《なに》も言《い》わず、眉《まゆ》をつりあげた。

「もしかして……ひょっとしたらだけど、ママはわたしに何《なに》かを伝《つた》えようとしているんじゃないかと思《おも》う。生《い》きているのか、死《し》んでいるのかわからないけど、ママの分身《ぶんしん》のようなものが、わたしと接触《せっしょく》しようとしてる。警告《けいこく》してるのよ。その呪《のろ》いや……ほかのものを通《とお》して。裏切《うらぎ》りとか、そういうことを言《い》ってたわ。あと、闇《ダーク》に近《ちか》づくな、とも」

気味《きみ》の悪《わる》い話《はなし》をしているのに、ビーストは顔《かお》をぱっと輝《かがや》かせた。

「きみの母親《ははおや》は、まだ生《い》きてるのか？」

「昨日《きのう》の晩《ばん》までは、死《し》んでるなんて思《おも》ったことなかったわ。出《で》て行《い》っただけだと思《おも》ってたから」

そうだ、たしかにそう思《おも》っていた。幼《おさな》いベルには、母親《ははおや》が死《し》んだと言《い》っておくほうが話《はなし》は簡単《かんたん》だったはずだ。悲《かな》しい話《はなし》だけど、そのほうが手《て》っとり早《ばや》い。母親《ははおや》のいないかわいそうな娘《むすめ》。村人《むらびと》たちは娘《むすめ》に同情《どうじょう》し、娘《むすめ》があれこれ調《しら》べることもない。

「わたしたち、このあたりに住《す》んでたみたい」しばらくしてベルは言《い》った。「この王国《おうこく》に。わたしが赤《あか》ん坊《ぼう》のころ。上《うえ》にある割《わ》れた鏡《かがみ》で見《み》たの。小《ちい》さいときにどこかから村《むら》に引《ひ》っ越《こ》したのはたしかよ。だから……つじつまは合《あ》う」

ビーストはじっとベルを見《み》つめていた。「それで？」

「つまり……呪《のろ》いをかけたり、魔法《まほう》のバラや鏡《かがみ》を使《つか》ったりするぐらい強力《きょうりょく》な魔女《まじょ》だったら、ここでは、この……おかしな王国《おうこく》では、かなり有名《ゆうめい》だったはずよ。もし、このあたりに住《す》んでいたとしたらね。もっとママのことを知《し》ることができたら、何《なに》か役《やく》に立《た》つかもしれない。だれかに裏切《うらぎ》られて、あなたに呪《のろ》いをかけたのかしら？　それがわかったら、母《はは》の魂《たましい》をなぐさめるとか、そういうことができるのかもしれない。だれか相談《そうだん》できる人《ひと》がいたらいいんだけど。せめて、わたしが住《す》んでいた家《いえ》を調《しら》べられたら……こんなところに閉《と》じこめられてたら、何《なに》もできやしない……」

ベルはいらだちのあまり、ワゴンに勢《いきお》いよく手《て》をついた。皿《さら》やフォークがガチャガチャ鳴《な》った。

ビーストは目《め》を見開《みひら》き、びくりと身《み》を引《ひ》いた。

「どうやって真相《しんそう》を知《し》ればいいの……なんの手立《てだ》てもないのに」

ビーストは考《かんが》えこんだ。毛皮《けがわ》におおわれた巨大《きょだい》な頭《あたま》のなかで、歯車《はぐるま》が回《まわ》りはじめるのが見《み》えた気《き》がした。

「本《ほん》……じゃ、ダメか？」

しばらくして、ビーストはためらいがちに言《い》った。

ベルが目《め》をぱちくりさせる。

「この王国《おうこく》の国民《こくみん》のことが書《か》かれた本《ほん》だ。歴史《れきし》の本《ほん》だよ」興奮《こうふん》しているのか、ビーストの声《こえ》が熱《ねつ》を帯《お》びてきた。「言《い》い伝《つた》えとか……記録《きろく》とか」

「いいと思《おも》うわ。でも、どこにそんな本《ほん》があるの？」

「図書館《としょかん》さ」

ビーストは、肩《かた》をすくめて背後《はいご》を指《ゆび》さした。あまりに何気《なにげ》ない、人間《にんげん》っぽいしぐさに、ベルは不意《ふい》をつかれた。

それから、ようやく言葉《ことば》の意味《いみ》を理解《りかい》した。

「図書館《としょかん》……」ルミエールとコグスワースが、立《た》ち入《い》り禁止《きんし》の西《にし》の塔《とう》に行《い》かせまいとしたときの言葉《ことば》を思《おも》い出《だ》しながら、ベルはつぶやいた。「そうよ、図書館《としょかん》があるじゃない！」

「信《モン》じ《・》ら《デ》れ《ュ》な《ゥ》い」

ベルは、しばらくのあいだ、戸口《とぐち》で立《た》ちつくしていた。

ビーストはわきに寄《よ》り、足《あし》もとを照《て》らすためにルミエールをかかげながら、紳士《しんし》らしくドアを押《お》さえていた。ベルがなかに入《はい》ろうとしないので、ビーストもルミエールも不思議《ふしぎ》そうにしている。

部屋《へや》の向《む》こう端《はし》までは、まるで何《なん》マイルもあるかのように見《み》えた。そちらには大《おお》きな暖炉《だんろ》があり、色鮮《いろあざ》やかな風景画《ふうけいが》が何枚《なんまい》も飾《かざ》られている。綿《わた》がたっぷり詰《つ》まったビロード張《ば》りの読書椅子《どくしょいす》や、大型本《おおがたぼん》を広《ひろ》げるための低《ひく》いテーブルもあった。

そこから、いま立《た》っている戸口《とぐち》まで……本《ほん》、本《ほん》、本《ほん》。本《ほん》でいっぱいだった。

床《ゆか》から信《しん》じられないくらい高《たか》い天井《てんじょう》までぎっしりだ。

三階分《さんがいぶん》すべてが本《ほん》で埋《う》めつくされていた。

本棚《ほんだな》のそばには金色《きんいろ》のバルコニーとエレガントな階段《かいだん》があり、上《うえ》のほうにある本《ほん》もとりにいけるようになっている。ベルは棚《たな》を数《かぞ》えはじめたが、二十《にじゅう》まで数《かぞ》えたところであきらめた。

薄暗《うすぐら》く不吉《ふきつ》な気配《けはい》に満《み》ちた城《しろ》のほかの場所《ばしょ》と違《ちが》って、図書館《としょかん》はまばゆいほど明《あか》るかった。床《ゆか》には真珠《しんじゅ》のような象眼《ぞうがん》がほどこされ、壁《かべ》は白《しろ》と金《きん》の漆喰《しっくい》。細窓《さいまど》からさしこんだ光《ひかり》が銀張《ぎんば》りの天井《てんじょう》にぼんやりと映《うつ》っている。たっぷりとしたカーテンの向《む》こうにはベンチがあり、だれにも邪魔《じゃま》されずに読書《どくしょ》に集中《しゅうちゅう》できるようになっていた。

「すごい！」

ベルはようやくなかに足《あし》を踏《ふ》み入《い》れたが、圧倒《あっとう》されてくらくらした。

「なんて……なんて言《い》えばいいの？　大学《だいがく》みたい！　パリの図書館《としょかん》みたい！　まるで……」

ビーストは足《あし》をもぞもぞと動《うご》かして、初《はじ》めて目《め》にしたように部屋《へや》をぐるりと見《み》まわした。

「城《しろ》の図書館《としょかん》、だろ？」

からかってるの？　ベルはじっとビーストを見《み》つめたが、その獣《けもの》らしい顔《かお》に浮《う》かぶ表情《ひょうじょう》は読《よ》めなかった。でも、ちょっと目《め》が笑《わら》っているような？

「魔法《まほう》の鏡《かがみ》なんて目《め》じゃないわ。わたしがここの住人《じゅうにん》だったら、ずっとここで本《ほん》を読《よ》んで過《す》ごすわね」

「ただの本《ほん》じゃないか……」

ビーストは前足《まえあし》でそっと壁付《かべつ》き燭台《しょくだい》に火《ひ》を灯《とも》すと、ルミエールを床《ゆか》に置《お》いて解放《かいほう》した。

「ただの本《ほん》ですって？　それってアレクサンドリアをただの図書館《としょかん》だっていうようなものよ」ベルは一番近《いちばんちか》い棚《たな》に走《はし》っていくと、首《くび》をかしげてタイトルを読《よ》んだ。「わかってないのね。どのくらいわかってないのか知《し》らないけど。ほら、これは古代《こだい》ギリシャの天文学《てんもんがく》の教科書《きょうかしょ》よ……その横《よこ》には、ガリレオ・ガリレイの著書《ちょしょ》が全部《ぜんぶ》そろってる！　この棚《たな》には恒星《こうせい》とか惑星《わくせい》の本《ほん》、宇宙《うちゅう》についての本《ほん》が置《お》かれてるのね！」

ビーストは、決《き》まり悪《わる》そうに首《くび》のうしろをかいた。

ベルは一冊《いっさつ》の本《ほん》を手《て》にとって戻《もど》ってくると、ビーストに突《つ》きつけた。「この、コペルニクスっていう人《ひと》が現《あらわ》れるまでは、みんな、宇宙《うちゅう》は地球《ちきゅう》のまわりを回《まわ》ってるって思《おも》っていたのよ。自分《じぶん》たちが宇宙《うちゅう》の中心《ちゅうしん》にいるんだって」そう言《い》うとベルはパラパラと本《ほん》をめくって、版画《はんが》がのっているページを開《ひら》いた。惑星《わくせい》とその軌道《きどう》が描《えが》かれ、それぞれの惑星《わくせい》の下《した》には小《ちい》さくその名前《なまえ》と軌道《きどう》の長《なが》さが記《しる》されている。「いま、わたしたちが、地球《ちきゅう》のまわりを回《まわ》っているのが月《つき》だけだって知《し》っているのは、コペルニクスやティコ・ブラーエやケプラーのような人《ひと》たちのおかげなの」

「本《ほん》にそういうことが書《か》いてあるのか？」

ビーストは、ベルの手《て》から本《ほん》をとるとページをめくった。

「本《ほん》には、ほとんどすべてのことが書《か》かれてるわ。人類《じんるい》が知《し》っていることや想像《そうぞう》したことはなんでも」少《すこ》し間《ま》があってから、ベルは付《つ》けくわえた。「わたしが育《そだ》ったのは小《ちい》さな村《むら》だから、本《ほん》がなかったら、ちゃんと大人《おとな》になれなかったと思《おも》う。あの村《むら》では、人生《じんせい》も……そう……ちっぽけなの。田舎《いなか》くさくて。おんなじ人《ひと》たちに……おんなじ噂話《うわさばなし》、おんなじ食事《しょくじ》……いっつも同《おな》じ……。本《ほん》を読《よ》んで、川《かわ》の向《む》こうには──わたしとパパをばかにする人《ひと》たちが暮《く》らす村《むら》の向《む》こうには、別《べつ》の世界《せかい》があることを知《し》ったのよ。そこには、科学者《かがくしゃ》とか、作家《さっか》とか、探検家《たんけんか》とか、魅力的《みりょくてき》な人《ひと》たちがいて……わくわくするような人生《じんせい》を生《い》きているんだって……。あなたには魔法《まほう》の鏡《かがみ》があったから、このお城《しろ》の外《そと》の世界《せかい》を見《み》ることができた。わたしには本《ほん》があった。本《ほん》を読《よ》むのは、別《べつ》の世《せ》界《かい》を旅《たび》するのと似《に》ている。別《べつ》の人間《にんげん》になって別《べつ》の人生《じんせい》を生《い》きることができる。そうすると、生《い》きるのがそれほどつらいものでもさびしいものでもなくなるのよ」

ビーストは本《ほん》をパラパラとめくって眉《まゆ》をひそめた。

「教育係《きょういくがかり》がときどきわたしに読《よ》んで聞《き》かせたものだが、読書《どくしょ》は好《す》きになれなかった。狩《か》りに行《い》ったり馬《うま》に乗《の》ったりするほうが性《しょう》に合《あ》っていたんだ。知《し》らなかったな……本《ほん》にそんな力《ちから》があったとは」

そして、なんとも言《い》えない表情《ひょうじょう》を浮《う》かべて、ベルを見《み》た。

「生《い》きるのがつらくてさびしかったのか？」

「ええ」ベルはなんだか急《きゅう》に恥《は》ずかしくなって、本《ほん》を棚《たな》に戻《もど》した。

ビーストは、腑《ふ》に落《お》ちないという顔《かお》でベルをじっと見《み》つめていた。そうしていればベルの人生《じんせい》の秘密《ひみつ》がわかるとでもいうように。

「ここに来《き》たのは、母《はは》のことを――魔女《まじょ》のことを調《しら》べるためじゃなかったかしら？」

ベルは精《せい》いっぱいしかつめらしい顔《かお》をつくって、ずらりと並《なら》んだ本《ほん》の背《せ》に指《ゆび》を走《はし》らせた。ほこりっぽいが、ほこりまみれというほどではない。小《ち》さな召《め》し使《つか》いたちが、掃除《そうじ》のついでにときどきここにも寄《よ》っているのだろう。いつか、本《ほん》を愛《あい》する人《ひと》がやってくる日《ひ》を夢見《ゆめみ》て……。

ここには、魔法《まほう》のかかった本《ほん》もいるのだろうか？　考《かんが》えただけでわくわくする！　そんな本《ほん》たちが手伝《てつだ》ってくれたら、きっと助《たす》かるだろう。いまのままではどんな本《ほん》がどこに並《なら》んでいるのかさえよくわからない。本棚《ほんだな》には見出《みだ》しらしいものがなく、案内《あんない》してくれるムッシュ・レヴィもここにはいない。

「ダメだ、何《なに》も見《み》つからない！」数分《すうふん》とたたないうちに、ベルの気持《きも》ちを代弁《だいべん》するかのようにビーストがうめいた。ベルのいるところからビーストの姿《すがた》は見《み》えなかったが、くしゃみの音《おと》がすると、そこらじゅうの本棚《ほんだな》がガタガタとゆれた。ベルが立《た》っていたはしごもゆれた。

「うーんと、そうねえ……。歴史《れきし》の本《ほん》はないかしら……たとえば……昔《むかし》の国王《こくおう》の系図《けいず》とか、戦記《せんき》とか、国土分割史《こくどぶんかつし》とか。それか、教会関係《きょうかいかんけい》の資料《しりょう》はない？　教会《きょうかい》は独自《どくじ》に記録《きろく》を残《のこ》していたりするから」

「そんなものはないな。〝じ・ん・こ・う・ちょ・う・さ〟なんとかっていうのが並《なら》んでいる棚《たな》はあるが」

ベルは動《うご》きを止《と》めた。

ビーストはしばらく黙《だま》っていた。

「ああ」ようやくビーストが声《こえ》をあげた。「これか」

24 消《け》された記憶《きおく》

十分後《じっぷんご》、二人《ふたり》は居心地《いごこち》のいい暖炉《だんろ》の前《まえ》に移動《いどう》していた。少《すこ》し前《まえ》に呼《よ》び鈴《りん》を鳴《な》らしてルミエールを呼《よ》び、無愛想《ぶあいそう》な火掻《ひか》き棒《ぼう》といっしょに暖炉《だんろ》に火《ひ》をおこしてもらった。ビーストの両親《りょうしん》の時代《じだい》以前《ぜん》に定《さだ》められた法律《ほうりつ》によって、図書館《としょかん》でものを食《た》べることは禁《きん》じられていたが、ポット夫人《ふじん》の勧《すす》めでお茶《ちゃ》が、そしてルミエールの勧《すす》めでスパイス入《い》りのワインの大瓶《おおびん》が運《はこ》びこまれていた。

二人《ふたり》のまわりには、大《おお》きな古書《こしょ》の山《やま》がいくつもできていた。ビーストは、読《よ》むのは速《はや》くなかったが力《ちから》があるので、本《ほん》をとりにいくたびに、何百《なんびゃく》ページもある記録《きろく》を山《やま》ほど抱《かか》えて戻《もど》ってきた。

しばらくのあいだ、二人《ふたり》は集《あつ》めてきた本《ほん》を黙々《もくもく》とめくっていた。ベルは顔《かお》を上《あ》げるたびに、信《しん》じられない思《おも》いでいっぱいになった。奇怪《きかい》で恐《おそ》ろしげな姿《すがた》をした巨大《きょだい》なビーストが、本《ほん》におおいかぶさるようにして、文字《もじ》にかぎ爪《づめ》を走《はし》らせ、口《くち》をもごもご動《うご》かしている。鼻眼鏡《はなめがね》をかけたビーストの姿《すがた》がおかしくて、噴《ふ》き出《だ》さないようにするのが大変《たいへん》だった。

実際《じっさい》、ビーストはかなり苦労《くろう》していたようだ。

さまざまな座《すわ》り方《かた》を試《ため》し（背《せ》もたれに足《あし》を引《ひ》っかけて逆《さか》さまになってみたりもした）、何度《なんど》もお茶《ちゃ》を飲《の》んで休憩《きゅうけい》し、あくびをしては、ストレッチの時間《じかん》だとか運動《うんどう》の時間《じかん》だとか言《い》いだし、ネズミのにおいがすると言《い》って追《お》いかけようともした。

そればかりか、足《あし》でトントンと床《ゆか》を踏《ふ》み鳴《な》らしたり、耳《みみ》をもぞもぞ動《うご》かしたり、あげくの果《は》てに、部屋《へや》じゅうをきょろきょろ見《み》まわして（目《め》の前《まえ》の本《ほん》だけは見《み》ていなかったが）、耳《みみ》ざわりな鼻歌《はなうた》まで歌《うた》いだした。

「しーっ」ベルはそっとたしなめた。

「失礼《しつれい》」ビーストはばつが悪《わる》そうに言《い》った。

じつのところ、ベルが読《よ》んでいる本《ほん》も驚《おどろ》くほど退屈《たいくつ》だった。

「どうして母親《ははおや》を探《さが》さなかったんだ？」ものの一分《いっぷん》もしないうちに、ビーストが言《い》った。

ベルは、顔《かお》にかかったほつれ毛《げ》をふっと吹《ふ》き払《はら》った。

「理由《りゆう》はないわ。ママがいなくなったのは、わたしがまだ物心《ものごころ》もついてないときよ。ずっとパパと二人《ふたり》きりだったし、それでなんの問題《もんだい》もなかったから」

だがその口《くち》ぶりは、自分《じぶん》で聞《き》いていてもわざとらしく、元気《げんき》がなかった。

あの晩《ばん》に見《み》た幻《まぼろし》や、鏡《かがみ》に映《うつ》っていた光景《こうけい》は、いままでの世界《せかい》にまったく別《べつ》の意味《いみ》を与《あた》えた。ずっと押《お》し殺《ころ》して心《こころ》の奥《おく》にしまっていた疑問《ぎもん》が引《ひ》っ張《ぱ》り出《だ》されたのだ。

ママはわたしを愛《あい》していなかったの？

もちろん、愛《あい》してはいたと思《おも》う。あの幻《まぼろし》のなかのママだって、たまにイライラしたようすは見《み》せていたものの、とても愛情深《あいじょうぶか》い母親《ははおや》に見《み》えた。

じゃあ、どうしていなくなったの？　片田舎《かたいなか》の小《ちい》さな村《むら》は、偉大《いだい》な魔女《まじょ》には物足《ものた》りなかったのだろうか。魅力的《みりょくてき》で強力《きょうりょく》な魔女《まじょ》には、魔法《まほう》をかけたり、呪《のろ》いを送《おく》ったりするのに、もっとふさわしい舞台《ぶたい》があったのだろうか。

それとも、わたしと同《おな》じように別《べつ》の世界《せかい》に行《い》って、冒険《ぼうけん》がしたかったんだろうか。

ビーストは身《み》を乗《の》りだして、まるで従順《じゅうじゅん》な犬《いぬ》のように、考《かんが》えに合《あ》わせてくるくると移《うつ》り変《か》わるベルの表情《ひょうじょう》を見《み》つめながら、答《こた》えを待《ま》っていた。

「わたし、ママの記憶《きおく》を消《け》されたんじゃないかと思《おも》うの」ベルは考《かんが》えこむように言《い》った。「ママに関係《かんけい》することはすべて忘《わす》れ去《さ》られてるみたいなのよ。魔法《まほう》のせいじゃないかしら。あなたの王《おう》国《こく》や、あなたが忘《わす》れ去《さ》られているように」

「そういえば……呪《のろ》いの最後《さいご》に魔女《まじょ》はこう言《い》ったんだ。『このバラの最後《さいご》の花《はな》びらが散《ち》ってしまうまでに、だれかを心《こころ》から愛《あい》し、相手《あいて》にも愛《あい》されなければ、おまえも、おまえの城《しろ》も召《め》し使《つか》いたちも、すべて永遠《えいえん》に呪《のろ》われ、忘《わす》れ去《さ》られることになるだろう』」

ビーストがこんなに長《なが》くしゃべったのは初《はじ》めてだ。思《おも》い出《だ》すのがつらいのかぎゅっと目《め》をつぶったまま、一言一句《いちごんいっく》そらんじて見《み》せた。

ベルの胸《むね》がズキンと痛《いた》んだ。たしかに、ビーストはパパを独房《どくぼう》に放《ほう》りこんだ。でも……お互《たが》いにこの状況《じょうきょう》を受《う》け入《い》れてからは、ビーストが怪物《かいぶつ》らしい態度《たいど》を見《み》せたことはない。小《ちい》さな子《こ》どもに呪《のろ》いをかけるほどに魔女《まじょ》を怒《おこ》らせたのは、いったいなんだったのだろう。

だいたい、十一歳《じゅういっさい》の子《こ》どもに、愛《あい》のなんたるかがわかるのだろうか？

沈黙《ちんもく》が続《つづ》いた。やがてビーストは目《め》を開《あ》けて、また本《ほん》を調《しら》べはじめた。ベルも本《ほん》に目《め》を戻《もど》した。

「なあ、ベル、これ」しばらくするとビーストは、かぎ爪《づめ》でベルの膝《ひざ》をつついて言《い》った。「な、何《なに》？」本《ほん》に没頭《ぼっとう》していたベルは、ぎょっとして声《こえ》を荒《あら》らげた。

ビーストはおずおずと言《い》った。「たぶん、これ、魔女《まじょ》のことじゃないかと思《おも》うんだが」

「見《み》せて。すごいわ」

ビーストはこほんと咳払《せきばら》いをすると、本《ほん》を手《て》にとり、かぎ爪《づめ》でそっと文字《もじ》をなぞりながら読《よ》みあげた。

「……〝そして、パーソンズロックの町《まち》の西端《せいたん》にある、長年《ながねん》かれていた泉《いずみ》は、地元《じもと》の有名《ゆうめい》な魔法《まほう》使《つか》いの女性《じょせい》の手《て》によって、こんこんと水《みず》がわきでる豊《ゆた》かな姿《すがた》をとりもどしました。そのあたりで最《もっと》も強力《きょうりょく》な魔女《まじょ》だと言《い》われていた彼女《かのじょ》は、その仕事《しごと》を引《ひ》き受《う》けてほしいと懇願《こんがん》されたのです。人々《ひとびと》は口《くち》をそろえてこう言《い》いました。彼女《かのじょ》の類《たぐい》まれな魔力《まりょく》をしのぐものは、その美貌《びぼう》しかないと。その金色《きんいろ》の髪《かみ》と緑《みどり》の瞳《ひとみ》を見《み》て、彼女《かのじょ》のことを天使《てんし》と呼《よ》ぶ者《もの》もいたほどです〟……」

「どうだ？」ビーストは興奮《こうふん》した口調《くちょう》で言《い》った。「金色《きんいろ》の髪《かみ》と緑《みどり》の瞳《ひとみ》。間違《まちが》いないだろう！」

「すごいわ！」ベルは満面《まんめん》の笑《え》みで言《い》った。「ほかにはなんて書《か》いてあるの？」

ビーストは、その先《さき》に目《め》を走《はし》らせたが、いきなり顔《かお》を曇《くも》らせた。「それだけだ。あとは、妖精《ようせい》や森《もり》の人《ひと》たちや都会《とかい》の医者《いしゃ》より腕《うで》がいい呪術医《じゅじゅつい》の話《はなし》ばかりだ。いろいろ混《ま》ざってる……おもしろそうな地元《じもと》の伝説《でんせつ》や著名《ちょめい》な人物《じんぶつ》の話《はなし》を集《あつ》めたんだろう。でも、少《すく》なくともここの人間《にんげん》は、どの話《はなし》もほんとうにあったことだと知《し》っているがな。わたしが生《う》まれたころにはよくあった話《はなし》だ」

「え……ちょっと待《ま》って……じゃあ」ベルは頭《あたま》がくらくらしてきた。「ママ以外《いがい》にも、魔女《まじょ》以外《いがい》にも……このあたりに……妖精《ようせい》なんかがいたわけ？」

「ああ」ビーストは肩《かた》をすくめて言《い》った。「それほど多《おお》くはなかっただろうが。でも危険《きけん》な連中《れんちゅう》だと思《おも》う。両親《りょうしん》が、どうにかして連中《れんちゅう》を追《お》い払《はら》いたいと話《はな》していたのは覚《おぼ》えてる」

それを聞《き》いて、ベルは、なんて残酷《ざんこく》で野蛮《やばん》なことを言《い》うのだろうと思《おも》った。妖精《ようせい》を追《お》い払《はら》いたいだなんて。こっちは、ずっと妖精《ようせい》に会《あ》いたくて、妖精《ようせい》のことが書《か》いてある本《ほん》を、片《かた》っ端《ぱし》から読《よ》んできたのに。その妖精《ようせい》がここにずっといたなんて！

でも……。

でも、もし妖精《ようせい》たちが、ママみたいに強《つよ》い魔力《まりょく》を持《も》っていて、何《なに》かあればためらいもなく人《ひと》に呪《のろ》いをかけるとしたら……だとしたら、たしかに、国王《こくおう》と王妃《おうひ》の考《かんが》えもわからなくはない。ママが何《なに》に怒《おこ》っていたのかわからないけれど、それははたして、世界《せかい》で最後《さいご》の魔法《まほう》の王国《おうこく》を破壊《はかい》し、この世《よ》から消《け》し去《さ》らなければならないほどのことだったんだろうか？

「もしかして、わたしたち、ママを見《み》つける必要《ひつよう》はないのかも」ベルはおもむろに言《い》った。「別《べつ》の強力《きょうりょく》な魔法使《まほうつか》いを見《み》つければいいんじゃない？」

ビーストは肩《かた》をすくめた。

「もう、一人《ひとり》もいないんだ。あれが最後《さいご》の魔女《まじょ》だってみんなが言《い》っていた」

「そうなの……じゃあ、ママ探《さが》しに戻《もど》りましょうか……」

「母親《ははおや》の名前《なまえ》は？　納税関係《のうぜいかんけい》の記録《きろく》でも見《み》れば、もっとくわしくわかるかもしれない」

ベルは本《ほん》を置《お》いて、両手《りょうて》で膝《ひざ》を抱《かか》えこんだ。「わからない」つぶやくように言《い》う。

「なんだと？」ビーストが吠《ほ》えた。

けれど、ベルの体《からだ》にふるえが走《はし》ったのは、ビーストの声《こえ》のせいではなかった。母親《ははおや》の名前《なまえ》がわからない。背筋《せすじ》がぞくりと寒《さむ》くなった。パパとママ。モーリスと……だれ？

自分《じぶん》の母親《ははおや》の名前《なまえ》をどうして知《し》らないの？

「ママの名前《なまえ》は知《し》らないの……どうしてかわからないけど、とにかく知《し》らないのよ。きっと〝魔《ま》法《ほう》〟だわ。魔法《まほう》と何《なに》か関係《かんけい》があるのよ……そのせいで忘《わす》れて……」

ビーストはしばらくのあいだ、身《み》じろぎもせずにベルをまじまじと見《み》つめていた。

しかし、衝撃《しょうげき》から覚《さ》めると、いきなりすさまじい怒号《どごう》をあげて暴《あば》れだした。気《き》がつくと、ベルが読《よ》んでいた本《ほん》はびりびりに引《ひ》き裂《さ》かれ、紙《かみ》と革《かわ》の細《ほそ》いリボンになっていた。ベルはあわてて手《て》を引《ひ》っこめたが、ビーストのかぎ爪《づめ》は、もうそこにはなかった。

「そんなことしても、意味《いみ》ないのに！」

ようやく声《こえ》が出《で》るようになると、ベルは言《い》った。

「名前《なまえ》も知《し》らない女《おんな》を探《さが》すのもな！」ビーストがまた吠《ほ》えた。「まったく無意味《むいみ》だ！」

「わたしが好《す》きでこんなことを言《い》ってるとでも思《おも》うの？　いま初《はじ》めて、自分《じぶん》が母親《ははおや》の名前《なまえ》さえ知《し》らないことに気《き》がついたのよ。それがどんなにぞっとすることか、あなたにはわかる？」

ビーストは耳《みみ》をふせて、床《ゆか》に目《め》を落《お》とした。

「わかるよ」

ベルは、首《くび》を振《ふ》って、こめかみをこすった。

「母《はは》が昔《むかし》ここに住《す》んでいて、しかも有名《ゆうめい》だったらしいことはわかってる。それから、あの鏡《かがみ》の破《は》片《へん》で見《み》たから、わたしがここで生《う》まれたことも。だったら、人口調査《じんこうちょうさ》の記録簿《きろくぼ》を見《み》てみたらいいんじゃない？　そこにわたしの出生《しゅっせい》か洗礼《せんれい》の記録《きろく》が残《のこ》っているはずよ。父《ちち》と母《はは》の名前《なまえ》もね」そこで大《おお》きく息《いき》をついた。「もしかしたら、母《はは》の死亡《しぼう》と、死因《しいん》の記録《きろく》かもしれないけれど。何《なに》が見《み》つかるかわからない。でも、何《なに》かしら見《み》つかるはずよ」

「それは……いい考《かんが》えだな」

ビーストはしぶしぶ言《い》った。

「あそこにある記録《きろく》から始《はじ》めてちょうだい」ベルは本《ほん》の残骸《ざんがい》を指《ゆび》さして言《い》った。「何《なに》があった年《とし》か、注意《ちゅうい》しながら見《み》てね」

ビーストはおとなしく言《い》いつけにしたがった。


ところが、ベルの目《め》にはどの記録《きろく》もまったく同《おな》じにしか見《み》えなかった……納税者《のうぜいしゃ》の名前《なまえ》が延々《えんえん》とつらなり、貧《まず》しい農民《のうみん》たちの名前《なまえ》が並《なら》んでいる。

だが、自分《じぶん》が生《う》まれた年《とし》にたどり着《つ》くよりだいぶ前《まえ》、この城《しろ》に呪《のろ》いがかけられるより二十年《にじゅうねん》ほど前《まえ》の時代《じだい》のページを見《み》ていたとき、ベルは、探《さが》しものとは関係《かんけい》ないが、あることに気《き》がついた。一部《いちぶ》の人《ひと》の名前《なまえ》の横《よこ》に、小《ちい》さな不思議《ふしぎ》なマークが現《あらわ》れはじめたのだ。気《き》になって、ページを行《い》ったり来《き》たりしながら確《たし》かめてみた。

名前《なまえ》の横《よこ》にマークがついた人《ひと》たちには、一《ひと》つだけ共通点《きょうつうてん》があった。その後《ご》の記録《きろく》にはいっさい登場《とうじょう》しないのだ。死亡《しぼう》したという記載《きさい》すらない。

そのこと以外《いがい》は、生《う》まれた年《とし》も、性別《せいべつ》も、職業《しょくぎょう》もばらばらだった。ほかに共通点《きょうつうてん》はない。

「あった！」ベルは一瞬《いっしゅん》、マークのことを忘《わす》れて叫《さけ》んだ。「見《み》つけたわ！　わたしよ、わたしの出生《しゅっせい》の記録《きろく》！」

ビーストは獲物《えもの》におそいかかるように音《おと》もなく近《ちか》づくと、ソファに座《すわ》っているベルのうしろからのぞきこんだ。

「〝名前《なまえ》、ベル。性別《せいべつ》、女性《じょせい》。父《ちち》……〟ああ」ベルの顔《かお》が曇《くも》った。「モーリス。それしか書《か》いてない」

ビーストがうなりはじめる。ベルは振《ふ》り返《かえ》りもせずに、手《て》を上《あ》げて、ビーストの口《くち》をふさいだ。

「きみの母親《ははおや》はいったい何者《なにもの》なんだ？」ベルの指《ゆび》のすきまからビーストが吠《ほ》える。「どこにも存《そん》在《ざい》しないみたいじゃないか」

「たぶん、ママは自分《じぶん》の痕跡《こんせき》を消《け》したのよ。何《なに》か理由《りゆう》があって」ベルはため息《いき》をついた。「家族《かぞく》に魔女《まじょ》がいるとこういうこともあるんじゃないかしら。でも、見《み》て。ここに何《なに》かある。この小《ちい》さなマーク、あちこちで見《み》かけたわ。ママの名前《なまえ》があるはずのところにも書《か》いてある。ママと何《なに》か関係《かんけい》があるみたい」

「それがなんだ？」

ビーストは言《い》った。

「このマークに何《なに》か心当《こころあ》たりはない？　見覚《みおぼ》えは？」

「いや」ビーストは眉《まゆ》をしかめた。

「何《なに》か重要《じゅうよう》な意味《いみ》があるはずよ。名前《なまえ》の横《よこ》にこのマークがついてる人《ひと》は、男《おとこ》も女《おんな》もみんな記録《きろく》から消《き》えてるの。ほら見《み》て」ベルはページを前後《ぜんご》にめくって、いくつか例《れい》を見《み》せた。「この人《ひと》たちはどこに行《い》ったの？」

「疫病《えきびょう》がはやったんだ」ビーストが暗《くら》い声《こえ》で言《い》った。「わたしが子《こ》どものころに」

「関係《かんけい》ないわ」

ベルは、二冊《にさつ》の記録簿《きろくぼ》を交互《こうご》に見比《みくら》べながら首《くび》を振《ふ》った。

ビーストは信《しん》じられないというようにベルを見《み》た。

そのときベルは、「関係《かんけい》ないわ」という言葉《ことば》が、どれくらい冷淡《れいたん》に響《ひび》いたか気《き》がついた。

「ごめんなさい！　そうじゃなくて……そういう冷《つめ》たい意味《いみ》じゃなくてね。ただ、それだけでは、この人《ひと》たちが記録《きろく》から消《き》えた理由《りゆう》は説明《せつめい》できないって言《い》いたかったただけなの。ほら、ここを見《み》て。この人《ひと》は熱病《ねつびょう》で死《し》んだってはっきり書《か》いてあるでしょ。ここにも、ここにも。そう書《か》いてある人《ひと》は、数《かぞ》えきれないぐらいいる。でもマークがついている人《ひと》は……死《し》んでもいないのよ。ただ二度《にど》と記録《きろく》に登場《とうじょう》しないだけで」

「たぶん、引《ひ》っ越《こ》したんだろう。きみと同《おな》じように」

「この人《ひと》たち全員《ぜんいん》？　いくら、この王国《おうこく》が忘《わす》れ去《さ》られるように呪《のろ》いをかけられたっていっても、これだけ大勢《おおぜい》の人《ひと》がこのあたりから引《ひ》っ越《こ》したら、だれかが気《き》づくでしょう。わたしが育《そだ》った村《むら》の人《ひと》たちは、目新《めあたら》しいことや変《か》わったことを嫌《きら》ってる。そんなことがあったら、少《すく》なくともぶつぶつ文句《もんく》を言《い》うぐらいはしていたと思《おも》う」

重《おも》い沈黙《ちんもく》がたれこめる。ベルは、たしかなものなど何《なに》もないような気《き》がした。座《すわ》っているこの椅子《いす》でさえ、自分《じぶん》を放《ほう》り出《だ》して、いまにも消《き》えてしまいそうだ。わからないことだらけ。手《て》がかりになりそうな事実《じじつ》など何一《なにひと》つなかった。記録簿《きろくぼ》に書《か》かれている言葉《ことば》も情報《じょうほう》もなんの役《やく》にも立《た》たない。大昔《おおむかし》の紙切《かみき》れがただ膝《ひざ》の上《うえ》に散《ち》らばっているに過《す》ぎない。

「アラリック」

ビーストが唐突《とうとつ》に言《い》った。

ベルが顔《かお》を上《あ》げると、ビーストはじっと宙《ちゅう》を見《み》つめていた。

「厩舎長《きゅうしゃちょう》のアラリックだよ。消《き》えたんだ……呪《のろ》いをかけられる何年《なんねん》か前《まえ》に。彼《かれ》の名前《なまえ》の横《よこ》に、そのマークがあるか見《み》てくれ」

「消《き》えたってどういう意味《いみ》？　何《なに》を思《おも》い出《だ》したの？」

無傷《むきず》の記録簿《きろくぼ》の一《ひと》つを手《て》にとりながら、ベルは尋《たず》ねた。

「仕事《しごと》に……来《こ》なかったんだよ。彼《かれ》の家族《かぞく》も何《なに》があったのか知《し》らなかった。うちの両親《りょうしん》はわたしのせいだと言《い》った。おまえがあの男《おとこ》に親切《しんせつ》にしすぎたから、職場《しょくば》と家族《かぞく》を捨《す》てて別《べつ》の人生《じんせい》を生《い》きることにしたのだろうと。〝ああいうやつ〟は、少《すこ》しでも金《かね》が手《て》に入《はい》るとそういうことをするものだ、とな」

「信《しん》じられない。子《こ》どもにそんなひどいことを言《い》うなんて」

ベルは言《い》った。

「たしかに、アラリックにはこっそり金《かね》をやった。それから宝石《ほうせき》も少《すこ》し。馬《うま》にこっそりニンジンや砂糖《さとう》をやるようにね。それがだれかを傷《きず》つけることになるなんて思《おも》っていなかった」

これが〝心《こころ》に愛《あい》がない〟子《こ》どものすることだろうか？

「お城《しろ》の馬《うま》たちに、こっそりお砂糖《さとう》をあげてたのね？」

ベルはほほえんだ。

「あいつらのことが好《す》きだったからな。昔《むかし》から馬《うま》は好《す》きなんだ」ビーストは悲《かな》しげに言《い》った。

「でも……わたしがこうなってしまった日《ひ》に……全部《ぜんぶ》逃《に》がしてやった。この姿《すがた》にひどくおびえるから」

想像《そうぞう》すると奇妙《きみょう》な光景《こうけい》だった。厩舎《きゅうしゃ》を片《かた》っ端《ぱし》から開《あ》けてまわり、子《こ》どものころからの友《とも》だちやペットを解放《かいほう》してやる、大《おお》きな怪物《かいぶつ》。自分《じぶん》の姿《すがた》におびえるようになったから、と。どう考《かんが》えても、それは怪物《かいぶつ》がするようなことじゃない。

「じゃあ、アラリックがのっているか見《み》てみましょうよ」ベルは平静《へいせい》を装《よそお》って言《い》った。それにしても、ビーストはなんて悲《かな》しそうな顔《かお》をしているのだろう……。「彼《かれ》の名字《みょうじ》は？」

「ポットだ」

ベルは手《て》を止《と》め、パチパチとまばたきをした。

「えっ？」聞《き》き間違《まちが》いだろうか。

「ポットだよ。アラリック・ポット」

「ポットって……ポット夫人《ふじん》と同《おな》じ？」

「ああ。ポット夫人《ふじん》はアラリックの妻《つま》だからな。未亡人《みぼうじん》……と言《い》うべきかもしれないが」

ベルは記録簿《きろくぼ》をとり落《お》とした。

「じゃあ、ここにいる物《もの》たちは、ほんとうの人間《にんげん》だったの？　コグスワースも？　ルミエールも？」

ビーストは、どうかしているんじゃないかというように、ベルを見《み》た。

「もちろん。みんなわたしの召《め》し使《つか》いだった。なんだと思《おも》ってたんだ？」

「じゃあ、ここのみんな……ここの人《ひと》たちは……あなたにかけられた呪《のろ》いのせいでいまの姿《すがた》になったの？」

「ああ、城全体《しろぜんたい》に魔法《まほう》をかけられたからな」

ビーストは、ベルの反応《はんのう》にとまどいながら答《こた》えた。

「ママは、あなたを罰《ばっ》するために、城《しろ》じゅうの人《ひと》を物《もの》に変《か》えてしまったってこと？」

「たぶん……」ビーストは考《かんが》えながら言《い》った。「呪《のろ》いが続《つづ》いているあいだ、みんなの時間《じかん》を止《と》めて年《とし》をとらないようにするためとか、そういうことじゃないかな？　なんで……どうしてそんなに動揺《どうよう》してるんだ？」

「甘《あま》やかされた十一歳《じゅういっさい》の王子《おうじ》に呪《のろ》いをかけるのは、まだわかる」ベルはうめくように言《い》った。「それだってひどいけど。でも、ここの人《ひと》たちは、こんな運命《うんめい》を背負《せお》わされるいわれはないはずよ」

「そんなこと考《かんが》えたこともなかったよ」ビーストはつぶやいた。「ただの……召《め》し使《つか》いだし」

「〝ただの召《め》し使《つか》い〟、そうよね。そう、その〝ただの召《め》し使《つか》い〟が、わたしのせいで、永遠《えいえん》に洋服《ふく》ダンスとろうそく台《だい》のままなのよ！　あんまりだわ！」

ベルは、クッションを顔《かお》に当《あ》ててソファに倒《たお》れこんだ。涙《なみだ》が鼻筋《はなすじ》を伝《つた》う。

「そんなこと――」ビーストが何《なに》か言《い》いかけて口《くち》をつぐみ、また口《くち》を開《ひら》いた。「きみが悪《わる》いんじゃない」

泣《な》くなんて甘《あま》えだわ、とベルは思《おも》った。落《お》ちこんでいても召《め》し使《つか》いたちを救《すく》うことはできない。みんなを救《すく》うためには、どうにかして呪《のろ》いを解《と》くしかない。ベルは大《おお》きく深呼吸《しんこきゅう》をした。

体《からだ》を起《お》こして、両手《りょうて》を目《め》にぎゅっと押《お》しつけ、涙《なみだ》を止《と》めた。

目《め》を開《あ》けたとき、驚《おどろ》くほど近《ちか》くにビーストの顔《かお》があるのに気《き》づいた。何《なに》か言《い》おうとしているのだろうか、あごが動《うご》いている。

そのとき、足《あし》もとから小《ちい》さな咳払《せきばら》いが聞《き》こえてきた。

見下《みお》ろすと、コグスワースが手《て》のなかの何《なに》かをぎゅっと握《にぎ》りしめていた。

「今夜《こんや》の晩餐《ばんさん》に何《なに》かお召《め》しあがりになりたいものがおありか、うかがいたいと思《おも》いまして」こほんと咳《せき》をして言《い》った。

「いまちょうど、二人《ふたり》でポット夫人《ふじん》に会《あ》いにいこうとしていたの。ポット夫人《ふじん》に直接話《ちょくせつはな》すわ」

ベルは、ありったけの威厳《いげん》をかき集《あつ》めて言《い》った。そして、すばやく立《た》ちあがると、部屋《へや》を出《で》た。それ以上《いじょう》コグスワースを見《み》ていたら、また泣《な》いてしまいそうだったから。

25 追《お》いつめられたビースト

台所《だいどころ》に向《む》かうベルのあとを、ビーストは静《しず》かについてきた。コグスワースも、主人《しゅじん》に話《はな》しかけるかそっとしておくか迷《まよ》いながら、二人《ふたり》のあとをよたよたとついてくる。

不意《ふい》にどこかからクスクス笑《わら》いが聞《き》こえたかと思《おも》うと、ルミエールがカーテンの陰《かげ》から現《あらわ》れ、不思議《ふしぎ》な三人組《さんにんぐみ》の表情《ひょうじょう》を見《み》ようと真《ま》ん中《なか》の蝋燭《ろうそく》を傾《かたむ》けた。

「お変《か》わりございませんか、いとしい人《モン・シェリ》。ここでのご滞在《たいざい》を楽《たの》しんでいただいていますか?」

ルミエールはエレガントにお辞儀《じぎ》をすると、ベルに言《い》った。

「できるだけ楽《たの》しんでるわ」ベルは皮肉《ひにく》っぽくならないように気《き》をつけながら言《い》った。「図書館《としょかん》は、あなたの言《い》うとおり、ほんとうにすばらしかった。すごく楽《たの》しかった」

ベルは、小《ちい》さな三《みっ》つの枝付《えだつ》きろうそく台《だい》に人間《にんげん》の面影《おもかげ》を見《み》ようとした。動《うご》かなければ、妙《みょう》な場所《しょ》《ば》に置《お》かれていること以外《いがい》は、ありきたりのろうそく立《た》て(腕《うで》は少《すこ》し曲《ま》がっているが)にしか見《み》えない。どこにも、炎《ほのお》のなかにも、目《め》とか顔立《かおだ》ちのようなものは見当《みあ》たらない。「光《ひかり》」という意《い》味《み》のルミエールという名前《なまえ》も、きっとこの姿《すがた》になってからつけたのだろう。イギリスの屋敷《やしき》で召《め》し使《つか》いを雇《やと》うときには、主人《しゅじん》が召《め》し使《つか》いの名前《なまえ》を変《か》えると、本《ほん》で読《よ》んだことがある。ルミエールは、魔女《まじょ》に体《からだ》を奪《うば》われてから、ビーストに名前《なまえ》も奪《うば》われたのだろうか？

「わたしたち、台所《だいどころ》に行《い》くところなの」ベルは膝《ひざ》をついてやさしく言《い》った。「いっしょに来《く》る？運《はこ》んでいってあげるけど……」

「いいえ、けっこうです、マドモアゼル」ルミエールはまた軽《かる》くお辞儀《じぎ》をして言《い》った。「別《べつ》の場所《ばしょ》に……行《い》くところでしたので……その、仕事《しごと》がございまして……」

今度《こんど》こそ、カーテンの陰《かげ》から、クスクス笑《わら》いがたしかに聞《き》こえた。ベルは笑《わら》いをこらえ、見《み》えないところで家具《かぐ》たちが何《なに》をしているのかを想像《そうぞう》しないようにした。そうでないと、書《か》き物机《ものづくえ》を見《み》る目《め》が変《か》わってしまいそうだ。

コグスワースはルミエールのほうを向《む》いている。もしかしたら険《けわ》しい顔《かお》でにらみつけているのかもしれない。

「わたし、知《し》らなかったの、あなたたちのこと……いま、二人《ふたり》で呪《のろ》いを解《と》く方法《ほうほう》を探《さが》しているところよ」

ベルはおずおずと言《い》った。この人《ひと》たちの人生《じんせい》も、自分《じぶん》の肩《かた》にかかっているのだ。事態《じたい》はますます厄介《やっかい》になってきた。

「もちろん、見《み》つかりますとも！」

ルミエールは元気《げんき》よく言《い》った。その声《こえ》がどこか張《は》りつめているように感《かん》じたのは、ベル自身《じしん》の気持《きも》ちのせいだろうか？

「命《いのち》があるかぎり、希望《きぼう》もある、そうでしょう？　行《い》こう、コグスワース。若《わか》いお二人《ふたり》のお邪魔《じゃま》を……仕事《しごと》のお邪魔《じゃま》をしちゃいけない。では、何《なに》かわたくしどもにできることがありましたらなんなりと、モン・シェリ」

「もちろんよ」

ベルは言《い》った。約束《やくそく》できるのはそれくらいだった。

小《ちい》さな召《め》し使《つか》いたちは、頭《あたま》らしきものを寄《よ》せ合《あ》い、ぴょこぴょこと飛《と》びはねてその場《ば》を去《さ》った。ささやきあう二人《ふたり》の声《こえ》は、奇妙《きみょう》に甲高《かんだか》く、ベルはその声《こえ》に悲《かな》しみと少《すこ》しの恐怖《きょうふ》を感《かん》じた。

ビーストは、表情《ひょうじょう》も変《か》えずにじっとその場《ば》で待《ま》っていたが、ベルが歩《ある》きだすとあとに続《つづ》いた。

台所《だいどころ》は活気《かっき》があって暖《あたた》かく、しずんでいた気持《きも》ちをやさしく包《つつ》んでくれた。

調理台《ちょうりだい》は一人《ひとり》でぶつぶつつぶやきながら、コンロの上《うえ》の鍋《なべ》をかきまわし、ときどき温度《おんど》を調節《ちょうせつ》するためにオーブンを開《あ》けては、料理《りょうり》の焼《や》き加減《かげん》を確《たし》かめていた。鮮《あざ》やかな橙色《だいだいいろ》の炎《ほのお》が、戸棚《とだな》のガラスに反射《はんしゃ》してきらめいている。石鹸水《せっけんすい》がたっぷり入《はい》った洗《あら》い桶《おけ》のなかでは、ブラシがせっせとカップをこすっている。

「まあ！」準備台《じゅんびだい》の上《うえ》で銀食器《ぎんしょっき》たちに指示《しじ》を出《だ》していたポット夫人《ふじん》は、主人《しゅじん》の来訪《らいほう》に驚《おどろ》いた。

「コグスワースに、今夜《こんや》の晩餐《ばんさん》で何《なに》か召《め》しあがりたいものがあるか、うかがいに行《い》かせたところですよ。待《ま》ちわびていたお客《きゃく》さまをようやくお迎《むか》えできて、ほんとうにうれしいわ！」

ポット夫人《ふじん》は、チャプチャプ音《おと》を立《た》てながら飛《と》んできた。丸《まる》いほっぺたがピンク色《いろ》に輝《かがや》くのが見《み》えるようだった。

「コグスワースには会《あ》ったわ」ベルは言《い》った。「でも、あなたに話《はなし》があって来《き》たの」

「何《なに》か問題《もんだい》でもありまして？」ポット夫人《ふじん》は、ぴょんぴょん飛《と》びはねながら、ベルに少《すこ》しでも近《ちか》づこうと、テーブルの端《はし》ぎりぎりのところまでやってきた。「紅茶《こうちゃ》が冷《さ》めてましたか？　ビスケットは図書館《としょかん》ではお出《だ》しできないことになってるのですけれど、言《い》ってくださったら――」

「アラリックにいったい何《なに》があったんだ？」

ビーストは、いらだたしげに話《はなし》をさえぎった。

ベルは思《おも》わず、ビーストをにらみつけた。なんて失礼《しつれい》な人《ひと》なの。

ポット夫人《ふじん》もビーストのほうを見《み》ていた。目《め》も口《くち》もないので、表情《ひょうじょう》を読《よ》みとるのは難《むずか》しかったが、あえて言《い》うなら、ぽかんと口《くち》を開《あ》けているといったところだろう。

「お、夫《おっと》の……ポットのことでございますか？」

「そうだ。おまえの夫《おっと》のアラリック・ポットのことだ。厩舎長《きゅうしゃちょう》の。何《なに》があったんだ？」

「たぶん、彼《かれ》、こう言《い》いたいんだと思《おも》うわ」ベルが口《くち》をはさんだ。「呪《のろ》いを解《と》くために、別《べつ》の角《かく》度《ど》から調《しら》べているので……数年前《すうねんまえ》に失踪《しっそう》した人《ひと》たちについて、何《なに》かご存《ぞん》じのことがあれば教《おし》えていただきたい、ってね」

「厩舎長《きゅうしゃちょう》のアラリック・ポット。あなたさまの一番《いちばん》お気《き》に入《い》りの召《め》し使《つか》いでしたわね」

ポット夫人《ふじん》は、ゆっくり、淡々《たんたん》と言《い》った。

「そうだ。彼《かれ》に何《なに》があった？　どうしていなくなったんだ？　うちの両親《りょうしん》は、彼《かれ》は家族《かぞく》と仕事《しごと》を捨《す》てて逃《に》げたと言《い》っていた。おそらくわたしのせいだろうとも」

「ご主人《しゅじん》さまのせい……？　あの人《ひと》がいなくなって十年《じゅうねん》もたつのに、なぜいまごろになってそんなことをお聞《き》きになるんですか？」

それまでベルは、ポット夫人《ふじん》を、母親《ははおや》みたいにやさしくて親切《しんせつ》で、丸《まる》くてかわいらしい、生《い》きたティーポットだとしか思《おも》っていなかった。

でも、いまの口調《くちょう》は、家政婦《かせいふ》の話《はな》しぶりでも、やさしい母親《ははおや》の話《はな》しぶりでもなかった。

怒《いか》りに満《み》ちた、威厳《いげん》のある年配《ねんぱい》の女性《じょせい》の口調《くちょう》だ。

「わたしはまだ子《こ》どもだった。それに、いろんなことが起《お》こっていたんだ」ビーストは言《い》いわけがましく言《い》った。

「あの疫病《えきびょう》で、両親《りょうしん》も……」

「そうでございましょうね。でも……突然《とつぜん》いなくなった召《め》し使《つか》いに何《なに》があったのか、聞《き》いてみる気《き》になったのが、あろうことか、いま、初《はじ》めてということですか？　お気《き》に入《い》りの召《め》し使《つか》いだったのに？」ポット夫人《ふじん》は声《こえ》をふるわせた。「教《おし》えて差《さ》しあげようじゃありませんか、アラリック・ポットのことを！」

ポット夫人《ふじん》は、ふたをカタカタ鳴《な》らして、荒々《あらあら》しくビーストのそばにとんでいった。ベルは、ふたがはずれて割《わ》れてしまうのではないかと心配《しんぱい》になり、手《て》を伸《の》ばして押《お》さえようとしたが、ポット夫人《ふじん》の剣幕《けんまく》に圧倒《あっとう》されて一歩《いっぽ》も動《うご》けなかった。

「アラリック・ポットは、わたしが出会《であ》ったなかで一番親切《いちばんしんせつ》で、立派《りっぱ》で、つつましくて、思《おも》いやりのある人《ひと》でした」

ポット夫人《ふじん》は力強《ちからづよ》く言《い》いきった。ひと言《こと》いうたびに蒸気《じょうき》が注《つ》ぎ口《くち》から噴《ふ》きだしている。

「ときには、親切《しんせつ》すぎるくらいでした。相手《あいて》が王子《おうじ》だろうと小鬼《ノーム》だろうといつも同《おな》じ態度《たいど》でした。

わたしとチップと、家族《かぞく》のみんなを――城《しろ》のみんなを愛《あい》していました。ご主人《しゅじん》さま、あなたさまを愛《あい》しておりました。じつの息子《むすこ》と変《か》わりがないくらいに。そして、厩舎《きゅうしゃ》の仕事《しごと》も馬《うま》たちも愛《あい》していました。夫《おっと》が帰《かえ》ってこなかったあの晩《ばん》、何《なに》が起《お》こったのか、わたしにはわかりません。どうしてもわかりませんでした。何《なに》が起《お》こったのかだれも知《し》りませんでした。ほかの人《ひと》たちと同《おな》じように、煙《けむり》みたいに消《き》えてしまったんです。それでも……疫病《えきびょう》が蔓延《まんえん》していたあのころも、みじめな姿《すがた》となり果《は》てたこの十年間《じゅうねんかん》も、わたしは平気《へいき》な顔《かお》を装《よそお》ってきました。それもこれも父親《ちちおや》を失《な》くした息子《むすこ》のためです。少《すこ》しぐらい同情《どうじょう》してくださってもバチはあたりませんわよね？」

ベルはそっとビーストのようすをうかがった。ショックを受《う》けたような顔《かお》をしている。罪悪感《ざいあくかん》を感《かん》じているような。

「なのに……ゴポッ……十年《じゅうねん》もたってから……ゴポッ……聞《き》きにくるなんて……ゴボボッ」

ポット夫人《ふじん》は、文字《もじ》どおりカンカンになって、なかのものを噴《ふ》きこぼした。

ベルはぎょっとしたが、どうすることもできなかった。煮《に》えたぎった紅茶《こうちゃ》が、ブクブクと注《つ》ぎ口《くち》やふたのすきまから噴《ふ》き出《だ》してくる。

ビーストもぎょっとしたようにあとずさった。

ポット夫人《ふじん》は、しばらく体《からだ》をふるわせてブクブクと沸《わ》きたっていたが、だんだんと静《しず》かになり、ようやく落《お》ちつきをとりもどしたように見《み》えた。

それどころか、こおりついたみたいにぴくりとも動《うご》かない。

しばらくすると、ベルは心配《しんぱい》になってきた。

「ポット夫人《ふじん》……？」

おずおずと声《こえ》をかける。

ビーストのほうを見《み》ると、やはり心配《しんぱい》そうな顔《かお》をしている。

ポット夫人《ふじん》は……いまや、ただのポットになっていた。とても動《うご》くポットには見《み》えない。しかし次《つぎ》の瞬間《しゅんかん》、ポット夫人《ふじん》はぶるっとふるえて、何《なに》ごともなかったように生気《せいき》をとりもどした。

「わたし……少《すこ》し休《やす》ませていただきます。こんなの、あんまりです！」

くるりと背《せ》を向《む》け、威厳《いげん》を保《たも》とうとするように、注《つ》ぎ口《くち》をつんとさせながらぴょんぴょんはねていく。そして、ベルとビーストが見守《みまも》るなか、椅子《いす》にとびおり、そこから床《ゆか》に降《お》りて、パントリーへと戻《もど》っていった。ガチャガチャと陶器《とうき》の鳴《な》る音《おと》が遠《とお》ざかっていく。やがて棚《たな》に収《おさ》まったのか、音《おと》はぴたりとやんだ。


（下巻《げかん》に続《つづ》く）

Shogakukan Junior Bunko

★小学館ジュニア文庫★

美女と野獣 ～運命のとびら～ 上

2017年 5 月 1 日　初版第 1 刷発行
2025年 2 月26日　　　第 2 刷発行

作／リズ・ブラスウェル
訳／池本尚美・服部理佳

発行人／畑中雅美
編集人／杉浦宏依
編集／大野康恵

発行所／株式会社　小学館
〒101-8001　東京都千代田区一ツ橋２－３－１
電話　編集　03-3230-5105
販売　03-5281-3555

印刷・製本／中央精版印刷株式会社

デザイン／マンメイデザイン

Printed in Japan　　ISBN 978-4-09-231159-6